Michelle Sager

»Und wer bist Du?«
»Keine Ahnung!«

Schelmenroman

Für alle die wissen wollen was ein Schelmenroman ist, hier die Erklärung aus Wikipedia:

Ab etwa 1550 kam das Genre Schelmenroman auf. Der Begriff 'Schelmenroman' verbreitete sich aber erst im 18. Jahrhundert, als das Wort Schelm seine negative Konnotation verloren hatte.

Der Roman schildert – meist episodenhaft – aus der Perspektive seines Helden, wie sich dieser in einer Reihe von Abenteuern durchs Leben schlägt. Der Schelm stammt aus einer Unterschicht; er ist deshalb ungebildet, aber „bauernschlau". Er durchläuft gesellschaftliche Schichten und wird zu deren Spiegel. Der Held hat keinen Einfluss auf die Geschehnisse um ihn herum, schafft es aber immer wieder, sich aus brenzligen Situationen zu retten.

... oder

Warum Brokkolicremesuppe so besonders gut schmeckt

Bibliografische Information der Deutschen Nationalbibliothek:
Die Deutsche Nationalbibliothek verzeichnet diese Publikation
in der Deutschen Nationalbibliografie; detaillierte bibliografische Daten sind im Internet über http://dnb.dnb.de/ abrufbar.

Fotos / Gestaltung / Satz
by Michelle Sager / Gerhard Schmidt

Herstellung und Verlag:

BoD – Books on Demand, Norderstedt

ISBN

9 783 748 129 905

Widmung

Ich widme dieses Buch meiner Tochter Madeleine.

Möge sie mit dem Herzen sehen,

mit den Augen beobachten,

mit jeder Faser ihres hübschen Körpers fühlen

und sich immer im Gefüge des Großen Ganzen

geborgen und behütet wissen, egal was ist.

Mama

Inhalt

Meerschweinchenködel-
kaffee

Trickkiste

Sommernacht
Kartoffelbrei
Freundschaft

Ihh...

Nasenpopel

Das ist ▓▓▓▓▓?
KA

KA hat viel zu tun, er
muss spülen, kochen und
Zigaretten drehen. Doch das
macht KA nichts aus, denn
er ist ein fleißiger KA.
Manchmal denkt sich KA
ist das Leben schön? Und
nebenbei trägt er gerne
Röcke. „Uhhh!" KA

Prolog

Wie alles anfing

Es war an einem schönen Sommertag
im Jahr 2010 auf der Terrasse.

Unsere Meerschweinchen vergnügten sich auf der Wiese in
ihrem großzügig abgesteckten Freigehege.

Meine Tochter und ich saßen zusammen auf der Hollywood-
schaukel und sahen den drei kleinen *Meeris* zu.

Wir schlürften unseren Hafermilch Kaffee Latte und aßen
Haselnusswaffeln dazu.

Ich spielte mit meiner Tochter das Galgenspiel, auch Hang-
Man genannt. Man denkt sich ein Wort aus, möglichst lang
sollte es sein, und zieht für jeden Buchstaben einen Unterstrich
auf das Papier. Dann beginnt der Rater Buchstaben aufzuzäh-
len. Er sagt z. B. »E« und wenn das »E« im Wort vorkommt,
wird dies gleich an alle Stellen eingetragen, dort wo ein »E«
fehlt und vorher nur ein Strich war. Bei jedem Falsch-
Buchstaben, also einem Buchstaben, der nicht im Wort vorkommt, wird eine Linie nach der anderen gezeichnet, bis zum
Schluss ein fertiger Galgen mit einem Erhängten entstanden
ist.

Sollte es soweit kommen, hat der Rater verloren.

Jedenfalls kam meine Tochter nicht auf eines der gesuchten
Wörter und am Ende sagte sie entnervt:

»Keine Ahnung!!!«

Schwups, und schon war die Figur *Keine Ahnung* geboren.

Madeleine kritzelte ein kleines Männchen aufs Blatt und ich erfand dazu plötzlich ganz verrückte Charakterzüge.

Sie kamen einfach so aus mir heraus gesprudelt.

Wir lachten uns über die Figur *Keine Ahnung* kaputt.

Schließlich fiel uns auch auf, wie oft man doch im Alltag »keine Ahnung« sagt!

Nicht nur, wenn man tatsächlich keine Ahnung hat, also keine Antwort weiß, sondern auch einfach so, als Pausenfüller, Platzhalter, als genervte Aussage
oder
wenn man seine Ruhe haben will.

Natürlich auch im Falle von Ratlosigkeit oder Hilflosigkeit.

Keine Ahnung ist also in aller Munde.

So fängt die Erzählung des kleinen Herrn *Keine Ahnung*,

- kurz »KA« genannt -

ganz versponnen an und entpuppt sich nach und nach zu vielen Ereignissen aus dem Leben gegriffen,

so wie es jedem so oder so ähnlich passieren könnte.

KA ist ein

verrückter, nachdenklicher, besonnener, verträumter, einfühlsamer, durchgeknallter, spiritueller, weiser, erfinderischer und sehr bescheidener
kleiner Kerl.

Viel Spaß beim Lesen wünscht Dir Michelle!

Das ist *Keine Ahnung*, kurz: KA

Ein paar Fakten aus seiner Kindheit

Eigentlich könnte KA einem ja leid tun, denn er hat tatsächlich niemanden mehr auf dieser Welt. Als er noch ganz klein war, da hatte er das Pech, dass seine Mama von einem Güterzug überrollt wurde. Warum das passiert ist weiß er bis heute noch nicht so genau. Darüber gibt es nur sehr ungute Spekulationen. KA war da noch ein Baby. Aufgewachsen ist er dann die ersten paar Jahre seines Lebens in einem klösterlichen Heim für Vollwaisen. Vollwaise war er deshalb, weil sein Vater auch nicht mehr da war, oder besser gesagt noch nie da war. KA kennt ihn nicht, da er ihn nie in seinem Leben gesehen hat. Er glaubt aber ganz fest daran, dass es ein Schotte gewesen sein muss, da er doch so gerne Röcke trägt!

Im Heim hat KA so einiges erlebt. Eigentlich war er schon immer ein sehr unkompliziertes und fröhliches Kind, trotz seines Schicksals. Er wurde, da er als Baby scheinbar sehr viel gelacht hat, von den Klosterschwestern sehr geliebt. Diese Liebe und Zuwendung im positiven Sinne konnte bei KA doch einiges ausgleichen und wieder gut machen, auch wenn da keine Eltern mehr waren. Jedenfalls erfuhr er viel Gutes im Heim und wurde teilweise sogar eher noch verhätschelt. Die anderen heranwachsenden Kinder merkten dies natürlich und schließlich führte dies zu Neid und Stänkereien. KA hatte also das Los, bei den Nonnen sehr beliebt zu sein, von seinen Mitwaisen aber gehasst zu werden. Das wirkte sich irgendwie schon auf seine Psyche aus. Besonders Mädchen gegenüber hat er ein sehr gespaltenes Verhältnis. Die Mädchen hatten sich oft in Gruppen zusammen getan und KA zum Beispiel im Flur aufgelauert. Dann haben sie ihm ein großes Leintuch übergeworfen und ihn darin eingewickelt und zu Boden geworfen. KA schrie wie am Spieß! Aber die Mädchen, meistens so 5 bis 6 an der Zahl, waren sehr clever. Sie stopften KA sofort einen dicken Socken in den Mund. So geknebelt und eingewickelt schleppten die Mädchen ihn dann auf den großen Speicher über der Pfarrkirche des Klosters. KA hatte keine Chance sich zu wehren. Auf dem Speicher dann hängten die Mädchen ihn an das Glockenseil der großen Kirchturmglocke! Dazu nahmen sie das Laken von ihm wieder ab und banden seine Hände hinter seinem Rücken zusammen, so dass das Glockenseil zwischen seinen Händen und seinem Rücken verlief und einmal um den Bauch rum. Die

Mädchen ließen ihre ganze Biestigkeit und eigene Frustration über das Heimleben an ihm ab. Sie waren halt so. KA war das gefundene Opfer für überfällige Aggressionen. Jedenfalls hing KA also an dem Glockenseil! Nun fängt die große Kirchturmglocke alle ¼ Stunde und zur vollen Stunde an zu läuten. D. h., dass dann KA mit dem Glockenseil hoch und runter gezogen wird und noch dazu dem unerträglichen Lärm der großen, gusseisernen Glocke ausgesetzt ist. Mann, das war ein Hammer. Die Mädchen hatten sich ein perfektes Timing ausgewählt. Sie kidnappten KA genau ein paar Minuten vor der vollen Mittagsstunde! So wurde KA 12 Mal Plus 4 hoch und runter gezogen. Die Mädchen lachten sich beinahe kaputt. Kaputt nach dieser Prozedere war aber dann auch KA. Das Ganze stresste ihn so sehr, dass er nach seiner Befreiung sofort in sein Heimbett flüchtete – das waren damals alte Krankenhausbetten, denn das Heim war vormals ein Krankenhaus für Kriegsverletzte – sich unter die Bettdecke verkroch und fürchterlich heulte.

KA braucht keine Gurus

KA hat auch schon einmal meditiert! Er hat sich eine Kerze angezündet und sich auf den Boden gesetzt im Schneidersitz. Dann hat er seine Hände auf die Oberschenkel gelegt und mit den Fingern ein Mudra gebildet. Das hat er in der »Heim & Hobby« einmal gelesen, dass wenn man gerade ein Werkstück herstellen will und es einfach nicht klappt, mit dem Zusammenbau, und man deshalb am Verzweifeln ist und einen Wutanfall nach dem anderen kriegt und sich womöglich auch noch mit dem Hammer auf den Finger geklopft hat, man ganz schnell die Augen schließen soll und sofort das Beruhigungsmudra für Körper, Geist und Seele machen soll. Das Beruhigungsmudra macht man so: man fügt Daumen und Mittelfinger zusammen und summt dazu ganz leise »OM«.

Ok, also, KA sitzt vor seiner Kerze und macht das Beruhigungsmudra und summt ganz leise »OM« ... er ist sehr konzentriert und fühlt sich immer wohler und leichter. Nach einer kleinen Weile schon ist KA regelrecht am »Davon-Schweben«. Sein Atem gleitet ganz fein und weich durch seine Nase ein und aus und er empfindet einen Zustand völliger Leere und ein kleiner Furz entweicht. Es beginnt in seinem Kopf zu blitzen und zu leuchten. Er sieht ein sehr helles Licht in seinem Inneren und es ist so, als würde er selbst zu diesem Licht werden. KA ist kein Profi oder so, was Meditation betrifft, aber er hat die Gabe, trotz all seiner widrigen Lebensumstände sehr schnell in tiefe, meditative Zustände zu versinken. Wenn er dann genug davon hat, räuspert er sich ein wenig, fängt an zu schmatzen und schnauft einige Male, wie ein Pferd, tief und fest ein und aus. Dann klappt er seine Augenlider auf und freut sich einfach nur. Wenn er Glück hat, dann hält dieser tolle Zustand doch einige Minuten, vielleicht sogar Stunden bei ihm an. Jedenfalls ist KA dann ein ganz anderer Mensch nach so einer »stillen Stunde«. Er braucht dann noch nicht einmal mehr Zigaretten zu drehen, für eine ganze Zeit lang!

Die Maschine

KA ist keiner der gerne und viel jammert. Er schimpft nicht auf das Leben und ist auch nicht unzufrieden mit seiner Situation. Im Gegenteil. Eher freut er sich an dem was das Leben an sich so zu bieten hat. Er ist wahnsinnig experimentierfreudig. Wie damals mit der Fliege in der Käseglocke. Er mag es einfach, spezielle Dinge auszuprobieren, ganz egal ob es sinnvoll ist oder nicht. Er will einfach wissen wie etwas abläuft, funktioniert oder sich ändert. Einmal hat er eine Maschine gebaut, das war kurz vor der Weihnachtszeit. Draußen war es schon wieder fürchterlich kalt und die Eiszapfen hingen von der Dachrinne herunter und blitzten durch die Scheiben in sein Wohnzimmer hindurch. Er saß drinnen auf dem Fußboden auf einem dicken alten Schaffell, dass ihm einmal ein alter Schäfer geschenkt hatte, weil KA ihm ein verloren gegangenes Lämmchen zurückgebracht hatte. Aber dazu später. Jedenfalls sitzt KA auf diesem dicken, alten Schaffell und bohrt gerade in der Nase. Ja! Das tut KA schon mal. Besonders dann, wenn er nachdenken muss. Er machte sich nämlich Gedanken, wie er am besten ein Käsefondue machen könnte, wenn er nur sehr wenig Käse zur Verfügung hätte. Er liebt Käsefondue nämlich über alles, hatte aber nur wenig bis kein Geld und deshalb auch keinen Fonduekäse. D. h. dass er meistens nur eine Hühnerbrühe im Topf erhitzen konnte und dann kleine vor gegarte Kartoffelstückchen in die Brühe halten konnte während er sich dabei ausmalte, die Brühe wäre Käse und die Kartoffelstückchen wären Fleischstückchen oder französisches Baguette, um die sich der geschmolzene Käse schmiegt, beim Herausheben der langen Gabel dann langsam nach unten läuft und KA diese Kombination in seinen Mund steckt und mit geschlossenen Augen genüsslich darauf herum kaut. Dabei entsteht der Geschmack von herrlichem Fonduekäse gepaart mit dem Fleisch- oder Brotstückchen. Mmmmh! KA ist ein absoluter Vorstellungskünstler. Das kann er wirklich gut. Somit leidet er auch keinen wirklichen Mangel, denn in seiner Phantasie ist alles vorhanden.

Doch jetzt zurück zu seiner Maschine. Die Maschine stellt ein Gerät dar, mit der einem das Spazieren gehen bei Eis und Schnee erleichtert werden soll. Die Konstruktion ist einfach und genial zugleich. An einem Nordic Walking Stock oder auch einem alten Skistecken befestigt man einen Bunsenbrenner, den man sich vorher im Baumarkt besorgt hat. So ein Bunsen-brenner ist sowieso ein sehr praktisches Gerät, denn man kann alles Mögliche damit anbrennen aber vor allen Dingen auch eine herrliche Crème Brûlée damit zubereiten, zumindest ihr den letzten Schliff verpassen, wenn man den Zucker obenauf karamellisieren will! Aber zurück zur Maschine. KA befestigt mit Juteschnur den Bunsenbrenner am Skistock und zwar so dass der Flammenwerfer nach unten zum Boden zeigt. Dann ist es wichtig folgende Inbetriebnahme Maßnahmen zu beachten:

Inbetriebnahme

1. Schutzbrille aufsetzen, Haare nach hinten zusam-menbinden.
2. Ist die Luftzufuhr und die Gasregulierung geschlos-sen?
3. Streichholz entzünden und über das Brennerrohr hal-ten. Kopf fernhalten!
4. Gasregulierung öffnen: leuchtende Flamme.
5. Luftzufuhr öffnen: nicht leuchtende Flamme. Jetzt ist die Flamme 1000 °C heiß!

Abschalten

1. Luftzufuhr schließen: Die Flamme leuchtet wieder.
2. Gasregulierung zudrehen: Die Flamme erlischt.

KA ist stolz auf sich! Die »Schnee- und Eis-Weg-Freibrennmaschine« ist erfunden. Nachdem die Bedienungsan-leitung des Bunsenbrenners richtig studiert wurde und alles der Reihe nach durchgeführt wurde, kann der Brenner mit der 1000 Grad heißen Flamme so vor den Füßen über den zuge-schneiten Weg geführt werden, dass nach und nach alles zu schmelzen beginnt. Der Fußgänger geht dann auf eisfreiem Untergrund und hat noch dazu warme Füße! Am besten ist es, wenn man den »Brennerstock« so hält: in der rechten Hand (bei Linkshändern umgekehrt) hin- und her schwingend – wie die Blinden ihren Blindenstock ebenfalls verwenden – dabei darauf achten, dass das Brennrohr nicht aus Versehen im Schneehaufen versenkt wird, weil sonst die Flamme erlischt. Wichtig für die Verwendung der »Schnee- und Eis-Weg-Freibrennmaschine« ist, dass man nicht gerade in Hektik oder Eile sein sollte! Sie sei bevorzugt einzusetzen, wenn man zum Beispiel mal eben mit dem Hund raus muss oder vielleicht einen Brief zum Briefkasten bringen muss. Die Schmelzgeschwindigkeit des Schnees ist eine andere als die des Eises! Es kann unter Umständen für eilige Gänge zu lange dauern und Ungeduld ist hier fehl am Platz.

Geduld

KA ist ein Meister der Geduld. Für ihn ist die »Schnee- und Eis-Weg-Freibrennmaschine« ideal. Er hat nämlich vor einigen Jahren sogar ein Seminar mitgemacht, bei dem es darum ging, langsamer zu gehen, wenn man es eilig hat. Das hatte was! Ganz ehrlich! Es ist genauestens erforscht und erwiesen, dass in der Hektik mehr Unfälle geschehen, als im besonnenen Zustand, weil in Eile die Unfallgefahr rapide ansteigt. Und da kann KA wirklich ein Lied davon singen. KA war – vor dem Seminar – ein absoluter Magnet für Unfälle aller Art. Er hatte schon überlegt, ob er nicht ein Buch über die verschiedenen Unfälle, die ihm passiert sind, zu schreiben. Alle 210 Unfälle aneinander gereiht als erheiternder Ereignisroman hätte was. Doch dann besann er sich, dass so viel Wiederholung negativer, vergangener Ereignisse keine positivere Zukunft erschaffen würden, denn auf einem anderen – sehr teuren – Seminar mit dem Lehrinhalt »Wie erschaffe ich mir eine glücklichere Zukunft?« lernte er, dass alles Energie sei und je nach dem an was man denkt, wird diese Energie Gestalt annehmen wollen. Damit meint man auch, dass immer wieder aus der Vergangenheit hergeholte Ereignisse, über die man spricht, an die man sich erinnert und je nach dem wie sehr diese auch alte Gefühle wieder aufleben lassen, sie in der Gegenwart ankommen und erneut Gestalt annehmen, man sagt auch *sich manifestieren*. Wie schon erwähnt, ist KA ja keiner der gerne und viel jammert, denn das hat er auch gelernt, dass es tabu ist, wenn man ein zufriedeneres und glücklicheres Leben anstrebt. Also ließ er von dieser Idee wieder ab und beschloss die Vergangenheit Vergangenheit sein zu lassen. Aber zum Thema Geduld kann er wirklich einiges beitragen. Zum Beispiel wenn es darum geht ein perfektes Spiegelei zu braten ...

Das Ei

Einmal wollte er in Hektik ein Spiegelei braten. So hat er dabei zwei wesentliche Unterschiede festgestellt, wenn es darum geht Geduld zu haben, langsam zu tun und es trotzdem schnell machen zu müssen. KA nahm das Ei und wollte behutsam vorgehen. Er schlug sehr langsam das Ei am Pfannenrand auf. Das Ergebnis war, dass die Eierschale nicht richtig aufsprang. Er schlug noch einmal das Ei am Pfannenrand auf, wieder eher langsam. Das Ei splitterte an der Bruchstelle und der Ei-Inhalt lief unglücklich mit allerlei Eierschalensplitterchen in die schon heiße Pfanne. Das war nicht so toll. Nun hatte KA eh schon eine besondere Beziehung zu Eiern, weil er nur die besten der besten bevorzugt. D. h. dass KA seine Eier selber vom Hühnerhof aus der Umgebung holt und zwar dort direkt aus dem Legegang, ganz frisch. Das ist ganz was Besonderes und das wissen halt auch viele gar nicht. Die meisten Menschen machen sich ja auch keine Gedanken über ihr Frühstücksei. Hauptsache sie haben eins. Aber Ei ist nicht gleich Ei! Für KA ist es wichtig, dass seine Eier zum Verzehr nur von ganz glücklichen Hühnern stammen. Seine Hühner haben einen riesen großen Freilauf im Freien, können scharren ohne Ende und leben in einer herrlichen Gemeinschaft zusammen. Sie bekommen von den Hühnerhaltern nur bestes Futter, sogar selbst angebaut und, das Wichtigste überhaupt, nur genfreies Futter! Also gegen Genmanipulation ist KA massiv! Das ist etwas was KA überhaupt nicht duldet. Wenn er seine Meditation macht und zum Licht wird, dann fühlt er immer ganz genau was GOTT will! Da gibt es keinen Zweifel. GOTT legt Wert auf die Natürlichkeit und Ursprünglichkeit seiner Schöpfung, auch wenn der Mensch machen darf was er will, aber Verstöße dagegen rächen sich ganz von alleine. Aber zurück zum Spiegelei! KA ärgerte sich über sich selbst, da dieses Ei vergeudet war. Ein jedes Ei ist kostbar. Es half auch nichts, die ganzen Eierschalensplitter mit einer Gabel wieder herauszufischen, denn das Ei wurde sehr schnell zum Spiegelei. Er fasste sich ein Herz und gab das verunglückte Spiegelei seiner Katze, die er nicht hatte. Diese Katze kam täglich bei ihm vorbei um ein paar Runden auf seinem Brustkorb zu schnurren, während KA seine Mittags Siesta auf dem Kanapee abhielt. Das gefiel ihm so gut. Das war eine tolle Sache für KA, dieses Schnurren und das weiche und warme Fell der Mieze, hm, herrlich. Wem die Katze nun eigentlich gehörte spielte dabei keine Rolle. Es zählte nur die Tatsache, dass die Katze, die ihm nicht gehörte, ihr Schnurren mit ihm teilte und er gab ihr eine Portion Kraulen in ihrem Nacken dafür zurück und heute sogar ein Ei.

Nun wollte er es aber richtig machen. Er setzte zum zweiten Versuch an langsam ein Spiegelei zu braten. Die Pfanne stand auf dem Herd, die Butter darin ist schon geschmolzen, jetzt musste es eigentlich schnell gehen, weil das Fett a) nicht zu heiß werden durfte und b) auch das Ei darf nicht zu schnell garen, denn sonst ist das Eiweiß durch aber das Dotter noch gallig. Er blieb in der Ruhe, das Ei in der rechten Hand, bereit es gleich aufzuschlagen am Pfannenrand, tief einatmen, ausholen, ausatmen und jetzt ganz schnell das Ei aufschlagen, zack, die Bruchstelle ist perfekt, die Eierschale klafft auseinander und nun ... gaaaanz langsam den Ei-Inhalt in die Pfanne laufen lassen, Bingo! Das Ei breitet sich beinahe exakt in der kleinen, runden Eisenpfanne aus. In der Mitte das Eigelb, drum herum das Eiklar. Auch die Butter ist gerade recht zum Anbraten, denn jetzt brutzelt das Ei langsam und gleichmäßig in der Pfanne, so langsam und gut, dass das Eigelb in der Mitte genügend Zeit hat, von gallig zu cremig, wachsig zu mutieren. Ein wenig Salz, ein wenig Cayenne, ein Butterbrot dazu, fertig. Voilà. Für KA ist klar geworden, es braucht Feingefühl wann etwas schnell und wann etwas langsam gemacht werden muss um gute Ergebnisse zu bekommen.

Die Buche

KA hat einen sehr guten Draht zu Bäumen. Das hat schon sehr früh im Heim damals angefangen. Irgendwie fühlte er sich immer am wohlsten alleine oben in einem Baum. Gerade dann, wenn im Heim wieder Hektik angesagt war, z. B. weil eine Veranstaltung lief, wie der berühmte »Tag der offenen Türe«. Das war so ein Event, bei dem alle Bürger des Ortes Gelegenheit hatten, einmal das Heim von Innen zu sehen und auch all die armen *Waisenkinderlein*, wie sie wohl traurig vor sich hin dämmern würden, so ohne Eltern. An solchen Tagen machte sich KA ganz klein und sogar unsichtbar. Er hasste diese Veranstaltungen, weil er überhaupt auch Menschenmassen hasste. Obwohl er mit einem anderen Jungen zusammen einen kleinen Infostand machen sollte, an dem der Besucher sich Flyer ansehen und mitnehmen konnte, machte sich KA unsichtbar. Er ließ seinen Kumpel einfach im Stich und es war ihm egal. Er war halt so. Er schlich sich vom Stand weg und zu seinem Kumpel sagte er einfach nur: »Ich muss mal!« Dieser nickte nur schüchtern, denn es war ihm auch unangenehm am Stand zu stehen und sich von den Leuten begaffen zu lassen und sulzig, süße Worte anhören zu müssen, wie: »Na mein Kleiner, geht es Dir hier auch gut? Sind die Nonnen nett zu Euch? Hast Du denn schon Aussicht auf Pflegeeltern? Bla, bla, bla ...« Aber KA hatte sich sozusagen schon verpisst und überließ den armen Kerl alleine seinem Schicksal. Draußen im Hofgarten angekommen rannte KA sofort auf seine alte Lieblingsbuche zu. Die stand sehr zentral im klösterlichen Garten und hatte riesige, ausladende Äste im Laufe der zig Jahrzehnte ihre Lebens entwickelt. Der Stamm war ziemlich dick. Es hätte sicher drei bis vier Kinder gebraucht, um sie vollständig zu umarmen. KA hatte einen Spezialaufstieg entdeckt. Ziemlich weit unten gab es eine Art Wulst am Stamm, dort trat er mit dem rechten Fuß auf und mit den Armen konnte er, wenn er sich ein wenig abstieß zu einem ersten niedrigen Ast hochschwingen und festklammern. Dann zog er sich ganz schnell weiter nach oben und stellte den linken Fuß in eine Mulde am Stamm, fasste den zweiten Ast und konnte sich dann nachdem er sich wieder ein Stück hoch zog mit beiden Füßen auf den ersten Ast stellen. Von da an ging alles recht einfach. Ruck zuck saß KA sehr weit oben in der Buche und konnte von dort aus alles in Ruhe betrachten. Er hatte seinen Frieden denn niemand wusste wo er war. Das war ein tolles Gefühl!

Die Buche schien sich über ihren Besucher zu freuen.

KA unterhielt sich mit der Buche. Es gab wie immer viel zu erzählen und egal was es war, die Buche hörte ihm geduldig zu und manchmal säuselte sie ihm mit Hilfe ihrer Blätter ebenfalls ein paar sanfte liebevolle Worte zu, immer dann, wenn der Wind durch ihre Krone strich.

Hier oben brauchte KA ganz lange Zeit nichts mehr. Er war glücklich. Die Zeit verstrich. Es wurde langsam dunkel und kühler. Die Menschenmassen waren verschwunden und Ruhe ist wieder im Heim eingekehrt. Das alles zu beobachten und in Frieden gelassen zu werden machte KA zu einem »Baumflüsterer«. Er konnte mittlerweile Buchensprache. Er kannte auch die Belange der Buche. Er wusste ihre Geschichte und auch Dinge die im Laufe der Jahre im Klosterhof geschehen sind. Die Buche war an die Hundert Jahre alt, sie hatte einiges erlebt. Sie sah auch viel Blut. Zu Zeiten, als das Kloster noch kein Heim sondern ein Lazarett für Kriegsversehrte war. So viele schrecklich verunstaltete, schwer verletzte Soldaten wurden an ihr vorbei gefahren. Von Granaten zerfetzte Gesichter und fehlende Gliedmaßen, alles untermalt von entsetzlichem Wehgeschrei und die Nonnen die hier als Krankenschwestern tätig waren, hatten sich oftmals an sie gelehnt und in einer stillen Stunde ihren ganzen Schmerz an sie Kund getan. Sie lehnten sich an ihren Stamm oder umarmten ihn um Trost und neuen Mut zu finden. Trost und Mut und Kraft, um all das durch zu stehen, konnte die Buche ihnen auch geben.

Als diese Zeiten endlich vorbei waren, kehrte für viele Jahre ein ganz normales Klosterleben ein. Es herrschte Frieden und die Nonnen kümmerten sich sehr geordnet und liebevoll um die Renovierung des Klosters, die Gestaltung der Gartenanlagen, den eigenen Hof mit Viehzucht und Milchwirtschaft. Es wurde eine Schule eingerichtet und die Bürger des nahe gelegenen Dorfes konnten ihre Kinder zum Unterricht in die erste und zweite Klasse schicken. Als aber die Lehrkräfte im Laufe der Zeit immer älter wurden und schließlich weg starben, war es auch mit der Schule vorbei. Junge, neue Nonnen rückten nach und eine davon wollte aus der alten Krankenstation ein Heim für verwaiste Kinder machen. Damals starben noch viele Mütter bei der Geburt. Waisenkinder gab es gerade genug. Somit entstand das Kinderheim. Es füllte sich ganz von selbst. Die Buche konnte miterleben wie das Kloster verschiedenen Wandlungen unterzogen war. Die Buche erzählte KA dass ihr die Umgestaltung in ein Heim bisher am besten gefiel. Sie liebte Kinder, auch wenn diese manchmal echt brutal zu ihr waren, weil sie gerne mit dem Taschenmesser Buchstaben und Bilder in ihre zarte Rinde ritzten. KA würde so etwas nie tun.

Einmal, KA saß wieder in der Buche, erlebte er, wie ein Junge aus dem Heim mit einem anderen zusammen am Stamm der Buche standen und sich unterhielten. Die beiden wollten ihre Freundschaft mit einer Blutsbrüderschaft besiegeln. Sie schnitten sich mit ihren Taschenmessern die Handinnenflächen auf und drückten das Blut heraus. Schnell gaben sie sich ihre blutenden Hände und besiegelten damit ihre Freundschaft für immer bis über den Tod hinaus. Das Datum dieses besonderen Tages wollten sie sogleich in die Rinde der Buche einritzen. Genau in dem Moment wo einer der Jungs gerade mit dem Messer zustechen wollte, holte KA schnell seinen Pimmel aus dem Hosenschlitz und pinkelte von oben auf die Buben herunter. Die beiden blickten verdutzt nach oben, konnten KA aber nicht sehen. Sie wunderten sich, ob es vielleicht zu regnen begonnen hätte, aber es war keine Wolke am Himmel. Schließlich bemerkte der eine, dass es nach Pisse röche. »Igitt«, rief da der andere, »wie kann es sein? Ist dort ein Vogel der uns bepisst hat?«. »Schnell, lass uns das abwaschen gehen!«, erwiderte der andere und weg waren sie. KA hatte sich köstlich in seinem Baumversteck amüsiert. Er würde alles tun um seinen Baum zu beschützen.

Heutzutage geht KA viel in die Wälder. In beinahe jedem Wald gibt es wieder einen besonderen Baum. Einer der sich von den vielen anderen unterscheidet. Er hat auch einmal gelesen, in einem Buch über Naturgeister, dass jeder Baum einen eigenen Baumgeist besäße. Er fragt sich manches Mal, wenn er wieder in Grübellaune ist, ob es der Geist des Baumes wäre, mit dem er sich da unterhalten würde und vielleicht gar nicht der Baum selbst es ist? Doch dann wird ihm das alles schnell zu mystisch und er bricht solche Gedanken wieder ab, weil er eigentlich einfach nur mit dem Baum sein will. Für ihn ist wichtig, dass er manche Bäume sehr, sehr gerne mag und wenn man bedenkt,

dass KA ja ansonsten keine Freunde hat, außer seinen Waschlappen, dann kann man ihn gut verstehen.

Klo

KA wohnt in einem ganz kleinen Haus. Das Klo befindet sich tatsächlich im Freien. Sommer wie Winter muss er erst durch den kleinen Garten wandern bevor er zum Klo kommt. Da das gerade im Winter eine dumme Sache ist, wenn er durch den Schnee stapfen musste, hatte er umso mehr Freude daran, seine »Schnee- und Eis-Weg-Freibrennmaschine« einzusetzen. Die lohnte sich in dem Fall wirklich. Der Witz ist ja, dass er zuerst gar nicht daran dachte sie für sich selbst zu nutzen. Er wollte wirklich der Allgemeinheit diese Maschine zukommen lassen. Doch am Ende hatte er sie für sich selbst erfunden.

KA der Reiseprofi

KA liebt das Reisen. REISEN wird bei ihm groß geschrieben. Ja, wer hätte das gedacht, aber es ist tatsächlich so. KA ist sogar ein richtiger Reiseprofi und das alles, obwohl er noch nie in seinem ganzen Leben wirklich weit gereist ist. Doch wie bereits erwähnt hat KA eine enorme Vorstellungsgabe. Und genau diese Gabe ist es, die KA überall auf der ganzen Welt und sogar darüber hinaus (!) hin reisen lässt! Man könnte sogar sagen, KA ist ein *Wonderboy,* was Reisen betrifft.

Einmal wollte er unbedingt so schnell wie möglich nach Australien. Australien deshalb, weil man ja viel von diesem besonderen Kontinent hört, auf Grund seiner vielfältigen und üppigen Flora und Fauna, aber auch Marina, z. B. das Great Barrier Reef. KA ist unheimlich belesen. Er hat sich schon von klein auf für Länder- und Kulturbücher sehr interessiert. Er ist seit er denken kann Kunde bei *Bibermann,* einem der größten Buchversandhäuser überhaupt. Und da er ja nie wirklich viel Geld hatte war er nie ein einkaufender Kunde gewesen, es kam aber trotzdem für ihn, als angemeldetes Mitglied im Bibermann Club, jeden Monat ein sogenannter *Vorschlagsband* ins Haus geflattert. Dieser Vorschlagsband war meistens ein Länder- oder Kulturbuch. Er erinnert sich noch ganz genau an den allererersten Vorschlagsbildband. Es ging um Mexiko. Diesen Bildband hat er natürlich heute noch, denn KA wirft nichts weg was unter die Kategorie »kostbar« fällt. Und Länder- und Kulturbücher gehören bei KA ausnahmslos zur Kategorie »kostbar«. Jedenfalls öffnete er damals das Buch ganz vorsichtig und mit Ehrfurcht, denn er spürte schon irgendwie, dass ihn mit dem Aufschlagen des Buchdeckels etwas Besonderes erwarten würde. Und so war es auch: ein Hauch Mexiko schlug ihm sanft entgegen, so wohltuend und verwandelnd! Verrückt, aber so war es. Er und das Buch wurden scheinbar eins. KA versank regelrecht in diesem Buch über die alte Kultur Mexikos und er hatte nur einen einzigen Wunsch und der kam ihm, als er schon ziemlich in der Mitte des Buches angelangt war: einmal nach Palenque zu reisen, in die alte versunkene Mayastadt im Urwald, dort wo die großen Pyramiden und Tempelanlagen stehen, ...

Aber nun zurück zu Australien. Australien zog ihn magisch an zu dieser Zeit damals. Er hatte von den Schäfern gelesen die dort leben, mit ihren riesengroßen Schafherden. Er stellte sich vor, so ein Schäfer zu sein. Er könnte es sicherlich gut, als Hirte mit seiner Herde unterwegs zu sein, hinweg zu ziehen über die großen Ebenen Australiens. Seine Tiere zu zählen, zu hüten, zu versorgen und eben auch die Überwachung der Geburten der Lämmer zu übernehmen. All das in einer ganz selbstverständlichen, liebevollen Art. Ja, und als er sich da so beim Träumen erwischte wurde alles ganz selbstverständlich für ihn wahr ...:

... er befand sich bei über 40 Grad in Australien und hütete eine Herde von über 700 Schafen. Es waren die kostbaren Merinoschafe! Sie waren braun, weiß und schwarz und einige sogar gescheckt. Er hatte 5 wundervolle Hütehunde. Die bekannten Australian Shepherds. Die waren ebenfalls wunderschön und hatten oft ein blaues und ein braunes Auge und sehr, sehr seidiges Fell. Diese tollen Tiere waren mit ihm zusammen ein unschlagbares Team. Zu sechst wanderten sie jeden Tag viele, viele Kilometer durch ihr Land. Durch Grünland, durch Steppengebiete, vorbei am Ayers Rock, durch Dschungelabschnitte in denen der Kookaburra in den Bäumen saß und herunter lachte. Mal regnete es eimerweise, dann wieder herrschte tagelang Trockenheit, manchmal fegte ein enormer Sandsturm über die Herde und das Team hinweg, seufz, tja, es wurde nie langweilig für KA. Abends stand die Herde versammelt zusammen während er mit seinen 5 Hunden ums Lagerfeuer herum saß. Seine Hunde übrigens hatten nette Namen da waren die Rüden Larry, Snoopy, Tommy und Keilash und die Hündin Syrah, die auch gleichzeitig die Führerin des Hunderudels war. Syrah war unglaublich weise und vorausschauend. Sie konnte immer alles überblicken, während die Rüden doch teilweise etwas länger brauchten, aber durch Syrah kamen sie sehr schnell ebenfalls in den Überblick und wussten was sie zu tun hatten. Z. B. wenn eines oder mehrere Schafe beim Überqueren eines Flusses aus Angst zögerten, dann war Syrah die erste die das bemerkte und mit einem kurzen Jaulen gab sie den Rüden Bescheid und schon waren alle 5 Hunde zur Stelle und halfen durch Führung und Bellen den Schafen schnell den Fluss zu durchqueren, um den Anschluss an die riesige Herde nicht zu verlieren. Die Schafe hatten dann den nötigen Mut und auch die Kraft es zu tun und laut blökend liefen sie durch den Fluss und rannten sofort der Herde hinterher um sich wieder einzugliedern. Auf Syrah war KA mächtig stolz. Er konnte sich zu hundert Prozent auf sie verlassen. Ein gutes Gefühl war das.

KA hatte natürlich auch ein Pferd, denn es war unmöglich so eine große Herde allein nur zu Fuß zu hüten. Sein Pferd hieß Sheila. Sie war eine braune Quarter Horse Stute mit lustigen weißen Flecken. Ihre Mähne und ihr Schweif waren schneeweiß auch die Fesseln, der Rest des Körpers war braun, eher rotbraun, eigentlich fuchsfarben. Doch am Kopf vorne war die eine Hälfte fuchsfarben und die andere weiß. Lustig, nicht wahr? KA freute sich jedes Mal über ihren Anblick. Sie war einfach besonders. So lustig wie sie aussah, so lustig war auch ihr Verhalten. Z. B. legte sie sich sehr gerne am Abend in den Sand und zwar auf den Rücken und dann wollte sie wie ein Hund von KA am Brustkorb gekrault werden. Total verrückt war sie, aber eben besonders. ...

»DING, DONG«! Brrr, KA riss es aus seiner Reise zurück ins Hier und Heute, als die Türglocke plötzlich laut ertönte. Etwas benommen stand er auf und sah nach. Vor der Haustüre stand der Schäfer, der ihm einmal das Schaffell als Dank für die Rettung eines seiner Lämmer geschenkt hatte. KA war verblüfft? Der Schäfer wollte KA einladen, einige Tage mit ihm und seiner Herde umher zu ziehen, es wäre wieder die Zeit, wo viele Lämmer geboren würden und er könne ihm dabei helfen, dies zu überwachen und diese zu zählen und was man eben sonst noch so tut als Schäfer. KA war sehr angetan und es entstand ein riesiges Grinsen der Freude in seinem Gesicht und die Augen fingen an zu glitzern weil sie so feucht wurden. Er nickte ganz aufgeregt und packte schnell ein paar Sachen zusammen. KA war also tatsächlich auf die Reise geschickt worden. Na so was?

Das ist schon einige Jährchen her, ist aber kein Einzelfall geblieben. KA ist zwar ein Schlitzohr, aber er kann irgendwie zaubern.

Die Sacknase

Einmal hatte er unter seinem Bett lauter Reiskörner hervorgezaubert. Na ja, sagen wir mal, bald eine ganze Kehrschaufel voll. Er war total begeistert und dankbar über diese »Ernte« unter seinem Bett. Reis ist kostbar und kann man schließlich immer gebrauchen. Erst später, viel später erinnerte er sich daran, dass ihm etliche Wochen zuvor, beim Basteln, er hatte gerade ein Stofftier selbst genäht, genauer genommen eine sog. *Sacknase*, welches er mit Reiskörnern befüllen wollte. So gefüllte Stofftiere haben dann ein ganz lustiges Aussehen und man kann sie überall nett drauflegen, weil sie durch den Reisinhalt so flexibel sind. Sie liegen dann da als würden sie chillen oder sie sitzen Bequemlichkeit ausstrahlend irgendwo mit in der Wohnung auf einem Kissen, dem Bett oder der Couch. Dieses Stofftier, wie schon erwähnt *Sacknase* genannt, weil es aus bunt gestreiftem Nickistoff hergestellt wurde und die Form eines kleinen Sackes hatte, also besser gesagt die Nase war wie ein Sack geformt, und vier Füße hatte, die man hin und her bewegen konnte, füllte KA also mit Reiskörnern. Beim Abstellen der Tüte fiel diese damals um und eine Menge Inhalt rollte überall hin, auch unters Bett. KA, als halb ordentlicher bis penibler Mensch (wir denken da mal eben kurz an Donald Duck!), kehrte sofort alles auf, nur unterm Bett, da hat er nicht nachgeschaut und deshalb und auch nur deshalb konnte er neulich dort unter dem Bett Reiskörner hervorzaubern.

Die Sacknase übrigens hat er verschenkt! Ja, wirklich! Er bastelt diese Reiskorntiere nämlich nur um sie zu verschenken. KA hat, was das betrifft, eine unglaublich soziale Ader. Er schenkt einfach für sein Leben gern. Die selbst gebastelten Stofftiere verschenkt er jedes Jahr und zwar das ganze Jahr über, im Grunde ohne besonderen Anlass, den Kindern, die in Kinderheimen oder SOS Kinderdörfern zu Hause sind. Diese liegen ihm nämlich besonders am Herzen. Kein Wunder, oder? Aber es ist einfach wieder typisch KA's Art, dass er sie jederzeit einfach so verschenkt und nicht wie der Otto-Normal-Mensch dies nur tut oder täte an: Weihnachten, Nikolaus, Neujahr, Ostern, Pfingsten oder zum Geburtstag oder weil man einen tollen Schulabschluss gemacht hat oder sonst was Spezielles ansteht, sondern er sagt sich:»Jeder Tag ist ein Geschenk, deshalb kann man an jedem Tag jedem ein Geschenk machen, wenn man das möchte!«.

Diese selbst gebastelten Reiskorntiere von KA haben auch alle eine eigene Geschichte. Das ist sehr amüsant! Wenn KA wieder so ein Tierchen fertig gestellt hat, dann erhält es sofort eine von ihm frei erfundene Geburts- und Lebensaufgabegeschichte. Die Sacknase zum Beispiel wird mit folgender Geschichte an den oder die Beschenkte verschenkt: »Hallo, ich bin jetzt Deine persönliche Sacknase und mein Name ist *Dosi*. Ich halte Dir all die Aggressionen fern, die sich von außen an dich ranmachen wollen. Mit meiner großen Nase kann ich solche aggressiven Wolken aufschnaufen und du bleibst davon ganz unberührt. Deshalb ist es wichtig, dass du mich so oft es geht bei dir trägst. Ich bin recht genügsam, weil ich brauche eigentlich nur Aggressionswolken aufzuschnaufen und schon bin ich satt, dann deine Körperwärme und ein paar Streicheleinheiten. Und dafür habe ich dich lieb.« Solche oder so ähnliche Geschichten erzählt dann KA und erst neulich wieder, erinnert er sich an ein kleines Mädchen im Heim, sie war gerade 6 Jahre alt geworden, sah aus wie ein kleiner Engel mit schulterlangen blonden Locken und einer porzellanfarbenen Haut und großen hellblauen Augen, wie sie ihre Hände öffnete und die kleine bunte Sacknase vorsichtig empfing und ganz leise und schüchtern DANKE sagte. Dann streichelte sie Dosi und drückte sie gleich an sich. So süß, dass selbst der stählerne KA in Sachen Gefühle ganz weich wurde und bald vor Rührung heulte.

KA ist Spezialist in Sachen Geld

KA liebt das Geld! Er liebt es so sehr, dass er es immer wieder gerne weiter gibt. Im Geldweitergeben ist er ganz groß. Ja, sogar große Klasse. KA hat Geld in der Hand und schon wandert es in die fremde Kasse eines Baumarktes, Tabakwarenladens, Bäckerladens, Tierbedarffachgeschäfts oder einer Gärtnerei. Aber auch *Ibey* hat es ihm angetan. Das ist ein Internetauktionshaus. Da kann man stundenlang Sachen suchen, angucken und eben auch ersteigern. Er ist einer von den sogenannten Spaßbietern. Er bietet zum Spaß mit, weil das im Bauch so ein Kribbeln erzeugt und zahlt dann aber nicht, falls er aus Versehen die Auktion dadurch gewinnt. Das ist gar nicht nett, aber so ist KA halt.

In Sachen Geld ist er darin Spezialist es hin und her zu schieben. Er kann einfach nicht richtig damit umgehen, deshalb hat er auch nie welches, das bei ihm bleibt. Es bekommt bei ihm ständig Füße und läuft ihm davon. Deshalb hat sich KA einmal vorgenommen zu sparen. Daraufhin hat er angefangen, in eine leere Tabakdose hinein, Geldstückchen zu sammeln. Da hat er sich mächtig zusammen gerissen, damit er da ja nicht rangeht, an die gesammelten Münzen. Bald schon, na ja, eigentlich müsste man sagen »Nach sehr, sehr langer Zeit!«, war dann auch endlich die Tabakdose randvoll mit Münzgeld. Viele in der Farbe Kupfer. Viele davon waren gefunden worden, z. B. auf der Straße, im Park, am Bahnhof, in den öffentlichen Toilettenanlagen – und das ist ganz witzig, weil sich KA da schon immer gewundert hat, dass dort auf einem klitzekleinen Tischchen, mit einer lieben kleinen weißen Spitzentischdecke verschönt, ein Schälchen steht, in dem jeder *Kunde* der auf der Toilette war, einige Geldmünzen rein wirft. KA ist da sehr naiv und freut sich darüber so sehr, dass er, wenn er auf der Toilette war, sich das Schälchen voller Münzen mit nach Hause nimmt. Manchmal sogar auch das Tischtüchlein, aber nur manchmal. KA ist der Überzeugung, dass man, wenn man etwas gibt, auch etwas nehmen darf und somit war der Deal eindeutig. KA hat auf dem Klo gegeben was er gerade konnte und dafür nahm er dann das mit, was er gerade brauchte. So falsch war dieser Gedanke ja gar nicht. KA hatte davon aber keine Ahnung!

Jedenfalls war eines Tages die Tabakdose randvoll mit solch erworbenen Geldern und er hatte ja dafür auch eine Menge Disziplin und Zeit aufgewendet, dieses Ziel zu erreichen. Und da KA Schwierigkeiten hat, Geld bei sich zu behalten, kam es am »Randvoll-Tag« auch zu einer Art Zwang bei KA. Neulich nämlich, als er in der Stadt unterwegs war, sah er im Schaufenster einer Sparkasse ein riesengroßes, rosarotes Sparschwein aus Keramik stehen, welches einen beim Vorbeigehen anlächelte! Es war käuflich und mit 12,50 € ausgepreist. Der Druck wurde so groß, als KA sich an diesem Tag daran erinnerte und er fühlte regelrecht, dass es an der Zeit war, das Geld wieder in Umlauf zu bringen. Und könnte es da nicht eine super gute Investition sein, für die volle Spar-Tabakdose ein richtiges Spar-Schwein zu erwerben?

KA packte seine Tabakdose – die sehr schwer war – und marschierte zur Sparkasse. Er ging an den Schalter und wollte dafür das Sparschwein kaufen, welches einen anlächelt, wenn man daran vorbei geht. Die Dame am Schalter sagte, er müsse dazu erst seine Münzen in den Zählautomat schütten und dann den Betrag entweder auf sein Konto buchen lassen oder sich mit dem Bon der den Betrag der abgezählten Münzen enthält, an den Kassenschalter gehen und dort das Geld abholen.

Ein Konto hatte KA ja sowieso nicht. Also tat er wie ihm geheißen, schüttelte den Inhalt seiner Tabakdose in den Münzzähler und holte dann am Kassenschalter das Geld quasi wieder ab. Es ergab einen Betrag von 12,49 €. Er erhielt einen 10-Euro-Schein, ein 2-Euro-Stück und die restlichen Cents. Für das Sparschwein fehlte nun 1 Cent! Puh, das war hart für KA. Woher den fehlenden Cent nehmen?

Traurig trottete KA mit der jetzt viel leichteren Spar-Tabakdose wieder nach Hause und stellte sie dort ans Fensterbrett, wo eigentlich das Sparschwein hätte stehen sollen. Er seufzte schwer und war tief betrübt. Um 1 Cent gescheitert!

Sparschweine gibt es überall, dachte er bei sich. Muss es gerade das von der Sparkasse sein? Vielleicht gibt es billigere Schweine oder Spardosen - anderswo? Er stand auf von seiner Kücheneckbank, ging um den Esstisch herum und holte dann aus dem Küchenschränkchen über der Spüle, eine neue, volle Tabakdose (mit Tabak drin) und fing an Zigaretten zu drehen.

Außerkörperliche Erfahrung

Einmal, KA stand gerade in der Küche, an der Spüle gelehnt, um einen Apfel zu schälen, da überkam es ihn plötzlich, wie seltsam es doch ist, dass diese Hände, die er da sah, die ja seine eigenen waren, diesen Apfel halten und schälen! Es war für ihn plötzlich eine befremdliche Erfahrung, denn der Apfel und die Hand die ihn schälte kamen ihm wie »außerhalb seines Selbst« vor. Es schien, als beobachtet er sich selbst von weiter weg, wie er am Spülbecken lehnt, in der Tätigkeit des Apfelschälens. Das klingt verrückt – und das ist es auch, denn KA ist tatsächlich kurz *„ver rückt"*. Und zwar von seiner gewohnten Position aus in eine andere Warte gerückt worden. KA hat Schwierigkeiten dieses Phänomen überhaupt in Worte zu kleiden. Schließlich bemerkte er noch, dass auch die Perspektive eine andere war. Er blickte quasi von schräg hinten rechts oben auf sich selbst herab und nahm dadurch seinen Körper von sich getrennt wahr, und sah wie dieser einen Apfel in seiner Küche schält. Seufz ...

Diese verrückte Wahrnehmung wurde ihm schlagartig bewusst, weil sich Angst einschlich, vielleicht irgendwie gerade durchzudrehen ... und schwups, wie durch einen Zauber, fand er sich in seiner bekannten, gewohnten Wahrnehmung wieder. In der Perspektive wie wir alle sie kennen. Ganz normal eben, in sich drin und nicht von sich weg und selbst dabei beobachtend.

KA rannte ganz aufgeregt zum Bücherregal und holte eines seiner PSI-Bücher (Parapsychologische Forschung) heraus. Wie auf Anhieb schlug er die richtige Seite auf und dort stand: ... nach jahrelangem Üben sind Sie dann soweit, sich bewusst auf eine außerkörperliche Erfahrung einzulassen. Dann folgen Sie der bereits genannten Methode und *rollen* Sie sich seitlich aus dem Körper heraus. Achten Sie bitte dabei sehr gut darauf, dass Ihnen Ihre Silberschnur, die Ihren feinstofflichen Körper und Ihren feststofflichen Körper stets verbindet, nicht abreißt. Das könnte sehr schwerwiegende Folgen für Sie haben! ... Manche außerkörperliche Erfahrungen oder Reisen geschehen auch ganz unvorbereitet wie in diesem Fallbeispiel: Eine Person stand eines Tages in ihrer Küche am Spülbecken gelehnt, um einen Apfel zu schälen. Da überkam es sie plötzlich, wie seltsam es doch sei, dass diese Hände, die sie da sah, die ja ihre eigenen waren, diesen Apfel halten und schälen! Es war für sie plötzlich eine befremdliche Erfahrung, denn der Apfel und die Hand die ihn schälte kamen ihr »außerhalb ihres Selbst« vor. Es schien, als sähe diese Person sich selbst da stehen, am Spülbecken, von weiter weg und beobachtet sich gleichzeitig sehr intensiv und achtsam in der Tätigkeit des Apfelschälens. ... Schwups! Da erschrak KA aber heftig als er das las und schleuderte aus Reflex das Buch hoch in die Luft bis zur Decke, welches dann mit einem lauten Krach wieder zu Boden fiel. Was er da gelesen hatte war doch genau seine erlebte Situation!!! KA schnaufte sehr tief durch ... sehr, sehr tief! Und noch einmal, und noch einmal. KA wurde ganz mulmig zumute. Er musste sich schnell an etwas festhalten, am Küchenstuhl, auf den er dann ganz langsam nieder rutschte. Plötzlich kribbelte es ihn am und im ganzen Körper. Er ist einer Ohnmacht nah! KA hatte keine Ahnung was mit ihm los war? Er war völlig daneben und ... und ... und befand sich schon wieder in dieser »anderen« Perspektive vor. Aber diesmal war es noch viel eindrucksvoller, denn er sah sich ganz klar dort, von schräg rechts hinten oben aus, am Küchentisch sitzen, den Kopf verzweifelt auf seinen Armen abgelegt, als wäre dieser zentnerschwer. KA war im Begriff noch weiter zu gehen. Er lenkte seine Aufmerksamkeit auf Nelli. Keine Ahnung warum ihm gerade **jetzt** Nelli einfiel?! Aber kaum hatte er an sie gedacht, konnte er sie schon fühlen. Er fühlte ihre Nähe. Es war als ob er schwebte in einer noch formlosen und farblosen Umgebung. Es war alles eher wie in Nebelschwaden gehüllt. Seine eigene Person am Küchentisch verschwand immer mehr in diesem Nebel. Aber Nelli konnte er immer besser spüren. Das war wirklich eigenartig. Er fühlte die Vertrautheit, die er damals zu Nelli hatte, er fühlte ihre Herzenswärme und irgendwie war alles rosa. Nun kamen noch andere Wahrnehmungen hinzu: er konnte Nelli riechen! Er roch ihr Parfum, ... hmmm, lecker. Nelli trug immer ein Parfum welches nach frisch gewaschener Wäsche duftete. Ein sehr leichter, nach weißen Lilien und Veilchen duftender Duft. Wau! Er weiß nicht genau was es war, aber es war ihm so als schwebte er durch Wände hindurch. Nichts war mehr fest oder stabil. Alles nur silhouettenartig in der Erscheinung: die Häuser, die Bäume, der Gartenzaun. KA befand sich im Schlafzimmer von Nelli! Da lag sie in ihrem Bett, auf einem weißen Kissen und träumte! Und wau, er konnte sehen oder besser fühlen, was sie gerade träumte! Er war in ihrem Traum, sah sie und sich selbst unten am Bach in der Wiese sitzen. Es war Sommer und sie lachten und scherzten miteinander. Nelli wollte so gerne ein Boot haben. Deshalb machte KA ihr aus einem Stück Holz ein kleines Boot. Es war einfach nur ein flaches Brettchen mit einem Loch in der Mitte in der er einen kleinen Zweig gesteckt hat, als Mast. Nelli freute sich riesig und sie setzte das kleine Boot in den Bach und schickte es symbolisch auf eine große Reise. Nellis Traum war es schon immer gewesen die ganze Welt zu erkunden. Ihr Lieblingsland, welches sie unbedingt besuchen wollte, ist Neuseeland. Nellis Boot war also gerade nach Neuseeland unterwegs. Sie sahen beide dem kleinen Boot hinterher, als KA Nelli versprach, er würde sie eines Tages dort hin bringen und dann schwiegen sie verträumt ...

Im Schweigen kamen sie sich nah. KA liebte Nelli sehr. Es war seine einzige große Liebe bisher, doch sie verloren sich wieder aus den Augen, wie das halt so ist im Leben.

Plötzlich erinnerte er sich wieder daran, dass er gerade auf einer außerkörperlichen Reise war. Er klinkte sich somit automatisch aus dem Traum von Nelli aus und sah sie wieder in ihrem Bett liegen. Als er den Blick schweifen ließ, sah er neben Nelli einen Mann liegen, der ebenfalls schlief. Nellis Ehemann, dessen Antlitz im Dunkel verborgen blieb? Das bekümmerte ihn doch sehr, schließlich glaubte er gerade noch er könnte Nelli etwas sagen oder ihr ein Zeichen geben, dass er hier sei, bei ihr. Doch da erblickte er aus einem anderen Blickwinkel noch eine weitere Person im Schlafzimmer! Er sah eine Wiege aus Holz am Fußende des Ehebettes stehen mit einem Himmel aus weißem Leinen und darauf gestickten hellblauen Engelchen, die alle eine kleine Trompete in der Hand hielten. KA *flog* so vor die Wiege, dass er in sie hinein sehen konnte. Er sah darin ein Baby liegen, welches ebenfalls tief und fest schlief. Es war Nellis kleiner Sohn. Da durchzuckte es KA und mit einem Ruck fand er sich in seiner Küche am Küchentisch wieder. Den Kopf schwer auf den Armen ruhend. Er schreckte auf, hob den Kopf und war ganz verwirrt. Ihm war ein wenig schwindelig. Er stand auf und schluchzte leise vor sich hin. Was er gesehen hatte schmerzte ihn sehr. Nelli seine große Liebe war mit einem anderen Mann verheiratet und hatte bereits ein Kind, einen kleinen Jungen. Oder hatte er vielleicht eine Vision gehabt und er durfte einen Einblick in seine Zukunft sehen? Wie auch immer man es nennen würde, er hatte Nelli auf jeden Fall gesehen. Verstört über diese Erfahrungen hob er das PSI-Buch wieder vom Boden auf und stellte es enttäuscht in das Bücherregal zurück.

Einsamkeit

KA fühlt sich doch auch schon mal sehr einsam hie und da. Zuletzt hatte er sich sehr einsam gefühlt, weil er einfach seinen Namen nicht mehr wusste. Er hatte einfach keine Ahnung mehr wie er hieß! Das machte ihn traurig weil er nicht mal mehr sich selbst bei sich hatte. »Wenn Du Deinen Namen nicht mehr weißt, dann bist Du wirklich unrettbar verloren«, dachte sich KA. Er ging hinaus und wollte den Müll entsorgen, da stand seine Nachbarin gerade am Gartenzaun. Beherzt ging er auf sie zu und fragte: »Können Sie mir bitte sagen wie ich heiße?« Diese sah ihn verwundert an und sagte: »Keine Ahnung!«, drehte sich weg und schüttelte nur den Kopf während sie in ihrem Haus verschwand.

KA sucht nach Wünschen

KA ist, relativ betrachtet, wunschlos glücklich, da er durch seine Vergangenheit geprägt, ein sehr bescheidener Mensch ist. Doch ab und an spielt er mit Träumen und Wünschen, wie ein Jongleur. Er wirft in seinen Gedanken verschiedenste Wünsche, so wie ein Jongleur seine Bälle, hin und her und rauf und runter und kreuz und quer durch die Luft. Das macht Spaß! Er versucht so heraus zu finden, welcher Wunsch am stärksten ist. Das ist am Ende derjenige, der ihm bis zum Schluss nicht »herunter gefallen« ist. Also der Wunsch, der am längsten in der Luft blieb und sich immer wieder fangen ließ, während die anderen schon längst wieder zu Boden fielen, bzw. aus seinem Wunschdenken verschwunden sind.

An einem herrlichen Wintermorgen, es war nur noch einige Wochen entfernt, das berühmte Weihnachtsfest, stand KA am Fenster und blickte hinaus in seinen Garten und noch weiter hinaus über seinen Gartenzaun und noch weiter hinaus bis hin zum Waldesrand am Ende der großen Viehweide des Nachbarbauern. Weiter konnte er nicht gucken, da der Waldesrand das Ende des Horizontes darstellte. Ein nicht so schöner Horizont, dachte KA, da er Tannenwälder nicht so sehr liebt. Er ist ein Fan von Laubbäumen, aber das wissen wir ja schon. Im ganz Speziellen sind es die Buchen.

Nun aber zurück zu KA`s Wunschsuche. Als er da so am Fenster stand und der Schnee im Sonnenlicht glitzerte während die Sonne schien und KA bis zum Horizont blickte, fingen verschiedene Wunschbilder an vor seinem geistigen Auge zu erscheinen.

Zuerst flog da ein Pyjama herein!

Ein Pyjama, ja genau! KA liebt Pyjamas. Er hat auch schon ganz viele. Drei Stück. In grau/blau, in pink/grün und in braun/gelb. Sie sind flauschig weich aus Flanell, gestreift, kariert und ganz grell.

Der Pyjama der nun gerade in seinen Sinn kam war violett/schwarz. So einen hätte er gerne noch. Das sieht toll aus, dachte er.

Dann tat er einen tiefen Seufzer und ließ diesen Wunsch wie einen Ball in der rechten Hand auf und nieder tanzen, so wie ein Jongleur seine Bälle wirft und fängt.

Nach einer Weile tauchte ein weiterer Wunsch auf. Diesmal handelt es sich um eine Leiter. Eine praktische und sehr leichte Aluleiter. Eine solche, die er immer mal gebrauchen kann, wenn er ums Haus herum etwas zu tun hat. Da gibt es immer mal etwas zu tun. Z. B. Spinnweben von unterhalb der Dachrinne zu entfernen, oder die Fenster von außen putzen müssen, oder von seinem Klo im Garten das Dach abfegen wenn der Schnee drauf liegt, weil es schon einmal, in einem der vergangenen Winter von der Schneelast eingedrückt worden ist. Das war ein Malheur! KA hatte dann eine Zeit lang, mitten im kalten Winter, kein Dach über dem Kopf wenn er mal ein Bedürfnis verspürte. Es war tierisch kalt gewesen und er hasste es, wenn er zur Toilette musste. Er versuchte dann ganz lange auszuhalten, bevor er wirklich nach draußen ging! Das war eine schlimme Zeit. Er konnte das Dach nicht schnell genug reparieren, weil er keine Leiter hatte und brauchte somit fremde Hilfe. Damals fragte er seinen Nachbarn, Bauer Hennrich, ob er helfen könne. Der konnte auch helfen, aber erst nach einer Woche! Er hatte gerade jede Menge mit seinen kranken Kühen zu tun darunter auch einige, die am Kälbern waren und dadurch konnte er so schlecht weg vom Hof.

Na ja. Also das ist ein wichtiger Wunsch, dachte sich KA, so eine Leiter, damit ich unabhängig bin und Dinge erledigen kann, wobei man eine Leiter braucht.

Seufz.

KA liebt Brokkoli. Sofort kam ein weiterer Wunsch daher geflogen. Ein Hochbeet mit jungen, hellgrünen Brokkolipflänzchen drauf! Ui sah das schön aus! Richtig frisch und ihm lief das Wasser im Munde zusammen. Brokkoli ist ein so vielseitiges Gemüse. Man kann so viel daraus machen. Am liebsten kocht er den Brokkoli in Hafermilch, nimmt dann einen Pürierstab und macht daraus eine Brokkolicremesuppe. Er schmeckt die Suppe am Schluss fein ab und genießt Löffel für Löffel. Das erinnert ihn an seine Zeit im Kinderheim. Da gab es nämlich eine Schwester, die ihn einmal in der Woche damit verwöhnte, ganz heimlich auf ihrem Zimmer. Schwester Silvia! Das war eine ganz Kleine, die in der Küche arbeitete und die die Vorlie-be für Brokkolisuppe von KA kannte. Da sie auch eine von den Schwestern war, die KA so gerne mochte, wegen seines sonni-gen Temperaments, dem herrlichen Lächeln, konnte sie nicht umhin, KA schnell und ungesehen ins Ohr zu flüstern, dass sie ihm noch eine Extraportion Brokkolisuppe abgefüllt hätte, die er gleich bei ihr auf dem Zimmer essen könne. KA strahlte bei diesen Worten bis über beide Ohren und nickte. Er seilte sich dann von der Gruppe ab und schlich sich über den langen Klos-tergang, die kleine, steile, hölzerne Wendeltreppe nach oben in den abgeriegelten Bereich mit den Zimmern der Schwestern. Schwester Silvia hatte den Riegel für KA offen gelassen. Als er vor ihrer Zimmertüre stand, hatte er immer großes Herzklop-fen, weil es so aufregend war, so ganz im Geheimen, etwas Un-erlaubtes zu tun. Er machte sein Klopfzeichen: tock, ... tock, tock ... tock, tock, tock ... TOCK! Die Türe ging leise und lang-sam auf und KA schlüpfte ins Zimmer. Schwester Silvia hatte die Suppe schon aus dem Warmhaltetopf geholt und in den Suppenteller gefüllt. KA erinnert sich genau an dieses Bild: der kleine, schlichte, Holztisch vor dem Fenster, davor ein schlich-ter Holzstuhl mit einem kleinen grauen Kissen darauf. Der Teller mit heißer, grün schimmernder Suppe dampfte und es zogen kleine Geisterwolken in die Luft. Im Zimmer selbst war es ziemlich kalt. Die Schwestern mussten sparsam sein beim Heizen. Umso besser schmeckte die heiße Suppe, wenn sie langsam die Kehle hinunter lief und im Magen landete. Hmm, dieses herrliche, warme Gefühl. Schwester Silvia saß auf ihrem Bett und schaute KA selig lächelnd beim Essen zu. Und KA spürte irgendwie, dass sie ihn liebte, als wäre er ihr eigenes Kind. Die ganze Zeremonie lief völlig im Stillen ab. Keiner der beiden sprach ein Wort. Keiner der beiden fühlte sich unwohl dabei, jeder genoss gerade das, was er tat. KA löffelte seine Brokkolisuppe und Schwester Silvia beobachtete ihn mit einem verklärten Blick dabei. ...

Ein Brokkolibeet also, dachte KA, das muss her.

Mittlerweile jonglierte KA mit drei Wünschen. Die Wünsche wechselten nun schon die Hände, wurden im Geiste von KA hin und her, rauf und runter und hinter seinem Rücken hoch ge-worfen und vorne wieder aufgefangen usw.

Der Pyjama fiel als erstes herunter.

Da waren es nur noch zwei Wünsche die durch die Luft flogen! Hin und her, rauf und runter und unter der Achsel hindurch und hinter dem Rücken wieder aufgefangen und ... ups! ... die Leiter konnte von KA nicht mehr aufgefangen werden. Da blieb nur noch das Hochbeet für Brokkoli übrig. Mmmmh, seufz, mit einem großen Grinsen im Gesicht freute sich KA über diesen Wunsch! Es wurde ihm so warm ums Herz und Schwester Silvia erschien wie ein guter Geist förmlich vor ihm und nickte bestätigend mit dem Kopf und ihrem liebevollen Lächeln.

Nun hatte KA bis zum Frühjahr Vorfreude im Bauch. Sobald der Schnee geschmolzen war und im März die ersten warmen Sonnenstrahlen die Erde langsam aber sicher wieder auftauen lassen, würde er beginnen das Hochbeet zu bauen, damit er dann im April / Mai mit der Aussaat von Brokkoli beginnen könne.

Berührung

KA liebt die Körperpflege. Keiner auf der Welt hat überhaupt eine Ahnung davon, so die Meinung von KA, wie wichtig die richtige Körperpflege ist! Schon als kleines Waisenkind hat er es sehr genossen, von den Schwestern, die sich um ihn kümmerten, liebevoll gewaschen und hinterher eingecremt zu werden. Damals war es zwar nur Vaseline und etwas Penatenöl was die Schwestern zur Verfügung hatten, aber es fühlte sich einfach toll an. Es ist das A und O von Berührungen verwöhnt zu werden. Da ist sich KA ganz sicher. Egal wie alt jemand ist! Ein ganz junger Mensch, ja die Babys, ebenso wie die ganz alten Menschen brauchen und lieben es, am Körper berührt, gestreichelt oder gepflegt zu werden. Warum das so ist? Keine Ahnung, doch eines ist sicher, wir Menschen sind soziale Wesen, die gerade über den Körperkontakt in der Lage sind, sich als zugehörig, anerkannt und vor allen Dingen sicher und geliebt zu fühlen. Das hat KA sogar als Nachweis gelesen, in einem seiner unzähligen Psychologiebüchern, die er alle einmal vor einem alten Ärztehaus aus dem Sperrmüll gefischt hatte. Das Experiment eines Psychologen, sein Name war Renè Spitz, das in einem Waisenhaus in den 50ziger Jahren durchgeführt wurde, ergab, dass ein Mensch ohne liebevolle Berührung und Zuwendung krank wird und sogar stirbt! Dies war natürlich ein schreckliches Experiment und dürfte heutzutage unter keinen Umständen mehr durchgeführt werden. Aber es hat gezeigt, dass es in erster Linie die Berührung ist, von der der Mensch zehrt um psychisch und körperlich gesund bleiben zu können.

Sicher geht man hier von der liebevollen Berührung aus. Aber da KA ja sehr viel nachdenken muss, kam er zu dem Schluss, dass auch schmerzhafte Berührungen jemanden am Leben halten. So hat er schon oft von verschiedenen Schicksalen gehört, dass es beispielsweise Frauen gibt, die sich lieber immer wieder von ihrem Mann schlagen lassen, ja sogar krankenhausreif, bevor sie ihn freiwillig und beherzt verlassen würden. Nicht einmal die Vernunft hilft hier, selbst dann nicht wenn die Kinder darunter leiden, weil sie stets unfreiwillige Zeugen sind, wenn der eigene Vater die geliebte Mutter prügelt. Was steckt dahinter? KA hat diese eine Ahnung, es könnte der versteckte Wunsch nach Liebe, Nähe und Berührung sein, der anders nie erfahren worden wäre, als auf diese Art und Weise. Lieber schmerzhafte Berührung erdulden und dies als Zeichen der Liebe deuten, als gar keine Berührungen, was den Trugschluss zulässt, nicht liebenswert zu sein, was so qualvoll sein muss, wie der Gedanke an Tod.

Vieles ist so ungenau und verdreht auf dieser Welt, das denkt sich KA oft. Doch dann geht er hinüber zum Küchenschränkchen, holt eine Tabakdose heraus und beginnt wie verrückt Zigaretten zu drehen.

Das Leben – ein Drahtseilakt

KA weiß, dass das Leben ein Drahtseilakt ist. Entweder du gehörst zu den Guten oder den Schlechten, zu den Reichen oder den Armen, zu den Kranken oder zu den Gesunden. Worauf es ankommt, ist die Kunst, auf dem Drahtseil zu balancieren, ohne das Gleichgewicht zu verlieren! Im Gleichgewicht zu bleiben ist die wahre Kunst im Leben. Sonst schwankst du von einem Extrem ins andere, wie das schwere Pendel, einer großen, alten Pendeluhr und wenn du nicht aufpasst, dann schlägt`s Dreizehn! Hoppla ...

KA ist kein großer Künstler diesbezüglich. Er bewegt sich gerne im Mittelfeld, aber die Realität reißt ihn oft genug von der einen Seite auf die andere und er hat sich dabei schon viele Ecken und Kanten abgeschlagen. Doch das verhilft wiederum dazu, immer runder geschliffen zu werden, auch wenn es meistens ziemlich weh tut.

Zuletzt befand er sich im Mittelfeld, als er eine 12-tägige Bergwanderung, ganz alleine, von Gipfel zu Gipfel unternahm. Er war so was von in der Mitte, wie nie zuvor. Er hatte nichts und niemanden um sich, war nur mit sich selbst und seinen Schritten beschäftigt, die ihn mal rauf und mal runter bewegten. Am schönsten war es ganz oben zu sein, auf einem Gipfel ... und dann ... auf alles was da unten ist, entspannt herunter zu schauen. Ein tiefer Atemzug automatisierte sich da bei ihm und durchspülte ihn mit frischer Bergluft, die so sauber ist, dass man es kaum fassen kann. Wie deutlich man spürt, dass unten alles viel schmutziger, dichter und unruhiger ist, das ist die Erfahrung die man machen kann, wenn man alleine in den Bergen ganz oben unterwegs ist. Eine wirklich, wirklich großartige Erfahrung. Für KA sind es gerade diese Momente, die er so sehr schätzt, denn er ist ein wahrer Genießer von »allein sein«, mit allem eins sein, diese Momente die es nur da draußen in der herrlichen Natur gibt.

Doch dann kam die Zeit des Abstiegs. Der 12. Tag war erreicht. Langsam, sehr langsam, fast schon schleichend, ging er den Berg hinunter, Richtung Tal. Irgendwie war ihm gar nicht wohl zumute. Er spürte schon bei dem Gedanken daran, wieder im Tal anzukommen, eine Art innere Sperre, die ihm das Atmen schwerer fallen ließ und ihm das Gefühl gab, als wären seine Beine schwer wie Blei. Beim Abstieg ist es so, als ob man sich einem Pfuhl nähert, indem alles stinkt und raucht und schreit. Ein dunkles Loch tief in der Erde, in die alle hineingefallen sind, die sich im Laufe ihres Lebens mit sagenhaft vielen schlechten Energien verbunden haben und diese nun nicht mehr loswerden. Die an ihnen kleben wie Pech und Schwefel! Und diese Leute sind alle in dieses Loch gefallen, welches so riesig ist, dass das ganze Tal davon erfüllt ist. D. h. auch, dass derjenige, der gerade so in seiner Mitte und so herrlich erfrischt von den Bergen herunter kommt, nicht umhin kann, unten im Tal, auch durch dieses Loch spazieren zu müssen, wenn er daheim ankommen will. Es gibt einfach keinen Umweg oder eine Brücke darüber hinweg oder so was. Man ist gezwungen, sich dem Gestank des Pfuhls auszusetzen.

KA geht durch den Pfuhl ... seine Mitte ist gefährdet! Er stellt sich ein Drahtseil über dem Pfuhl vor auf dem er mit Hilfe einer langen Balancierstange drüber balanciert. Unter ihm, das Leben im Pfuhl, aber auch neben ihm. Denn da gibt es einiges was aus dem Pfuhl heraus und in die Höhe springt und versucht ihn zu erwischen. Das sind z. B. die Leute, die dich sehen, wenn du voller Energie und einem strahlendem Lächeln, gut gelaunt mitten im Leben stehst, und diesen Anblick nicht ertragen, weil sie selbst im Pfuhl stecken. Jene, die es nicht dulden, dass es einem anderen besser geht, denn das würde ihre schlechten Geschichten verbessern, an die sie glauben und an denen sie hängen und in denen sie sich immer und immer wieder suhlen, wie die Schweine im Morast! Und das geht gar nicht. So z. B. Herr Lindner, der Inhaber einer kleinen Bäckerei im Dorf, gleich neben dem Bauernhof, unweit von KA`s Haus. Der wartet nur darauf, dass er einem den Tag oder die gute Laune vermiesen kann. Du kommst in den Laden rein, hast gute Laune und sagst mit einem echt, guten Lächeln auf dem Gesicht: "Guten Morgen, Herr Lindner! Wunderschöner Tag heute, nicht wahr?". Doch Herr Lindner sagt daraufhin mit einer grenzenlos tieftraurigen und frustriert grimmigen Stimme, ohne deiner Frage überhaupt Beachtung geschenkt zu haben: "In der Zeitung steht, dass sie uns im nächsten Jahr die Steuern wieder drastisch erhöhen wollen! Auch die Atomkraftwerke in den Nachbarländern werden stets aufgerüstet, während Deutschland seine Atomkraftwerke abgebaut hat und dafür der Strom immer teurer für uns wird. Und diese ständig steigenden Benzinkosten ... außerdem spielt das Wetter total verrückt. Die Leute haben keine Lust auf Kuchen essen, wenn es dauernd wie aus Eimern regnet. Mein Angestellter macht dauernd die Teigrührmaschine kaputt, weil er zu dumm ist die richtigen Knethaken einzusetzen. Ich könnte kotzen, wenn ...!!!"

KA klammert sich dann fest an seiner Balancierstange fest und konzentriert sich auf das Drahtseil um nicht das Gleichgewicht zu verlieren. Das kann nämlich, nachdem man eine herrliche Auszeit von allem, von mindestens 5 Tagen hinter sich hat, komischerweise viel leichter passieren. Also, je mehr man in seiner Mitte ist, je länger man in seiner Mitte bleiben konnte, umso leichter kann man dann sein Gleichgewicht wieder verlieren. Unglaublich, nicht wahr? Ja, aber so ist das. Und KA weiß in diesem Fall auch warum das so ist.

Weil das die Herausforderung der Erfahrung

der Mitte ist,

im Gleichgewicht zu bleiben,

oder auch nicht,

wenn man am Leben teilnimmt.

Und es ist weder richtig, noch ist etwas falsch daran. Es ist einfach so wie es ist.

KA und das Alter

KA ist ja nun am liebsten alleine, wie wir wissen. Dennoch liebt er die Gesellschaft anderer Menschen. Diese Anzahl an Menschen ist aber sehr eingeschränkt. Es handelt sich hier wirklich nur um ein paar ausgewählte Personen, denen er gerne und viel Aufmerksamkeit schenkt. In erster Linie handelt es sich um Senioren und natürlich Seniorinnen! Diese Personengruppe hat noch Niveau! Wenn ein älterer Mensch – KA geht hier von einem Alter ab 60 plus aus – noch in sich ruht und es auch geschafft hat, seine Mitte im Laufe des Lebens relativ gut im Gleichgewicht zu halten, dann ist das ein enormer Profit. Eine Bereicherung für KA. Alles was solche liebenswerten Menschen zu berichten und zu geben haben ist so gehaltvoll an guten Manieren, schöner Sprache, glänzenden Augen, einem unwiderstehlichem Lächeln, Sanftmut und vor allen Dingen sind sie von Verständnis geprägt.

KA hat da z. B. einen sehr guten *alten* Freund. Dieser heißt Fred. Fred und KA lernten sich in einer Bildungsanstalt kennen. Während Fred dort Unterricht in Deutsch und Englisch abhielt, war es KA der wieder einmal im Unterricht saß um sich weiter zu bilden. KA liebte die Art des Unterrichts den der ältere Herr dort so professionell an seine Schüler weitergab. Zumindest war das die Wahrnehmung von KA. Wie es die anderen Schüler in der Klasse damit hielten kann er nicht sagen. KA befand sich deshalb im Deutschunterricht, weil dieser im Rahmen seiner Ausbildung zum Pädagogen dazu gehörte. Ja, KA ließ sich zum Erzieher ausbilden. Liebe Leser, Ihr könnt Euch sicher denken warum, nicht wahr? Richtig, es ist wieder einmal seine Vergangenheit die da mit hineinspielt. Ein Heimkind, so wie KA eines war, hat Bedarf an der Analyse kindlicher Entwicklung! Logisch. Jedenfalls ist KA auf Fred, seinen Deutschlehrer total abgefahren, wie man heute umgangssprachlich gerne mal etwas ganz Tolles bezeichnen möchte. Und so ergab es sich auch tatsächlich, dass sich beide für gemeinsame Treffen verabredeten, denn die Wellenlänge stimmte bei beiden sofort überein. Die Gespräche die sie miteinander führten sprengten an Länge und Qualität so manchen tausendseitigen Roman, aber ganz locker. Sie trafen sich überall, im Biergarten, auf dem Segelboot, auf dem Minigolfplatz, im Restaurant, im Café, bei KA zu Hause oder per Telefon.

Fred der Deutschlehrer, war damals ein 65 jähriger, pensionierter Gymnasiallehrer, der immer noch im Arbeitseifer steckte, aber nicht etwa weil er nicht loslassen konnte, sondern weil er in erster Linie auch sich selbst etwas Gutes tun wollte. Es ging ihm vielmehr darum seine Kondition in Sachen Gehirnfitness und die Kombination eine Aufgabe zu haben und Wissen an Wissenssuchende weiter zu geben, sinnvoll zu vereinen. Genial. Fred kleidete sich leger mit Jeans und schwarzer Lederjacke und ebenso lässig hielt er seine dunkle Aktentasche unter dem Arm. Am liebsten trug er knallrote Socken die durch seine klobigen MBT-Sandalen leuchteten. Seine Gangart erinnerte an einen Boxer der nach dem Kampf dringend aufs Klo musste. Wenn er zur Klassenzimmertüre herein kam, freute sich KA schon sehr. Jetzt ging es gleich los, der beste Deutschunterricht aller Zeiten. Als KA diese Ausbildung machte war er schon ziemlich reife 35 Jahre alt. Also auch das ist eine super Leistung, nicht wahr? Nun, KA konnte rückblickend behaupten, dass der Deutschunterricht damals in der Haupt- und Realschule längst nicht so entzückend war. Es kam weniger darauf an, was ein Schüler literarisch auf dem Kasten hatte, aber bei Fred war es genau das, was er aus seinen Schülern heraus holen wollte: literarische Fähigkeiten. Das war auch der Grund, weshalb er die Schüler oft wochenlang mit der Bearbeitung von »Streiflichtern« aus der SZ-Tageszeitung experimentieren ließ, was wiederum weniger nett war, weil einem die Streiflichter dann schon im Schlaf verfolgten. Diese Streiflichter wurden 1946 das erste Mal gedruckt und sie stehen seither unverändert links oben auf der ersten Seite. Hier werden mit einem schelmischen Augenzwinkern die großen und kleinen Ereignisse der Welt ins Visier genommen. Genau das wollte Fred auch bei uns bezwecken, den Inhalt genau ins Visier nehmen und exakt erörtern.

Nicht nur, dass KA ein vorbildlicher Schüler war und eine Eins nach der anderen fabrizierte, er war auch der Aktivste und Beste im Unterricht. Fred hatte seine wahre Freude an KA. Einmal hat Fred KA sogar gebeichtet, dass er nur deshalb so gerne in den Unterricht käme, weil er wusste, dass KA da war, denn ansonsten war die Klasse eher ein Schnarchverein. Und welcher Lehrer hat schon Freude an Schnarchern?

KA erinnert sich noch sehr gut an die Aufgabenstellung von Fred, eine Parodie auf den allseits bekannten Erlkönig zu kreieren. Diese Hausaufgabe war ein Klacks für KA. Da ihm diese Art des Schreibens sehr viel Spaß machte, war diese Parodie auch fix zu Papier gebracht.

Am nächsten Tag sollte die Hausaufgabe natürlich vorgetragen werden. Erstaunlich war, dass über die Hälfte der Schüler keine Parodie zustande brachten und ein Viertel überhaupt nicht mitbekommen hatte, dass dies eine offizielle Hausaufgabe war. Somit blieben nur KA und noch 3 andere übrig, die tatsächlich brav ihre Pflicht erfüllten. Als dann Fred nach freiwilligen Vorlesern fragte, meldete sich keiner außer ... richtig, natürlich KA!

KA hat extra für seine Leser, in der alten Kiste mit den sorgfältig aufgehobenen Ordnern aus seiner Studienzeit, die Erlkönig-Neukreation herausgesucht. Ihr seht hier als erstes die Parodie des Erlkönigs von KA und als zweites das Original von Goethe:

Erlkönig - Parodie

Wer knattert so spät durch Nacht und Wind?

Es ist der Vater mit seinem Kind.

Der Vater mit seinem Sohne Fritz,

Auf einer BMW mit Soziussitz.

Dem Sohne wird schon ganz angst und bang,

Denn sie nähern sich einem Bahnübergang.

Und da der Vater hat wieder Ein`n sitzen,

Beginnt der Fritz jetzt heftig zu schwitzen.

Der Zug, er nähert sich von der Ferne,

Man hört ihn schon rufen, und Fritz wär` jetzt gerne

Zu Hause, bei Muttern, auf ihrem Schoß,

Da gibt er sich endlich `nen Ruck und schreit los:

»Ey Vater, bist Du denn so besoffen?

Mach die Augen auf, halt die Ohren offen!

Fahr` langsamer, halte, sonst droht uns Gefahr!
Nimmst Du denn den kommenden Zug gar nicht wahr???«

»Mein Sohn, mein Sohn, ich hör` ihn genau,
Das werd`n wir schon schaffen und jetzt vertrau`!«
Als Fritz diese letzten Worte vernommen,
Da waren sie g`rad am Geleis angekommen.

Ein lautes Hupen, ein Krachen im Wald ...
Der fahrende Zug hat mächtig` Gewalt!
Der Vater, er lacht und freut sich gar sehr,
Gerad` noch geschafft, doch der Rücksitz ist leer!

Ein wenig benommen fährt er schleunigst nach Haus`,
Fällt schwer in das Bett, mit seinem Vollrausch.
Am Morgen, die Mutter fragt ihren Mann:
»Hast Du eine Ahnung wo uns`r Fritzschen sein kann?!«

Dem Vater grauset`s, wie ist er erschrocken ...
Fährt ihm eine dunkle Ahnung in die Knochen!
Drum schaut er nach seiner BMW ganz geschwind,
Doch da ist weder ein »Sitzerl«, noch ist da ein Kind!

(Verfasser: Keine Ahnung)

Erlkönig - Ballade

Wer reitet so spät durch Nacht und Wind?
Es ist der Vater mit seinem Kind;
Er hat den Knaben wohl in dem Arm,
Er fasst ihn sicher, er hält ihn warm.

Mein Sohn, was birgst du so bang dein Gesicht? -
Siehst, Vater, du den Erlkönig nicht?

Den Erlenkönig mit Kron` und Schweif? -
Mein Sohn, es ist ein Nebelstreif. -

»Du liebes Kind, komm, geh` mit mir!
Gar schöne Spiele spiel` ich mit dir;
Manch bunte Blumen sind an dem Strand,
Meine Mutter hat manch gülden Gewand.«

Mein Vater, mein Vater, und hörest du nicht,
Was Erlenkönig mir leise verspricht? -
Sei ruhig, bleibe ruhig, mein Kind:
In dürren Blättern säuselt der Wind. -

»Willst, feiner Knabe, du mit mir geh`n?
Meine Töchter sollen dich warten schön;
Meine Töchter führen den nächtlichen Reihn,
Und wiegen und tanzen und singen dich ein.« -

Mein Vater, mein Vater und siehst du nicht dort
Erlkönigs Töchter am düstern Ort? -
Mein Sohn, mein Sohn, ich seh` es genau:
Es scheinen die alten Weiden so grau. -

»Ich liebe dich, mich reizt deine schöne Gestalt;
Und bist du nicht willig, so brauch` ich Gewalt.«
Mein Vater, mein Vater, jetzt faßt er mich an!
Erlkönig hat mir ein Leids getan! -

Dem Vater grauset`s; er reitet geschwind,
Er hält in den Armen das ächzende Kind,
Erreicht den Hof mit Mühe und Not
In seinen Armen das Kind war tot.

(Johann Wolfgang von Goethe)

*

KA ist ein leidenschaftlicher Gedichte und Geschichtenschrei-
ber. Er hat schon oft überlegt, ob er nicht sogar ein Buch
schreiben sollte. Jedoch ist er ja materiell nicht gar so reich
gesegnet und hat einzig und allein Block und Bleistift und eine

uralte Schreibmaschine zur Verfügung. Hier seht Ihr die alte Mercedes:

Diese alte Mercedes f ... unktioniert zwar noch, aber sie hat einen großen Haken: das „f" hakt immer! Zum Beispiel wollte KA in einem brandneuen Gedicht auch etwas vom Funkenflug schreiben, der entsteht wenn das Lagerfeuer, an dem man am Abend draußen mit lieben Freunden sitzt, auch einen mächtigen Funkenflug erzeugt. Das klang dann einfach doof. Seht selbst:

Wir saßen im Acker am Lager ... f ... euer noch lange
Und er ... f ... reuten uns an dem herrlichen F ... unken ... f ... lug.
Als ein anderer, ich und die Sanne, erschrocken und bange
Den Traktor hörten, laut tosend und röhrend, mit seinem P ... f ... lug.

Eigentlich sah es dann so aus:

Wir saßen im Acker am Lager euer noch lange
Und er reuten uns an dem herrlichen unken lug.
Als ein anderer, ich und die Sanne, erschrocken und bange
Den Traktor hörten, laut tosend und röhrend, mit seinem P lug.

Blöd, nicht wahr?

Fred und sein Deutschunterricht sind nur ein Beispiel in denen KA das Alter zu würdigen verstand. Es ist auch noch Frauke da, die er sehr zu schätzen weiß. Doch von dieser sehr rüstigen Dame ein wenig später noch mehr. Aber da gibt es auch noch die Anna! Die Anna ist die wildeste von allen. Sie hat lustige graue, wuschelige Haare, die sie meist nur mit einem einfachen Einweckgummi oben am Kopf, der Scheitelmitte, zu einem lockeren Dutt zusammenfasst. Ihr Gesicht sieht so verschmitzt aus, wie das von einem manifestierten Waldelfen! Sie ist klein und sehr zierlich, aber äußerst zäh. Sie leitet viele Aufgaben in ihrem bis zum Rand angefüllten Leben. Wenn KA bei Anna ist, ist immer was los, nur nicht das was geplant war! Aber auch von Anna wird viel später noch berichtet werden. Wichtig ist nur, dass ihr, liebe Leser wisst, dass es eine Ehre für KA ist, sich mit den älteren Menschen in unserer Gesellschaft zu treffen und auszutauschen, weil sie noch etwas besitzen, was kein junger Mensch heute aufweisen kann. Das ist Erfahrung, den Blick für die Entwicklung der Dinge, die Fehler die passieren können und passiert sind, die Kraft und der Mut immer weiter zu machen, die Weisheit und das Teilen wollen ihrer Werte.

Regelungen, Bestimmungen, irrwitzige Auflagen!

KA liebt es sich zu amüsieren über verrückte Regelungen von verrückten Geschäftsleuten wie z. B. neulich, als er ein Angebot zur Teilnahme an einem Seminar, in dem man lernen könnte die Gnade Gottes zu erlangen, zugeschickt bekam. OK??? Genauer gesagt ist es ein Angebot, worüber man per Mausklick das Produkt *Gnade* in den *Warenkorb* legt und per PayPal bezahlt! Eine Woche lang übt man dann *Gnade*. Käufliche Gnade, ist das möglich? Der wichtigste Hinweis, im Anmeldeformular unter der Anmeldegebühr im

4-stelligen Bereich, lautete:

»Wenn du es dir nicht leisten kannst, bist du noch nicht bereit dafür. Dann gibt es noch einige Entwicklung und einiges Loslassen in deinem Leben zu tun. Besuche weiterhin die Onlinekurse, schau dir die Videos an und lies im Buch.«

Ist das nicht nett? Ha ha ha ha ha haha ah ha ah ahhaa hahaaaahahahaha ...

Wie gut ist es da keine Ahnung zu haben von gar nichts! Hiiiii hi hi hi hi hi hi ...

Dieses Anschreiben kam von einer Seminarleiterin die es sich zur Aufgabe gemacht hat, als »Gnadenverkäuferin« den Menschen dazu zu verhelfen ihr Leben weiterhin auf Irrwegen aufzubauen und erfolglos zu gestalten und gleichsam ihr Geld sinnvoll in ihre Hände zu geben und ihr als einem Guru zu folgen. Solche Post bekommt KA oft. KA hat durch solche Menschen das meiste gelernt, nämlich wie es nicht geht und wie man es nicht machen sollte. Er entwickelte ein Gespür dafür, wer sich wie entpuppt. Die meisten solcher »Lehrer von Lebensschulen« bleiben unersättliche Raupen. Wahre Schmetterlinge gibt es nur sehr selten.

KA weiß, wenn Du einen Schmetterling gefunden hast, ist dies ein wahrer Schatz! Aber noch besser ist es, selbst ein Schmetterling zu werden.

*

KA definiert - völlig kostenlos - Gnade so:

Gnade ist ein Instrument Gottes, das er dir als Angebot unterbreitet, quasi auf einem Silbertablett. Du brauchst selbst nichts zu tun. Er ist es, der dir diesen ewig herabrollenden Felsbrocken, den du gerade wieder nach oben geschoben hast, abnehmen möchte, wenn du ihn lässt. Dazu brauchst du ihm nur deine Absicht zu signalisieren, dann kann er deinen freien Willen umschiffen, um dir ein Leid zu nehmen oder zu ersparen, welches dich aufgrund deiner gewählten Erfahrung, schon viel zu lange quält (oder quälen würde) als gewollt.

Man könnte auch sagen:

statt:

ora et labora
(bete und arbeite)

lieber:

ora et dormire
(bete und schlafe)

;-)

Die noch viel schlimmeren
Regelungen und Versklavungen!

»NEIN!«. KA sagt ganz klar **NEIN** zu solchen Regelungen wie dieser hier:

»EU-Diktatur will natürliches Saatgut für ALLE verbieten.«

Diese widerliche Bestimmung kann nur von total durchgeknallten Leuten erfunden worden sein. Am 13.10.13 kam ihm diese Hiobsbotschaft unter. Und jetzt?

Jeder - auch wir Privatleute - der nach Verabschiedung dieses Gesetzes noch natürliches Saatgut benutzt, verkauft, verschenkt, zu Hause hortet oder nachzüchtet, bekommt erhebliche Strafen aufgebrummt. Es darf künftig nur noch von großen Konzernen, wie das SANTOMONSTER, kurz: Monsanto, produziertes und gentechnisch verändertes Saatgut verwendet werden. Also wehe du züchtest deinen eigenen Apfel nach! Pass auf! Das ist kein Witz!

Wozu das Ganze? Zum einen verdienen diese Konzerne Billionen damit. Zum anderen werden Nahrungspflanzen damit auf mehreren Ebenen zu einer Waffe.

KA macht sich Sorgen über seinen Brokkoli! Darf er den jetzt überhaupt noch anpflanzen, geschweige denn ernten und dann auch noch essen? KA ist in diesen Dingen wahnsinnig kritisch. Wer so handelt und Menschen derart versklavt, hat irgendwas nicht kapiert. Hier fehlt ein wichtiges Gen. Diese Leute machen nicht umsonst Genmanipulationen - klar, da ihnen selbst ja ein wichtiges Gen fehlt - nämlich das HerzGen. Solche Leute sind für KA nicht mal mehr Menschen, sondern WESEN. Wesen, denen das wesentliche HerzGen fehlt. Wäre es vorhanden, könnten sie solche Sachen gar nicht machen.

Diese Wesen haben auf Grund ihrer Herzlosigkeit nur eines im Sinn: Menschen ebenfalls zu herzlosen Wesen heran zu züchten und Menschen generell zu reduzieren. Das ist KA schon lange klar, denn er hat den klaren Blick, für alles, was nicht im

Geringsten natürlich ist. Denn man kann durch diese (für uns, die wir alle ein Herz im Leib besitzen) *bescheuerte* Bestimmung künstlich Saatgut verknappen und dadurch zum Beispiel unliebsame Staaten oder Gruppierungen bestrafen oder unter Druck setzen. (So wie dies seit Jahrzehnten bereits mit Öl und Gas geschieht.) Dann ist es so, dass die Verwendung dieser manipulierten Saatgüter das natürliche Saatgut kontaminiert und selbstverständlich schädigt. Unser natürliches, von Gott zur Verfügung gestelltes Saatgut wird allmählich aussterben, weil es ja nicht mehr verwendet wird. Am Ende ist jeder Mensch - KA meint all jene mit einem Herz im Leib! - abhängig von dem amerikanischen SANTOMONSTER. Es kommt schließlich so weit, dass, wer essen will, wer Wasser trinken will, wer Energie verbrauchen will, wer sein Bankkonto benutzen will, »brav« sein muss, weil sonst ... bleibt nur der Tod.

Da fallen KA wieder die Ostfriesen ein! In einem Bildband über Ostfriesland hat er einmal gelesen, dass die Ostfriesen ein sehr hartnäckiges Völkchen sind, die sich nichts sagen lassen. Auf ihrer Flagge findet man die Worte: Eala Frya Fresena. Hiermit soll die Tradition der Friesischen Freiheit zum Ausdruck gebracht werden. Der Wappenspruch bedeutet soviel wie »Erhebt euch, freie Friesen«. Die plattdeutsche Antwort darauf ist: »Lever dood as Slaav«. Was das heißt kann man fast schon heraus hören. Es heißt:

»LIEBER TOT ALS SKLAVE«

Und das ist jetzt kein Witz! Von denen kann man doch echt mal noch was lernen, dies ist KA`s Ansicht. Schwer beeindruckt von dieser Ostfriesischen Aussage, lässt auch KA nichts über sich kommen, was in irgendeiner Weise seine Freiheit beschneiden könnte.

Und er ist sich ganz sicher, so wie er es tief in seinem Herzen weiß und in seinen Blitzmeditationen mit dem Licht immer wieder erfährt, dass GOTT uns so sehr liebt, und deshalb die freie Wahl lässt. Wer aber in seine Schöpfung eingreift, indem er selbst GOTT spielt, der wird früher oder später mit einer bösen Überraschung rechnen müssen. Denn die Natur lässt sich ihrer göttlichen Matrix nicht berauben. Und es ist ihre Tendenz und ihr ewiges Bestreben, stets in der Balance zu bleiben. Sie wird immer wieder »back to the roots« ihre Originalität *remanipulieren*. Wie ein Gummiband, welches bis aufs äußerste gespannt wird, so wird der Tag kommen, wo alles was aus dem göttlichen Gleichgewicht gebracht worden ist, wieder mit enormer Kraft zurück schnalzen wird, zurück zum Ursprung. Dessen ist sich KA gaaaaanz sicher und lässt ein breites Grinsen in seinem bübisch, frechem Gesicht entstehen, weil ihm ein Bild dabei erscheint, während er diese Gedanken hegt:

(Achtung! Jetzt wird`s mal kurz extravagant!)

Erst wenn das letzte gendefekte WESEN, ohne Herz, erkannt hat, dass *Scheiße* stinkt, wird diese ihm ins Gesicht zurück geschleudert werden, um sich selbst davon zu überzeugen, wie unqualifiziert es ist, zu glauben, dass wenn man vorne Scheiße hinein gibt, hinten duftende Blumen raus kämen!

Wetten?

KA lässt sich seinen Brokkolisamen nicht wegnehmen oder verbieten. Im Gegenteil, das Brokkolihochbeet ist bereits in Planung und der Brokkolisamen bereits gekauft - und zwar ausreichend für die nächsten 10 Jahre!

Wenn KA zuhört ... oder Schnee im März 2013

KA sitzt in seinem Haus und wundert sich ... wundert sich über so manches menschliche Verhalten. Er kann es selbst nicht glauben, denn schließlich ist er ja ein Waisenkind, aber es gibt Kinder, die haben ihre Eltern und wenden sich tatsächlich von ihnen ab!!! KA wundert sich über solche Geschichten, die er erzählt bekommt, von gaaaanz lieben Menschen aus seinem Dorf. Solche Menschen zählen zu jenen, die KA sehr schätzen und ihn sehr in ihr Herz geschlossen haben. Sie haben gemerkt, dass KA ein Besonderer ist, einer der wirklich noch mit dem Herzen sieht! Da gibt es nicht mehr allzu viele von auf dieser Welt. Ohne überheblich sein zu wollen, gesteht sich dies KA sogar selber ein, denn er möchte diese Wertschätzung der anderen Menschen, die ihn so sehen auch gebührend anerkennen. Er weiß, dass wenn er ein solches Kompliment erhält auch dankbar dafür sein kann und muss, denn Menschen, die auf der Suche nach jenen sind, die ihnen noch zuhören und gleichzeitig nicht nur auf offene Ohren, sondern auch auf ein offenes Herz stoßen, sind oftmals im Hintertreffen, eher schizoid und in sich gekehrt, die sogenannten einsamen "Krieger des Lichts". Deshalb gibt sich ihnen KA vollkommen authentisch, ohne irgendwelche Allüren oder ein scheinbar bescheidenes Gehabe, wenn er doch genau weiß und spürt, wie wichtig er für manche Menschen sein kann! Somit kann KA folgende Geschichte erzählen, die er erst jüngst von einer sehr traurigen und verzweifelten Mutter gehört hat.

Sie kam zu ihm an einem grauen, verschneiten Tag im März! Ja, richtig gelesen, im März! Es hatte, obwohl sich der Winter schon vor einer Woche mit richtig sommerlichen Temperaturen verabschiedet hatte, schon wieder geschneit! Die Freude in den Augen der Menschen war so groß gewesen, endlich wieder warme Sonnenstrahlen auf der Haut zu spüren und grüne Wiesen sehen zu dürfen, doch innerhalb von zwei Tagen, senkte sich die Temperatur so rapide ab, dass es über Nacht wieder zu fürchterlichen Schneefällen kam. Und das setzt den meisten wirklich zu. Viele reagieren depressiv oder empfinden körperliche Schwäche und Lustlosigkeit. Die Mutter, die also zu KA an so einem Tag kam, legte weniger Wert auf die Kapriolen des Wetters, als auf ihr schwermütiges Herz, das, wie sie selbst sagte, sich in ihr zu verkrampfen drohte, weil es so litt.

KA möchte helfen, weiß aber auch ganz genau, dass er es nicht kann, denn jeder Mensch besitzt in sich die Kraft, sich selbst zu helfen. Das weiß er noch ganz genau aus der Zeit, als er als junger Knabe gerne auf seiner alten Buche im Klostergarten saß. Sie hatte ihm dies stets vermittelt, indem sie einfach nur für ihn da war, aber nichts für ihn tat. Allein die Präsenz ist entscheidend! Einfach nur da sein, zuhören und mit Liebe auf die Seele blicken die vor dir sitzt und sich dir öffnet ... und was dann kommt ist Heilung, oder Eingebung oder Gnade. Nenn' es wie du willst.

Die Mutter begann ihre Geschichte zu erzählen. Dabei waren ihre Hände verkrampft, symbolisch wohl so, wie ihr Herz zurzeit verkrampft war. Sie hatte klare, glänzende Augen wie ein See und ein gütiges Herz. Doch genau das bereitete ihr die größten Sorgen, dass es mit ihrer Güte wohl bald dahin sein könnte, weil sie immer häufiger von Aggressionen überrascht wird, die sich aus ihrem Innersten heraus an die Oberfläche kämpften. Ihre Tochter, so meint sie, würde sie nicht mehr lieben. Einfach so, von heute auf morgen. Diese ist 17, bald 18, und hat sich völlig von ihr abgewandt. Seit über einem halben Jahr kann sie keinen wirklichen Kontakt mehr zu ihr herstellen. Noch dazu ist die Tochter krank und als es zur Trennung kam, steckte die Tochter gerade mitten in ihrer Krankheit. Eine Krankheit die lebensbedrohlich werden könnte, wenn nicht richtig interveniert werden würde.

Während KA dieser verzweifelten Mama zuhörte, merkte er, wie in ihm eine tiefe Traurigkeit aufstieg. Eine Traurigkeit die ihm die Sehnsucht fühlen ließ, wie schön es gewesen wäre eine solche Mama gehabt zu haben, die sich so für ihn eingesetzt und so sorgenvoll um ihn gekümmert hätte. Es entfleucht ihm ein tiefer Seufzer, so laut und tief, dass die Mutter vor ihm ihr gesenktes Haupt hob und ihn mit leuchtenden Augen ansah. Ihre Augen waren *flüssig* geworden! Flüssige Augen bekommen die Menschen, wenn in ihnen der Engel erwacht ist. Das hat KA einmal in einem sehr schönen Buch gelesen, in dem es ausschließlich um die Beziehung von Engeln zu Menschen und umgekehrt ging. Er hatte beim Lesen stets einen Spiegel neben sich liegen, weil es ihm bei manchen Abschnitten im Buch so durchfuhr, ein unbeschreibliches Gefühl, dass er nicht wusste ob er glücklich oder traurig oder beides zugleich war, und dann hob er den Spiegel und sah hinein und konnte seine »flüssigen Augen« sehen wie sie regelrecht Licht ausstrahlten!!!

Eine Woge von Mitgefühl flutete von KA zu dieser Mutter, die ihr Kind scheinbar verloren hatte, und von ihr flutete diese Woge wieder zurück zu ihm. Es war, als würde sich etwas ausgleichen, was längst hätte ausgeglichen werden müssen. Eine sehr eigenartige Wahrnehmung, wirklich. KA kann es auch nicht recht beschreiben. Es gibt eben auch Erscheinungen, die einfach nicht mit Worten beschrieben werden können, die kann man nur erfahren und mehr nicht. Jedenfalls erfuhr die Mutter eine Art Trost auf einer anderen Ebene. Während sie KA weiter ihre Geschichte mit ihrem Mädchen erzählte, erfasste sie plötzlich eine unglaubliche Schwere, auch atmen konnte sie nur noch bedingt. Sie musste sich in KA`s Ohrensessel, welchen er damals als Abschiedsgeschenk mit aus dem Kinderheim nehmen durfte – dieser stand immer im Flur vor der hölzernen Treppe, wo es zu den Schwesternzimmern hochging, damit die älteren unter den Schwestern sich vorher noch kurz hinsetzen konnten, bevor sie die steile Treppe in ihre Gemächer in Angriff nahmen – ganz langsam zurück lehnen. Der Sessel war toll, denn er wirkte wie ein Thron und war aus schwarzem Holz, sehr weich gepolstert und mit weinrotem Samt überzogen.

Da saß die Mutter vor ihm mit geschlossenen Augen und atmete kaum. KA vertraute der Situation, denn er wusste, etwas Nichtirdisches geschah mit ihr. Die Gesichtszüge nahmen allerlei Ausdrücke an. Sie wechselten von schmerzverzerrt zu entsetzlich leidend, nach sehr erleichternd blickend zu einem überschwänglichen Gefühlsausbruch der tiefsten inneren Freude, wie sie nur im Herzen entstehen kann. Es liefen ihr die Tränen wie kleine Wasserfälle die Wangen herunter und ihre Atmung wurde wieder kräftiger und nahm zu. Als sie *durch* war klammerten sich ihre Finger fest an die Armlehnen des Throns und sie nahm einen so tiefen Atemzug, dass es schon bedrohlich wirkte. KA der ihr ja gegenüber saß empfand eine unglaubliche Dankbarkeit dies miterleben zu dürfen, denn die verzweifelte Mutter hatte soeben ihren ganzen Schmerz und ihr Leiden überwunden. Sie ist einfach durch gegangen und darüber hinaus gewachsen. Sie hat in einer anderen Ebene einen Prozess der Wandlung erfahren dürfen und kann nun loslassen.

Als sie die Augen wieder öffnet und KA erblickt, entsteht ein riesen großes Grinsen in ihrem Gesicht. Und beide mussten in ein schallendes Gelächter ausbrechen. Sie lachten und lachten und lachten. Sie lachten Tränen und waren so damit beschäftigt, dass am Ende keiner mehr wusste worum es überhaupt noch ging. Die Mutter stand auf, nahm KA in die Arme und drückte ihm einen dicken Schmatz auf die Wange. Sie bedankte sich mit einem Abschiedsgruß bei ihm, der da war: »Ich lasse Dir etwas zu kommen, was Du Dir schon seit langem wünscht!« und dann verschwand sie hinaus durch die Tür.

Das Hochbeet I

So langsam wird es Zeit mit dem Hochbeet anzufangen. Dies war der Wunsch, der ihm beim Jonglieren bis zum Schluss nicht herunter fiel. Mittlerweile war es ja März und eigentlich die beste Zeit mit Aufräumarbeiten im Garten zu beginnen. Leider hatte es ja wieder geschneit, was nun wieder eine Verzögerung mit sich brachte. Nichts desto trotz schmiedete KA die Pläne für sein Hochbeet weiter. Wenn er schon nicht nach draußen gehen konnte, so konnte er doch auf dem Blatt Papier seine Träume von einem perfekten Brokkoli-Hochbeet entwerfen. Er hatte eine ganz spezielle Form im Kopf. Die Form eines Elefanten!!! Er konnte es richtig dreidimensional vor sich sehen: der ganze lange Rüssel der sich dann zur Gestaltung des Kopfes hin immer mehr verbreiterte und dann vom Kopf immer dicker und runder wurde um den dicken Bauch des Elefanten zu bilden. Dann jeweils vier dicke Beine dran gesetzt und hinten am Ende des Körpers ein dünner Schwanz. Perfekt. Es gab also 8 Areale die unterschiedlich bepflanzt werden können. Zunächst überlegte er, aus welchem Material er das Hochbeet bauen wollte. Es sollte möglichst natürlich wirken. Er stellte sich diese neumodische Idee vor, die es seit einiger Zeit in den Baumärkten gibt. Das sind praktisch verzinkte Zäune die mit Natursteinen befüllt werden. So kann man, ob im Großen oder im Kleinen, von Mäuerchen bis hin zu meterhohen Steinwällen alles gestalten. Er wollte sich so eine Konstruktion holen für sein Elefantenhochbeet. Die Steine dafür würde er sich allerdings sparen, denn die klaubt er sich lieber aus dem Flussbett heraus. Am Dorfrand nämlich floss ein wunderschöner Fluss vorbei, den KA sehr liebte. Oft saß er stundenlang an seinem Ufer nur um immer und immer wieder die lieblichen Wirbel und kleinen Strudel auf der Wasseroberfläche zu beobachten. Er stellte sich dann bildlich vor, wie sich diese Strudelchen in die Tiefe schraubten. Und ebenso stellte er sich vor wie die Fische unter Wasser ebenfalls diese faszinierende Rotation beobachteten. Auch stellte er sich vor, wie die Fische ihn beobachteten, wie er gerade am Ufer saß und ebenfalls die rotierenden Strudel im Wasser beobachtete. Aber das ist eine andere Geschichte.

Da KA wie so oft wieder mal kein Geld zur Verfügung hatte, nahm er sich vor einen Hilfsdienst in der Nachbarschaft anzubieten, um sich das Geld für den sogenannten *Kofferzaun* zusammen zu sparen. Er skizzierte seine Zeichnung maßstabsgetreu auf Papier und berechnete die Menge an Material für sein Hochbeet. Da der Draht verzinkt ist, könnte dies schon einige Euros kosten. Aber egal, es ging ja darum einen Wunsch zu erfüllen, und wie schon so oft, erlebte KA bei solchen Aktionen ganz unverhoffte Quellen, die ihm plötzlich fehlende Mittel zufließen ließen.

Somit entspannte er sich erst einmal von seinen anstrengenden Gedankengängen und legte sich auf sein Kanapee welches mit kuscheligen Schaffellen bedeckt war. Er legte sich auf den Rücken, seinen Kopf dabei auf seinen Handflächen abgelegt, überkreuzte seine Beine und schloss die Augen. Er genoss es seinen Atem zu fühlen und ließ sich ein wenig davon tragen, auf den Wellen des Friedens die in seinem Herzen erzeugt werden.

So schlief er ein.

Der Träumer im Traum

... da kam ein Boot daher. Es trieb genau auf ihn zu. Er sah es schon von ganz weit in der Ferne. Es war ein ganz einfaches Ruderboot aus Holz. Er sah sich selbst am Meeresstrand einer einsamen Insel stehen. Wie lange er wohl schon hier sein mochte? Er konnte sich nicht erinnern. Seinem Aussehen nach zu urteilen doch schon etliche Zeit, denn er war gealtert. Er war bestimmt schon 67 Jahre! Ups, was ist geschehen? KA fand sich als 67-jähriger auf einer einsamen Insel wieder, irgendwo mitten im Südpazifik, ganz alleine. Oder? Halt, nein, er war nicht ganz alleine. Da war noch ein kleiner, rehbrauner Hund an seiner Seite. Er stand ebenso wie er am Ufer und starrte auf das ankommende Boot. Wie lustig, dachte er. Er fühlte sich so sorglos und frei. Er hatte auch kein wirkliches Verlangen das Boot unbedingt zu empfangen. Er hatte es längst aufgegeben auf Boote oder große Schiffe zu warten. Im Gegenteil, er war mit sich im Frieden. Er fühlte sich nicht allein oder gar einsam. KA hatte ein Leben als Schiffbrüchiger auf einer Palmeninsel begonnen vor gut 37 Jahren. Er kannte diese Insel wie seine Hosentasche. Kannte jedes Geräusch und Getier. War mit dem Meer und dem Wind vertraut. Er hatte es sich wohnlich eingerichtet auf ihr und hatte tatsächlich alles was man zum Leben brauchte. Ein Robinson Crusoe also! Doch woher kommt der kleine Hund??? Und warum bellt der auf einmal so laut?

*

... KA wachte erschrocken auf. Völlig benommen musste er sich erst einmal orientieren. Er war ja gar nicht als alter Mann auf einer Insel. Er hatte nur geträumt! Komisch, dachte er sich, wie kann es sein, dass ich so tief und fest eingeschlafen bin am helllichten Tag? Doch da ... da war es wieder, das Gebell! Das Bellen ist ja echt, bemerkte er! Der kleine Hund, der mit ihm am Meeresstrand stand, ist der jetzt hier??? Und da - schon wieder - »Wuff, Wuff«. Es kam von der Haustüre. KA stand endlich auf und ging zur Türe. Als er sie öffnete, saß auf der Fußmatte ein kleiner, rehbrauner Hund mit großen, schwarzen, kugelrunden Augen. Er hatte ein Halsband um und war mit einer Leine am Türknauf befestigt. Ein Briefkuvert fiel zu Boden, welches jemand zwischen Tür und Angel geschoben hatte. KA hob den Brief auf, nahm die Leine in die Hand und führte das Hündchen in sein Wohnzimmer. Es folgte ihm Schwanz wedelnd und war sichtlich erfreut bei KA sein zu dürfen. KA sah zum Hund und dann zum Kuvert und wieder zum Hund und wieder zum Kuvert. Er war sichtlich verwirrt. Eben noch auf einer einsamen Insel mit Hund im Traum und nun in seiner Wohnung mit einem Hund. Was sollte das? Er öffnete den Brief und las:

»Lieber Freund KA! Ich möchte mich herzlich bei Dir mit einem Dir wohl vertrauten Begleiter fürs Leben bedanken. Du hast mir so viel geholfen dabei, den Schmerz über den Verlust meiner Tochter zu überwinden. Ich hatte Dir ja versprochen mich zu revanchieren. Ich erinnerte mich noch sehr gut daran, wie Du mir schon vor längerer Zeit einmal von Deinem Kindheitstraum, einen eigenen Hund zu haben, erzählt hast. Hiermit ist dieser Wunsch erfüllt. Der Kleine ist ein Chihuahua und heißt Fufu. Ganz liebe Grüße und einen dicken Schmatz. Frauke«.

Fufu

Fufu war unglaublich! Genau der Hund, von dem KA immer geträumt hatte. Als Kind im Waisenhaus hatte er sehr gerne die Taschenbücher von Asterix und Obelix gelesen. Er bekam sie weiter geschenkt von einem älteren Jungen, der mit ihm beim Essen am selben Tisch im Speisesaal saß. Dieser Junge, er hieß Dominik, hatte irgendwie einen Hang zu KA. Er war stets freundlich zu ihm und hatte ihn nie beneidet oder gehänselt. Er war völlig neutral und ließ KA so sein wie er war. Insgeheim wünschte sich KA immer, es wäre sein älterer Bruder. Er war so loyal und umsichtig. KA fühlte sich sehr wohl in seiner Nähe. Dominik bekam die Comicbücher von einem Kioskbetreiber geschenkt. Der Kiosk lag auf seinem Schulweg. Immer wenn er daran vorbei kam, blieb er stehen und blätterte in den Asterix und Obelix Ausgaben. Der alte Mann, dem der Kiosk gehörte, hatte ein Herz für Dominik. Er wusste dass er aus dem Heim war und keine Eltern mehr hatte. Der alte Mann hatte sich immer einen Sohn gewünscht, aber dieses Glück blieb ihm verwehrt. Somit sah er in Dominik so eine Art Ersatz für seinen Kinderwunsch. Er konnte nicht umhin und deshalb beschenkte er Dominik als Zeichen seiner Sympathie und Zuneigung mit diesen begehrten Taschenbüchern. Dominik war eher wortkarg und schüchtern, deshalb konnte er sich eigentlich nur mit einem sehr glücklichen Lächeln bei dem alten Mann dafür bedanken. Aber genau das war es ja, was diesem Mann so sehr gefiel! Dieses unbezahlbare Lächeln eines Jungen, den er in sein Herz geschlossen hatte und der sein Sohn hätte sein können.

KA hatte also das Glück, an dieser Geste teilzuhaben. Dominik schenkte die ausgelesenen Werke an KA weiter und dieser verliebte sich zunehmend mit jeder weiteren Ausgabe in den kleinen Hund Idefix, den treuen Begleiter von Asterix. Er sah im Grunde genauso aus wie Fufu, nur dass Fufu braun war und Idefix war weiß. Herrje!

Ist das nicht schön? KA muss tief seufzen, wie so oft, wenn ihn etwas so sehr überwältigt. Er ist von Fufu so angetan, dass er ihn erst einmal vorsichtig nimmt und auf seinen Schoß setzt. Wie weich er ist, dachte KA. Sein Fell ist so fein und seidig. Er hat längeres Haar und ist ein Federgewicht. Er hat höchstens 3 Kg, dachte KA. Oh, wie bist Du süß, mein kleiner Fufu! Hurra, danke liebe Frauke, das ist ein wunderbares Geschenk. Er überlegte sich, wie er Frauke seine Freude mitteilen könnte.

KA will Frauke besuchen

Frauke lebte in einem wunderschönen Haus, am Ortsrand, und direkt am Flussufer. Das Haus war etwas ganz Besonderes, denn es war ein Reetdachhaus. In erster Linie hatte es lauter runde Formen. Das Dach war ein Walmdach und sehr weit heruntergezogen.

Über jedes der hübschen, weißen Fenster, machte es eine Welle. Überhaupt sah es beinahe so aus, wie diese Erdhäuser der Hobbits, nur das es oberirdisch da stand. Die Haustüre war in einem Rundbogen eingelassen und im oberen Teil mit Glas versehen. Es zierten sie sogenannte Butzenscheiben. Die sind mundgeblasen und allesamt in unterschiedlichen Farben. Eine Butzenscheibe, Batzenscheibe, Nabelscheibe, fälschlicherweise als Ochsenauge oder scherzhaft auch »Flaschenboden« bezeichnet, ist eine runde Glasscheibe von 7–15 cm Durchmesser. Sie hat produktionsbedingt in der Mitte eine Erhöhung, den Butzen oder Nabel. Sie sind oftmals bleiumrandet. Das weiß KA noch aus dem Heim & Hobby Heft, Ausgabe 10 von 2009. Diese Haustüre gefiel KA besonders gut, denn sie war so vielfältig und außergewöhnlich wie Frauke es auch war. Der Eingang also passte so gut zu ihr und drückte schon sehr viel ihres eigenen, liebevollen Wesens aus. Ansonsten waren alle Fensterrahmen und die restliche Türen aus Holz und weiß gestrichen. Das Haus lag inmitten eines riesigen Grundstückes. Da gab es so herrlich viele alte Bäume. Ganz besondere Baumgeister würde KA sagen, bewohnten diese Bäume. Natürlich gab es auch eine uralte Buche. So eine wie in KA`s Hofgarten des Waisenhauses. Um das schöne Haus herum, hatte Frauke einen herrlichen Bauerngarten angelegt. Es wachsen hier alle möglichen bunten Blumen und überall schimmern und leuchten im Sonnenlicht gläserne Gartenkugeln in allen möglichen Formen und Farben. KA konnte sich kaum satt sehen, wenn er sie besuchen kam.

Frauke, die seine Mutter hätte sein können, liebte die Natur über alles. Es war ihr wichtiger mit der Natur im Einklang zu sein, als sich mit allzu vielen Menschen abzugeben. Sie lebte eher zurück gezogen und ließ nicht jeden an sich heran. Frauke hat im Laufe ihres Lebens schon so manches Schicksal hinter sich gelassen. Ganz aktuell erlebte sie doch den »Schmerz des Loslassens« durch ihre Tochter. Trotzdem war sie nicht verbittert oder gar schwermütig geworden, auch wenn es solche Phasen ab und an einmal gab. Sie blieb nie darin hängen, sondern erkannte in jeder schmerzhaften Lage ihre neue Chance. Und das genau war es, was KA so sehr an Frauke faszinierte. Sie hatte die Gabe die Chancen zu erkennen, wo andere niemals eine vermuten würden.

*

KA machte sich mit Fufu auf den Weg. Er wollte noch am Flussufer vorbei schauen um Frauke einen besonders schönen Dankbarkeitsstein mitzubringen. Der kleine Fufu war sofort auf KA fixiert und trottete schön brav an seiner Seite mit. Sie kamen zum Flussufer. Heute war ein guter Tag für die Steinsuche. Es war nur wenig Wasser im Flussbett und somit lag viel Kies frei. KA wollte mit dem inneren Auge einen Stein finden. Dazu stellte er sich an einer guten Stelle auf den Kies mit geschlossenen Augen hin und begann sich langsam zu drehen. Er streckte seinen rechten Arm aus und den Zeigefinger. Dann hielt er inne und beugte sich zu Boden und ließ den Zeigefinger absinken. Nun öffnete er die Augen. Der Zeigefinger war auf einem vom Wasser rund geschliffenen, dunkel blauen Stück Flaschenglas gelandet. Er hob es auf und hielt es gegen das Licht. Es war ein wunderschönes Stück und etwa so groß wie eine Mandarine. Es lag gut in der Hand. Nun ja, dachte sich KA, es ist zwar kein Stein, aber dafür ist es viel schöner als ein Stein und Frauke hat sicher einen guten Platz dafür in ihrem schönen Haus, davon bin ich überzeugt.

Fufu stupste ihn mit seiner Nase an die Wade, als wollte er sagen: Genau richtig!

Zuhause bei Frauke

Glücklich pfeifend und mit einem herrlichen Stück blauem »Dankbarkeits-Glas« in der Hand, und dem kleinen Fufu an seiner Seite, schlenderte KA auf Fraukes Haus zu. Schon von weitem lachte ihn das lustige Haus an, mit seiner menschenähnlichen Mimik. Ja, so ist es, das Haus von Frauke wirkt irgendwie menschlich und lebendig.

Am Gartentor angekommen sieht er die fleißige Frauke in ihrem Bauerngarten buddeln. Sie ist gerade dabei - es ist Anfang Juni - Brokkoli zu pflanzen. »Hallo, Frauke!«, ruft KA ihr zu. Sie blickt auf und sofort breitet sich ein wunderschönes, freundliches Lächeln in ihrem Gesicht aus. »KA, mein Lieber! Das ist ja schön Dich,« und sie blickt zu Fufu, »ah, Euch beide, zu sehen. Kommt herein!« Sie öffnet ihm das Tor und KA und der kleine Hund treten in den Zaubergarten. Frauke umarmt ihn und begrüßt dann Fufu, der sogleich schwanzwedelnd und hocherfreut an Frauke hochspringt.

»Ich habe frischen Kräutertee gemacht, willst Du eine Tasse mit mir trinken?«, fragt sie KA. Dieser nickt ein wenig schüchtern, denn er merkt wie ihm gerade verschiedenste Gedanken durch den Kopf gehen: »Frauke ist so lieb; so könnte ich mir meine Mutter vorstellen; es wäre schön wenn sie es wäre. Ich fühle mich irgendwie so wohl und geborgen bei ihr. ...« »Was hast Du, KA?«, fragt sie besorgt, weil sie genau spürt dass etwas nicht mit ihm stimmte. Sie reicht ihm die Teetasse, die mit einem schönen Rosenmotiv dekoriert ist und sieht ihn dabei fragend an. KA nimmt die Tasse mit beiden Händen entgegen und murmelt: »Na ja, ganz ehrlich, ich vermisse komischerweise gerade meine Mutter ... hm, das ist seltsam, es ist doch alles so lange her und trotzdem, wenn ich bei Dir bin, dann denke ich mir, ach wäre es schön, wärst Du meine Mutter!«, und bei diesen letzten drei Worten, hebt KA seinen Kopf, sieht Frauke an und strahlt übers ganze Gesicht. »Ach KA, ist das süß von Dir ...«, geht zu ihm und drückt ihn an ihr Herz, »... aber weißt Du, das ist doch völlig in Ordnung und im Übrigen überhaupt kein Problem. Ich kann doch wie eine Mutter für Dich sein, nicht wahr?«, und sie lacht KA überzeugend an. Beide fangen nun so zu lachen an, dass ihnen die Tränen übers Gesicht laufen, es könnten auch ein paar Tränchen von Traurigkeit dabei sein, die KA da gerade vergießt ...

*

KA holt das Geschenk aus seiner Rocktasche. »Frauke, bitte öffne Deine Hand, ich habe etwas für Dich!« Sie tut wie ihr geheißen. Er legt das blaue Glasstück in ihre Handflächen. Sie schaut es an und sagt, wie es eigentlich nur kleine Kinder tun, mit diesem Entzücken in der Stimme: »Ui! Das ist aber herrlich. Ein so wunderschönes Glasstück vom Wasser rund geschliffen. Danke, vielen Dank lieber KA. Das ist etwas ganz Besonderes, denn dieses Glasstück ist voller Geheimnisse, das weißt Du, oder?« »Ja«, sagt KA, »der Fluss hat viele Geschichten in das Glas gespült und es sind diesem viele, viele Dinge passiert und es hat viel, viel Reibung im Wasser mit anderen Kieselsteinen erlebt, nicht wahr, das meinst Du?« »Richtig,« und Frauke nickt mit dem Kopf, »der blaue Glasstein kann auch gerade Dir eine Geschichte erzählen, er hat es mir soeben zugeflüstert!« KA's Augen werden riesen groß und er fragt: »Wirklich?«.

Fraukes Zaubergarten

Frauke entfernt sich mit dem Glasstein in ihrer Hand und verschwindet kurz im Haus. Schließlich kommt sie mit einer runden Glasschale, die sie mit Wasser befüllt hat, zurück. Das blaue Glasstück liegt darin am Boden und leuchtet. »Komm«, sagt sie zu KA, »wir gehen rüber in den Pavillon, ich will Dir etwas zeigen.« Dieser Pavillon hat es in sich. Das ist kein gewöhnlicher 0-8-15-Baumarkt-Pavillon. Er ist aus altem, antikem Kupferrohr mit viel Patina und geschmiedeten Eisenbändern. Sehr aufwändig gedreht und mit vielen Spiralen versehen. Die 4 Standsäulen tragen ein phantasievoll gestaltetes Dach welches genau in der Mitte eine runde Öffnung aufweist. In diese Öffnung eingepasst, liegt ein großer Bergkristall, der wie ein Brillant geschliffen ist und wie der Schmuckstein eines Fingerrings gefasst ist. Der gesamte Pavillon ist rund und von Rankrosen umschlungen die herrlich, orange leuchtend blühen und so stark duften, wie Amber, Citrus und Rose in einem. Einfach unbeschreiblich und fast schon betäubend ... Ja, merkt KA, die Rosen versetzen einen irgendwie in einen Trance ähnlichen Zustand. Der rosenumrankte Pavillon steht mitten im großen Garten von Frauke, aber in dem Teil neben dem Bauerngarten. D. h. im Anschluss an den bunten Bauerngarten mit all den bunten Gartenkugeln folgt ein parkähnlicher Bereich. Hier stehen auf einer sauber gemähten Wiese uralte Bäume wie Weiden, Trauerweiden, Buchen, Haselnusssträucher, Holunderbüsche mit bizarr gedrehten Stämmchen, teilweise ineinander verschlungen. Auf dieser Wiese stehen kleine Blumeninseln. Frauke mäht um diese stets herum. So leuchten weiße Margeriten, strahlend rote Mohnblumen, und viele andere hübsche Wiesenblumen, wie kleine Gestecke auf einer grasgrünen Tischdecke, überall verstreut hervor. Von den Bäumen hängen selbst gemachte Windspiele herunter aus verschiedenen Materialien, die Frauke sehr phantasievoll hergestellt hat. Es gibt Windspiele die musikalisch sind, weil sie zarte Klänge hervorbringen, wenn der Wind sie sanft anschlägt, wie z. B. Metallröhrchen, Klangstäbe aus Schwemmhölzchen, Nussschalen-Quartette, Bambusstäbe, Bruchglasstücke und Muschelhälften. Hohe und tiefe Töne schwängern den ganzen Garten, wenn der Wind weht, mal schwächer, mal stärker, und versetzen die Atmosphäre dort in einen beinahe mystischen, elfenhaften Zustand. Die anderen Windspiele, die hier und dort hängen sind nur zum angucken. Sie haben verrückte Eigenschaften, scheinen dünner und dicker zu werden, wenn sie sich drehen oder ihre Farben ständig zu wechseln oder von einer bunten Fläche im Ruhezustand im schnellen Drehen zu einer einzigen Farbe dann verschmelzen ... endlose Möglichkeiten - alles in einem Garten. Das ist so wow für KA.

*

Die Beiden begeben sich in den runden Kristall-Pavillon, nehmen an dem runden ebenfalls stark verschnörkelten Eisentisch auf eben solchen Stühlen Platz. Die Eisenplatte des Tisches ist mit einer strahlend weißen Tischdecke, welche mit einem Rosenmuster aus derselben Farbe wie die der Rankrosen verziert ist, bedeckt. Die Stühle, sind mit Stuhlkissen ausgestattet, natürlich als Set passend zur Tischdecke! Frauke und KA sitzen sich gegenüber. Die Glaskugel steht in der Tischmitte. Das blaue Stück Flussglas liegt im Wasser. Just in dem Moment, wo Frauke ihre beiden Hände um die Glaskugel legt und sie etwas zu murmeln anfängt - KA kann es leider nicht verstehen - schießt wie ein Blitz aus heiterem Himmel, von oben aus dem Bergkristall der Kuppel, ein perlmuttweißer Lichtstrahl in das Wasserglas und saust kurz in das Glasstück und bringt es so zum Strahlen, als hätte er es angezündet! KA wich zuerst erschrocken zurück und konnte kaum glauben was er da sah. Das war ja wie im Märchen, dachte er sich. Das blaue Flussglas pulsierte nun beinahe so, wie ein Blaulicht auf einem Rettungswagen, als der weiße Lichtstrahl wieder verschwand.

»So, nun lebt es wieder!«, sagte Frauke ganz selbstverständlich. »Ja, genau, jetzt *lebt* es wieder.« ,sagte KA verwirrt. Er wollte jetzt aber auch nicht so vor Frauke dastehen, als hätte er keine Ahnung was eben passiert wäre und somit entschloss er sich, so zu tun, als sei er ein wissender Eingeweihter. »Das blaue Flussglas ist nun aktiviert worden und kann mir meine Geschichte erzählen!«, sagte er ganz professionell. »Genau!«, bestätigte Frauke ihn während sie ihn mit einem schmunzelnden Gesicht und wieder mit diesen flüssigen Augen ansah. »Das muss eine *gute Hexe* sein, die Frauke«, dachte sich KA, »die ich mir so sehr als Mutter wünschen würde«, und nickte vor sich hin.

Das blaue Flussglas erzählt KA eine Geschichte

»Ich habe nicht gewusst, dass ich rollen kann«, sagte ein kleines Kieselsteinchen zum blauen Glasstück im Flussbett. »Immer wollte ich mich anpassen, mich mit meinen Ecken und scharfen Kanten *einpassen*, da wo ich gerade lag, damit ich mich mit den anderen gut verbinden kann. Damit ich unter ihnen sein kann. Nicht weggeschwemmt werde von der Strömung, weg von den anderen, der Gruppe. Ich wollte bei ihnen bleiben, so sein wie sie! Ich wollte dazu gehören. Aber es gelang mir nicht.«, sagte das Steinchen traurig. »Warum bist Du traurig darüber?«, fragte das blaue Flussglas neugierig. »Wir lagen alle zusammen tief unten, unterhalb der kleinen Wasserkaskade«, begann das kleine Steinchen wieder zu erzählen, »in einer Mulde die von etwas größeren Steinen umrahmt war. In einem fort sprudelte sehr sauerstoffreiches Wasser über uns hinweg. Es gluckerte und blubberte und wir alle waren beruhigt. Wir lagen dort so geborgen und die Geräusche des Wassers waren unsere Lebensmelodie. Der Älteste unserer Gruppe sagte, solange wir diese Melodie hören können ist alles in Ordnung. Ihr seid in Sicherheit, nichts kann euch geschehen. Solltet ihr diese Melodie nicht mehr hören, dann hat es euch aus der Mulde geschwemmt und ihr seid dort draußen alleine hoffnungslos verloren. Also hütet euch davor aus unserer Mulde zu fallen, achtet darauf euch nicht zu bewegen, es gibt keinen Einzigen bisher, der jemals wieder zurückgekommen ist! Es muss fürchterlich sein, sagte der Älteste. Und ich war nach seiner Erzählung sehr verkrampft«, sagte das Steinchen, »denn ich hatte solche Angst mich zu bewegen, um ja nicht aus der Mulde zu fallen. Denn wenn ich mich bewegte, dann spürte ich, dass meine Ecken dadurch kleiner werden! Ich konnte mich dann nicht mehr so gut in der Gruppe festhalten, verstehst Du?«. »Ja«, sagte das blaue Flussglas, »ich kenne das Gefühl, wenn scharfe Kanten stumpf werden!«, und musste dabei etwas schmunzeln, »Aber warum hast Du Dich denn überhaupt bewegt?«, fragte das Glas. Das Steinchen seufzte tief bevor es begann: »Es ging nicht anders! Ich wurde erdrückt. Es wurde mir zu eng. Ich bekam kaum noch Luft. Ich fühlte mich unterdrückt und nicht beachtet. Egal wie sehr ich schrie, keinen schien es zu interessieren! Ich musste mich bewegen, verstehst Du, sonst wäre ich gestorben in dieser engen, finsteren Mulde. Am Anfang tat ich das nur sehr, sehr selten. Vielleicht alle 7 Jahre einmal. Dann alle 6 usw. Schließlich kam ich immer weiter nach oben. Ich lag gar nicht mehr so tief unten, erdrückt von den anderen. Zuerst bemerkte ich das gar nicht. Es fiel mir erst auf, als die Lebensmelodie lauter zu werden schien. Das Gurgeln und Plätschern des Wassers drang mir noch viel lauter in die Ohren.« Das blaue Glasstück hörte sehr interessiert zu. Es klang so vertraut was das Steinchen ihm da erzählte. »Mittlerweile«, fuhr das Steinchen fort, »konnte ich das Sprudeln auf meiner Haut sogar schon spüren. Es kitzelte fürchterlich! Ich war solche Gefühle nicht gewöhnt. Ich kannte bisher nur Druck, Enge und Schmerz. Doch auf einmal war da dieses intensive, sehr zärtliche Streicheln dieser Sauerstoffperlen auf mir zu spüren. Verstehst Du, das war ganz anders, als alles was ich vorher wusste. Und nun geschah etwas Sonderbares mit mir. Ich lag ja nun schon oben auf, auf meinen Brüdern und Schwestern in dieser Mulde, und das herab stürzende Wasser fing mich manchmal ein und drehte mich einmal ganz herum! Puh, war das beunruhigend. Solche Bewegungen und Gefühle waren für mich überwältigend. Aber hier oben passierte es einfach. Ich konnte mich auch nicht wehren. Es wurde einfach mit mir gemacht. Ich war dem Spiel des Wassers hier oben ausgeliefert.«. «Warum hast Du Dich so ausgeliefert gefühlt?«, fragte das Flussglas. »Na, weil ich Angst hatte, ist doch klar, oder?«, stammelte das Steinchen. »Vor was hattest Du Angst?«, fragte das blaue Glas sogleich. »Ich weiß nicht? ... Ich hatte Angst davor allein zu sein. Die Anderen befanden sich inzwischen alle unter mir. Ich konnte nicht mehr alle sehen und ihr Drücken spüren. Ich fühlte mich so ausgestoßen!«, jammerte es. »Na und«, sagte das blaue Glas, »wo ist das Problem? All die vielen Jahre davor hattest Du doch unter dem Druck der anderen gelitten! Warum hast Du Dich nicht einfach über Deine neue Lage gefreut?« »Der Älteste hatte uns doch davor gewarnt. Davor, aus der Mulde zu fallen! Es muss wohl fürchterlich sein, wenn das passiert. Du hast dann den Schutz der Gruppe verloren und keine Chance jemals wieder zurück zu kehren!«, seufzte das Steinchen. »Hör zu«, mahnte das Flussglas, »der Älteste muss doch so etwas erzählen. Wäre er sonst der Älteste?! Was glaubst Du wohl, wer die meiste Angst in der Gruppe in sich trägt? - Der

76

Älteste! Er hat am längsten von allen immer wieder mitbekommen, wie Steinchen, solche wie Du, aus der Mulde fallen. Sie sind natürlich nie zurückgekehrt. Er hat also keinerlei Erfahrung damit, was außerhalb der Mulde überhaupt passiert. Er kennt sich nicht aus. Außer schrecklicher Angst vor dem großen Unbekannten ist dem Ältesten nichts bekannt. Er spricht vom Schutz der Gruppe und es sei besser sich nicht zu bewegen, nicht wahr? Aber in Wahrheit ist es die Gruppe die ihm allein nur Sicherheit gibt. Er kümmert sich nicht und interessiert sich nicht für die Belange der Einzelnen in der Gruppe, oder hatte er auf Dein Schreien jemals gehört? Er benutzt euch nur um sich selbst damit zu bereichern. Er nimmt euch allen die Hoffnung auf Bewegung, die euch nach oben und schließlich über den Muldenrand befördern könnte. Er möchte nicht, dass ihr etwas erlebt, wozu er zu feige ist es jemals zu erleben. Er ist der Einzige der Angst hat und ihr glaubt alle durch ihn an die Angst und habt deshalb tatsächlich Angst. Aber das ist ein Irrglaube! Er hatte euch versklavt. Er wollte dass ihr bei ihm bleibt und ihm dient, als Schutz.« Das Kieselsteinchen ist sprachlos. Es fällt ihm nichts ein was es erwidern könnte. »Ist es so wichtig für Dich zurück zu kehren?«, fragte das Flussglas, »Willst Du wirklich zurück??« Das Steinchen sagte verbittert: »Ich weiß nicht?«, und weinte, »Was soll ich denn jetzt tun? Was soll ich denn jetzt bloß tun?«

»Dich umschauen, Steinchen! Bitte schau Dich um! Hast Du überhaupt schon bemerkt wo Du hin gerollt bist, nachdem Dich das Wasser aus der Mulde gespült hat?«, fragte liebevoll das blaue Glas.

*

Das Steinchen wurde aus der Mulde gespült und weil es schon so schön rund geschliffen war, von der Strömung, wurde es sehr weit flussabwärts getrieben. Das Steinchen hatte ja vor lauter Angst die Augen dabei zu gehabt. Es war total verkrampft und wollte nur noch zurück in die Mulde. »Es muss fürchterlich sein!«, klangen ihm die Worte des Ältesten in den Ohren. Wie viele lange Jahrzehnte hatte es mit dieser Angst gelebt, ja nicht aus dieser Mulde zu fallen und jetzt ist ihm genau das passiert. Es hörte die Lebensmelodie nicht mehr. Es rollte im Flussbett voran, voran und voran. Es ging ewig so dahin. Es wurde immer noch runder und glatter geschliffen. Bis es *Klick* gemacht hatte! Es wurde von einem blauen Glasstück ausgebremst, welches ihm im Wege lag. Endlich Ruhe. Kein Rollen mehr. Das Steinchen blinzelte und öffnete dann vorsichtig die Augen. Es lehnte an diesem Glasstück als wäre es davon aufgefangen worden.

»Herzlich Willkommen!«, sagte das blaue Glasstück.

*

Endlich wagte es das Steinchen sich umzusehen. Es war sehr vorsichtig dabei. Und was es sah, war so beeindruckend. Es war so viel Neues. Da waren Wasserpflanzen die kleine, weiße Blüten trugen, rund geschliffene Hölzchen, die an ihm vorbei flossen, andere Steinchen die auf ihn zu und an ihm vorbei rollten, aber auch ganz seltsame Gegenstände, wie Knochen, Samenkapseln von Bäumen, Blätter und auch viele bunte Glasstücke in allen möglichen Formen. Aber das Allerschönste was es sah, war eine junge Regenbogenforelle. Das Steinchen beobachtete sie sehr aufmerksam denn sie war gerade dabei Nymphenfliegen zu fangen. Es vergaß völlig seine Angst und seinen Schmerz, denn es war von diesem Schauspiel so beeindruckt, wie die kleine Forelle es schaffte das Wasser tatsächlich mit einem Sprung kurzzeitig zu verlassen, um aus der Luft solch eine Fliege zu erhaschen. Und all das gegen die Strömung!

»Oh, ich kann sehen! Ich kann es sehen!«, jubelte das Steinchen plötzlich ganz begeistert. »Was kannst Du sehen?«, fragte das blaue, rund geschliffene Flussglas das kleine Steinchen. »Das Neue!«, schrie es, »Das Neue!«

»Genau!«, sagte das Flussglas und schmunzelte.

KA hat nun zu knabbern

KA hat nun wirklich an dieser Geschichte zu knabbern. Puh, machte ihn die jetzt nachdenklich. »Ich soll also rollen?«, fragte er sich. Habe ich etwa vergessen, dass es noch etwas Anderes gibt, als mein kleines Haus mit einem Klo im Freien, meinen Garten mit dem immer noch nicht angelegten Hochbeet in dem einmal Brokkoli wachsen soll? Lebe ich vielleicht zu viel in der Phantasie als in der Realität? Sollte ich weniger träumen und mehr tun?

KA musste aufpassen dass ihm nicht schwindelig wurde bei so vielen Fragen. Zuviel Denken hat ihm noch nie sehr gut getan. Meistens verlor er sich dann im Gestrüpp der Gedankenwälder und fand nur schlecht wieder heraus. Im schlimmsten Fall landete er in einer kleinen Depression, was normalerweise bei seiner optimistischen Veranlagung eher selten passiert, aber wenn doch, dann richtig.

Er wagte es nicht, nach diesem Erlebnis im Pavillon irgendwelche Fragen zu stellen. Er trank nur seinen inzwischen kalt gewordenen Tee aus seiner blumig verzierten Tasse und blickte Frauke tief in die Augen. Sie erwiderte seinen Blick und verstand. Ihre Augen waren immer noch flüssig und strahlten wie hundert Sterne auf einmal. Sie hatte ein so wohlwollendes Lächeln für KA übrig, dass ihm ganz warm ums Herz wurde. Sie wusste um seinen Zustand und sagte sehr leise zu ihm: »KA, nimm Deine Geschichte mit und behalte sie in Deinem Inneren. Lass sie lebendig werden. Du bestimmst, wann es soweit ist. Nur Du allein.« KA nickte mit dem Kopf, nahm seinen Fufu und trottete sehr bewegt durch den magischen Garten und auf das Gartentor zu. Noch einmal blickte er zurück, doch Frauke war ihm nicht gefolgt. Sie war aber auch nicht mehr zu sehen. Er öffnete das Türchen und ging über die Schwelle hinaus in sein kleines, bescheidenes Leben zurück. Sein kleiner treuer Freund Fufu begleitete ihn ganz selbstverständlich dabei.

Das Hochbeet II
oder
Reich im Schlaf

Es ist schon erstaunlich, wie die Dinge völlig von selbst ins Laufen kommen, wenn man sie los lässt. Dies ist sicherlich eine der wichtigsten Erfahrungen für KA. Sobald er sich etwas in den Kopf gesetzt hat und nicht weiß wie er eine Lösung herbei schaffen soll, gibt er seinen Wunsch ab, indem er sich einfach auf etwas anderes einlässt, nämlich zu schlafen.

Das Geld für das Hochbeet zusammen zu bekommen ist die eine Seite, die andere ist die, dass er sich vornahm, Hilfsdienste in der Nachbarschaft anzubieten. Er hatte wirklich noch überhaupt keinen Plan, wie und wann er damit starten wollte. Er wusste nur eines wirklich, was für Qualitäten er im Umgang mit Menschen besaß. Das sind die guten Prägungen durch den Aufenthalt im Heim. Er lernte von klein auf so viele Charaktere kennen. So viele liebe Wesenszüge von uns Menschen, aber natürlich auch so viele durchgeknallte!

Er hatte ein Händchen für Probleme entwickelt und kann trotz Anteilnahme sehr gut bei sich bleiben. Wenn er eingreift, dann nur wenn er glaubt dass es sinnvoll ist. Ansonsten hält er sich bescheiden zurück.

Wie durch ein Wunder wurde er wieder einmal aus seiner Loslass-Siesta gerissen, die er auf seiner gemütlichen Schaffellcouch abhielt. Es klopfte jemand an die Scheibe und rief seinen Namen mit einer alten Krächzstimme: »KA! Hallo, bist Du zu Hause? Mach` auf, es ist wichtig!« Noch ein wenig benommen und die Augen reibend richtete KA sich auf. Er blickte zum Fenster hinüber und sah Frau Teebrot aufgeregt winken und ihre Nase an der Scheibe platt drücken. Frau Teebrot hatte diesen Spitznamen von KA bekommen, ohne dass sie es natürlich wusste, weil sie am liebsten um 16 Uhr auf ihrer Terrasse Tee und Brot aß. Das ist albern, natürlich, aber egal. KA muss auch für sich eine Linie ziehen dürfen, wo er als emphatischer Menschenversteher ganz klar abgrenzt, wen er an sich heran lässt und wen er lieber ganz und gar nicht an sich heran lässt. Frau Teebrot gehört zur zweiten Kategorie. Das ist jetzt zwar gar nicht nett, aber diese schon sehr, sehr alte Dame - sie ist 93 Jahre alt - hat leider überhaupt keinen Anstand! Traurig aber wahr. Sie ist distanzlos und respektlos. KA glaubt nicht daran dass dies etwas mit ihrem fortgeschrittenen Alter zu tun hat, denn wie wir ja wissen, respektiert und würdigt KA das Alter sehr. Aber bei Frau Teebrot ist *Anstand* ein Fremdwort. Sie ist Berlinerin und hat schon vieles miterlebt. Um sich durchzubeißen war ihr das Frechsein sicherlich ein großer Bruder gewesen, der sie nicht untergehen ließ. Ist ja alles gut und schön, aber KA wollte mit ihr nicht wirklich etwas zu tun haben, da sie des Öfteren plötzlich hinter ihm in seinem Garten steht und einen dummen Spruch ablässt. Dann verwickelt sie ihn in ein Gespräch und hört nicht mehr auf von sich zu sprechen. Oder sie zeigt ihm einen Vogel, wenn er gerade dabei ist, z. B. eines seiner Fensterbretter abzuschleifen, geht dann direkt zum nächsten Nachbarn weiter und erzählt diesem wie blöde KA sei, sein Fensterbrett abzuschleifen. Tz, alles sehr seltsam und statt weise eher schrullig. Sie ist halt so. Man muss sie ja nicht heiraten. Dennoch liebt es KA nicht so sehr, ständig von ihr überrascht zu werden. Selbst ein verschlossenes Gartentor ist für sie keine Barriere!

Entsprechend dieser Abneigung gegen Frau Teebrot grübelte er, ob er überhaupt reagieren sollte, da es sich nur wieder um eine Belästigung durch sie handeln konnte. Doch diesmal war es Fufu, der ihn dazu bewegte, ihr aufzumachen. Fufu stupste ihn ein paarmal energisch mit der Schnauze an den Oberschenkel während er sich mit den Vorderpfoten an der Couch festhielt. »Bitte mach ihr auf, KA!« schien er zu sagen. Ok, somit stand er auf und ging zur Tür. Da stand sie auch schon parat und überfiel ihn gleich verbal mit hunderttausend Worten in einem Knäuel statt nacheinander. Er verstand nur etwas wie: Frau ..., Tochter eines großen Konzernleiters, Eltern lange verstorben, allein in riesiger Villa, Anfang 50, vereinsamt, psychisch labil, Angst, sucht Anschluss.

»Will sie mich jetzt verkuppeln?«, denkt sich KA. Doch bevor er Fragen stellen konnte, war sie schon wieder am gehen denn sie hätte vergessen ihr Teewasser aufzugießen. Jetzt muss sie schnell nach Hause. Schwupp, ward sie auch schon nicht mehr gesehen.

KA hatte im ersten Moment keine Ahnung was er nun mit diesem, ihn aus dem Schlaf gerissenen Gestammel, anfangen sollte. Fufu schon! Er pinkelte ihm total gestresst an das Stuhlbein des Küchenstuhls. Erst jetzt kapierte KA, dass er schon längst mit ihm hätte Gassi gehen müssen. Schnell wischte er mit Küchenkrepp den Bach wieder weg und nahm seinen Hund an die Leine. Sie zogen diesmal nicht direkt auf die Feldwege zu wie sonst, sondern marschierten unbewusst, wie von unsichtbarer Hand geführt, durch die Siedlung. An der Einfriedung eines großen Grundstückes aus exakt geschnittenen Thujen, hob Fufu zum 50. Mal sein Beinchen und pinkelte nur noch Luft. Sofort öffnete sich das Tor zum Grundstück. Eine Frau trat heraus. Sie wirkte etwas verwirrt oder sogar eher verstört. Ihre langen, grauen offenen Haare wehten wild umher, weil sie so hektische Blicke in alle Richtungen unternahm. Da war Furcht gepaart mit Neugier in ihrem Gesicht. Dann sah sie den kleinen Hund und grinste, dann sah sie KA, nach dem ihr Blick vom Hund hektisch in die Höhe ging. Sie grinste nicht mehr als sie KA sah. Sie fing sofort an zu sprechen: »Oh, der Kleine, süß! Macht viel Arbeit so ein Hund, nicht wahr? Ist aber auch schön, oder? Viel raus gehen und so. Wollte immer schon einen haben, aber ich habe keine Zeit für so was. Das Haus ist so groß und ich habe viel zu tun im Haus. Nachts habe ich Angst darin, weil es so groß ist und vor ein paar Wochen waren Einbrecher darin, weil ich nicht da war. Jetzt fürchte ich mich sehr.« Da wollte sie schon gerade wieder kehrt machen und verschwinden, als KA sie ansprach: »Brauchen Sie Hilfe? ... Ich könnte für Sie da sein.« Die Frau erschrak und drehte hektisch und völlig überrascht ihren Kopf zu ihm hin, dabei flogen ihr die langen grauen Haare übers Gesicht und verfingen sich zum Teil in den Wimpern und blieben dort hängen. Mit einer ebenfalls hektischen Handbewegung wischte sie sich die lästigen Haare wieder aus dem Gesicht fort und sah dann KA mit offenem Mund, völlig überfordert von oben bis unten an. Dann blickte sie auf Fufu, dann wieder zu KA. Das Fragezeichen auf ihrer Stirn war zum Greifen nah! Sie war wirklich eine besondere Erscheinung. Denn das was sie trug war so *durch den Wind*! Eine viel zu große, braune Männerhose, die einfach nur mit einem Gürtel in der Taille faltig zusammen gezogen war. Darüber ein graues Hemd, oder war es ein Pulli? Die Schuhe waren auch irgendwie männlich! Na ja, dachte sich KA, ich trage ja auch einen Rock. Was soll`s? Schließlich, da sich die Frau sichtlich nicht mehr rühren konnte vor Schreck über KA`s Angebot, entschuldigte er sich bei ihr mit den Worten: »Hören Sie, es tut mir leid. Ich wollte Sie nicht überfallen mit meiner Frage. Auf Wiedersehen. Ich wünsche Ihnen noch einen schönen Tag!« »Nein, nein, halt warten Sie bitte. Es ist alles ok. Ich bin nur so überrascht, weil ...«, und sie überlegte sehr lange, wie sie es und was sie KA sagen will, »... es spricht normaler Weise keiner mit mir. Alle gehen nur an mir vorüber oder weiter mit schüttelndem Kopf, wenn ich sie anspreche.«

»Ich verstehe.«, sagte KA sehr feinfühlig und freundlich. Die Frau erwiderte: »Ich denke darüber nach Herr oder Frau, Entschuldigung, wie hcißcn Sie?« »Keine Ahnung«, und er fügte hinzu, »das ist mein Name.«, sagte KA. »Keine Ahnung! Ja, das ist gut, ... das ist gut!« Sie schlug sich mit den Händen auf ihre Oberschenkel und musste plötzlich so verrückt los lachen, so herzhaft, aber das machte KA nichts aus. Er war es ja gewohnt für ungewöhnlich gehalten zu werden. Schließlich fing er auch zu lachen an und sie beide lachten wirklich Tränen da draußen auf dem Bürgersteig vor dem riesigen Grundstück. Auch Fufu freute sich mit, denn er tanzte auf beiden Hinterbeinen im Kreis herum, wie er das so gerne tat, wenn er sehr aufgeregt ist.

Dann hörte sie abrupt auf damit und feuerte los: »Hey, KA, ok, hilf mir, wenn Du willst. Wann kannst Du anfangen?« KA blickte mit Lachtränen in den Augen auf und sagte: »Sofort!?«

Jetzt wusste er auch, wen Frau Teebrot meinte! Wie lustig, diese Frau prompt zu treffen, nur weil er diesmal einen anderen Weg ging.

Das Hochbeet III

KA bekam also einen Job in der Nachbarschaftshilfe, so wie er es sich vorgenommen hatte, aber noch keinen Plan über das WANN und WIE besaß!

An dieser Stelle möchte KA all seinen Leserinnen und Lesern eine ganz klare Ansage machen:

»Wenn Ihr Wünsche habt und Träume, aber nicht wisst WIE und WANN sie zu verwirklichen sind, dann macht Siesta auf der Couch oder der Hängematte im Garten oder sonst wo und schlaft darüber ein. Es wird garantiert *angeklopft* bei Euch und jemand hält eine Information für Euch parat. Dabei lasst Euch nicht von Euren Vorurteilen blockieren - so wie ich das zuerst tat, als ich Frau Teebrot sah - denn wahrscheinlich hat nicht jeder so wie ich, einen Hund zu Hause, der genau zeitgleich zum Pinkeln muss und dadurch erst alles zum Rollen brachte!«

*

Die außergewöhnliche Frau und KA hatten vieles gemeinsam. Dies stellt sich noch nach und nach heraus. Jedenfalls kommt nun KA drei Mal die Woche zu ihr nach Hause und hilft bei allen möglichen Tätigkeiten die so anfallen. KA ist ja kein Dummer, höchstens ziemlich verrückt. Die Frau, die übrigens Linda heißt, zahlt KA für jede angefangene Stunde 30,-- €! Ja, richtig gelesen. Ist das nicht toll? Linda ist übermäßig reich gesegnet, durch eine monatliche Apanage im 5-stelligen Bereich (!), die ihre verstorbenen Eltern für sie eingerichtet haben, obendrauf zur großen Villa mit riesigem Garten. Die Villa liegt mit der Südseite an einem Bach und freiem Blick direkt auf die Alpenkette. Die Vereinbarung zwischen KA und Linda ist sehr locker gehalten. Beide sind sich einig, dass es auch mal mehr Tage in der Woche sein können und auch mehr Stunden am Tag. Für KA alles kein Problem, da er ja völlig unabhängig und frei ist und den kleinen Fufu, zur großen Freude von Linda, immer dabei haben darf.

*

Das beinahe tägliche Ein und Aus bei Linda, mit den wilden Haaren, bewirkte, dass KA bei ihr dadurch einen außergewöhnlichen Vertrauensvorschuss bekam. Es waren nicht nur häusliche Tätigkeiten wie Reinigungsarbeiten oder Ordnung schaffen, Ausbessern kleiner Schäden oder das Rasen mähen. Es ergaben sich ganz automatisch auch Situationen, wo sie gemeinsam kochten und miteinander aßen. Natürlich Fufu immer mit dabei. Linda kannte sich sehr gut in der Wahl guter Weine aus und KA hatte durch seine Belesenheit auch viele Kochbücher studiert. Am liebsten solche der mediterranen Küche und dem Kochen ohne Tier. Wenn sie zusammen kochten, hatten sie viel Spaß dabei. Und KA fand, dass Linda ungeheuer humorvoll sein kann, wenn sie lockerer geworden ist. Er hätte das nie vermutet. Linda brauchte immer wieder von Neuem erst eine gewisse Zeit, bis sie das Fremdeln abgelegt hatte. Es war jedes Mal ein Von-Vorne-Anfangen. Sie war so scheu und schüchtern und manchmal sogar sehr verwirrt. Sie nahm ja auch Medikamente ein. Vielleicht hängt es damit zusammen? Darum wollte sich KA zu gegebener Zeit auch noch kümmern. Es gibt noch viel zu beschreiben, wie es KA mit Linda erging. Doch eines ist jetzt schon klar, KA hatte in nur 1 1/2 Monaten, das gesamte Geld für das Hochbeet zusammen. Hurra!

Fliege im Auge ...
... immer dann wenn man es gar nicht gebrauchen kann

KA ist ein leidenschaftlicher Radfahrer. Ist ja klar, obwohl er einen Führerschein besitzt, zieht er das Fahrradfahren vor, denn er liebt doch die Natur so sehr. Selbstverständlich fährt KA ohne Reptoidenhelm Rad! Denn diese Dinger können nur Reptilienwesen erschaffen haben. Diese skelettartigen Helme, die man tragen soll, wenn man Rad fährt. Ein jeder hatte sie plötzlich! Ob klein, gaaanz klein oder groß, jeder »Depp« trägt Reptohelme, dachte sich KA. Aber KA ist anders als die anderen. Er liebt es wenn der Fahrtwind beim Radfahren die Haare durcheinander wirbelt! Er braucht es einfach die Luft zu spüren und eine uneingeschränkte Sicht zu haben wenn er radelt. Für ihn ist Rad fahren Freiheit pur! Das lässt er sich durch nichts beschränken. Auch nicht durch eine extra Radsportbrille. Nun ja! Das hat natürlich auch seinen Preis. Denn, wie schon so oft, Schwupps, zack. Schon ist es passiert, eine Fliege im Auge ... während dem Rad fahren! Uff! Einfach weiter fahren, so ist KA drauf. Die Fliege ist ja eh schon drin im Auge. Also, warum halten und sich den Spaß verderben lassen? Diese Fliegen sind ja diese von dieser ganz winzig kleinen Sorte. Jene, von denen man nicht genau weiß, von welcher Gattung genau sie stammen. Winzig und ungeschickt fluppen sie einem ins Auge und nerven den Augapfel. Wenn man blinzelt, dann reibt es. Wenn man mit dem Finger reiben würde, dann würde man alles nur noch schlimmer machen. Dann würde aus der kleinen Fliege Brei werden und dieser verteilt sich mikroklein im Augen-zu-Hause. Das ist nicht gut. KA hat dazu gelernt. Wenn dir also die Fliege ins Auge klatscht beim Radeln, dann fahre munter weiter und warte ab!!!

Abwarten ist hier die Lösung. Alles andere, wie reiben oder Panik schieben ist hier völlig verkehrt. Die Fliege nämlich kämpft im Beisein des Auges um ihr Leben. Sie strampelt und mit Hilfe der Tränenflüssigkeit gelingt es ihr früher oder später ins Lidwärzchen zu schwimmen. Hier eine Ansicht des Lidwärzchens (Nr. 4):

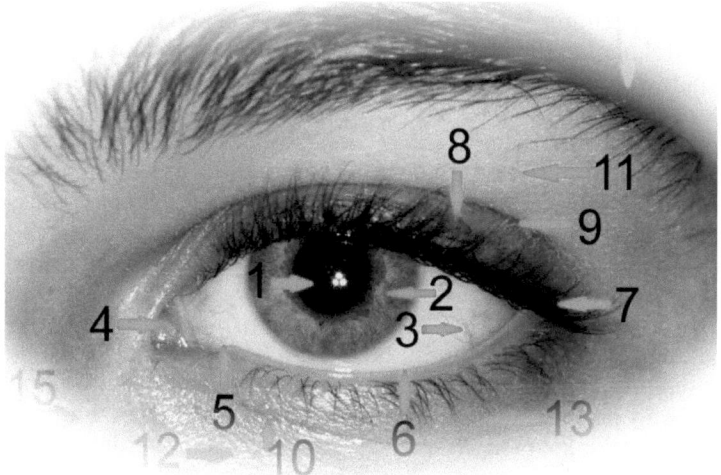

Um ein besseres Verständnis über die Spontan-Symbiose zwischen Mini-Fliege und Auge zu bekommen ist es von großer Nützlichkeit, das Auge richtig zu verstehen. Darum hier eine wissenschaftliche Erklärung des Auges und seiner Funktionsweisen:

Oben sieht man die äußere Ansicht eines Auges mit der Nummerierung der wichtigsten Teile. Man unterscheidet den eigentlichen Augapfel der hier teilweise zu sehen ist (*das Weiße und das Bunte*) von den äußeren *Augenanhängseln*, den Lidern, Wimpern etc. Das scheinbar *Bunte* ist die klare Hornhaut vor der schwarzen Pupille (1) und der farbigen Regenbogenhaut (2). Die Pupille ist das Fenster in das Auge, sie entspricht in etwa einer Blende bei einer Fotokamera. Fällt Licht direkt hier hinein - wie etwa bei Blitzlichtaufnahmen - erscheint sie rot. Dies liegt daran, dass die Augenhinterwand mit der Netzhaut - der Innenauskleidung des Auges - eigentlich rot ist und dann beleuchtet wird, während es ohne Beleuchtung im Auge dunkel, d.h. schwarz ist. Das *Weiße* (3) neben dem *Bunten* ist die Lederhaut, die äußere Hülle des Auges. Sie wird von einer dünnen durchsichtigen Schleimhaut mit überzogen, der Bindehaut. Kommt es zur Bindehautentzündung wird das *Weiße* scheinbar rot, da die in der Bindehaut befindlichen feinen Blutgefäße (s. Pfeilspitze bei 3) anschwellen. Das Lidwärzchen (4) ist mehr ein Überbleibsel der Entwicklung (bei bestimmten Tieren gibt es die sogenannte Nickhaut zum Schutz der Augenoberfläche unter Wasser) und hilft hauptsächlich beim Zuleiten der Tränenflüssigkeit in die Tränenwege. Diese haben 2 Eingänge von denen der Eingang des unteren auf dem Bild oben bezeichnet ist (5). Die Tränengänge leiten die überschüssige Flüssigkeit unter der Haut in den Tränensack (15), der zwischen Auge und Nase unter der Haut sitzt und die Tränen in die Nase leitet. Dies ist der Grund warum man *Schniefen* muss wenn man weint. Das was unterhalb des Unterlides (13) und seiner unteren Begrenzung der unteren Lidfalte (10) sitzt und bei Anschwellen im Volksmund als *Tränensack* (Bereich von 12) bezeichnet wird, hat mit den Tränen nichts zu tun. Hier handelt es sich um eine mit zunehmendem Alter stattfindende Erschlaffung von Gewebe, bei der Flüssigkeit durch Schwellungen und Fett aus der Augenhöhle, die Haut *ausleiert* und wie am Oberlid kosmetisch chirurgisch korrigiert werden kann. Rund um die Lidkanten (6) sind Wimpern (7), die das Auge etwas schützen. Die Lidkanten (6) können sich entzünden (Blepharitis), vor allem wenn hier die dort sitzenden Talgdrüsen nicht richtig funktionieren und die Augenoberfläche nicht genug *geschmiert* ist. Dann kann es auch zu einem »Trockenem Auge« kommen. Zwischen Augenbraue (14) und oberer Lidfalte (9) ist äußerlich einfach Haut. Wandert das oberhalb der oberen Lidfalte gelegene Gewebe (Haut, Muskel und Fett aus der Augenhöhle) nach unten spricht man nicht ganz präzise von Lidhauterschlaffung (Blepharochalasis). Unterhalb der oberen Lidfalte beginnt nämlich erst das eigentliche Oberlid (8). Steht die obere Lidkante dauerhaft tiefer als oben abgebildet und verdeckt dabei teilweise die Pupille spricht man von Ptosis.

Ist die Fliege dann endlich im Lidwärzchen angekommen ist es total einfach sie da raus zu holen. Man nimmt den kleinen Finger der rechten Hand (bei Linkshändern ist es die linke Hand) und hofft, wenigstens ein wenig Nagelüberschuss zu haben (wenn man nicht Nägel beißt, ist das mit größter Wahrscheinlichkeit zu erwarten) und *schaufelt* dann vorsichtig die kleine, nervige Fliege, die natürlich inzwischen ersoffen ist im Tränenbad, einfach mit dem Fingernagel heraus und schnickst sie weg! Wegschnicksen? Ganz einfach: man fährt mit dem Daumen über den Fingernagel des kleinen Fingers unter dem die Fliege klebt und schnellt diesen gegen den Widerstand des Daumens hervor. Und schon schleudert es den Inhalt davon ... Voilà.

Heiße Luft im Überraschungs-Ei
oder
Selbst gemachte Stinkbomben in Bio-Qualität

... oder wie kommt der Furz ins Plastik-Ei? Oder ... Ok, also für dieses Kapitel könnte man eine unzählige Anzahl an Überschriften wählen, aber es sei gleich vorweg geschickt, dass dieses Kapitel nichts für zarte Gemüter ist oder für überaus etepetete Menschen geeignet ist. Diese sollten hier jetzt lieber einen Lesestopp einlegen und das Kapitel komplett überspringen.

Gut! Alle anderen dürfen weiterlesen. KA ist halt schon so ein Schlawiner. Es gibt so Zeiten, da erinnert er sich unweigerlich gerne an das Kinderheim zurück. Das klingt unglaubwürdig? Nein, ganz und gar nicht. KA hatte ja auch eine gute Zeit dort. Vor allen Dingen in Sachen Albernheiten. KA war Profi im Ausdenken von Quatsch!!! Auch heute hat er diese Ader noch. Aber das hält ihn ja auch jung. Sein bester Freund im Heim, wenn man das so nennen kann, denn eigentlich hatte er ja keine wirklichen Freunde dort, aber sein vielleicht bester Freund im Heim war Fidor. Ja, Fidor. Ein entsetzlicher Name! Jedenfalls Fidor war der einzige, der einigermaßen mit der Eigenartigkeit von KA zurechtkam. Wahrscheinlich deshalb, weil KA auch der einzige war, der Fidor nicht wegen seines Namens hänselte so wie die anderen Heimkinder. Dies schien eine Wellenlänge zwischen beiden zu sein: Ein wenig Sympathie auf Grund ihrer Eigenartigkeiten. Jedenfalls hatten KA und Fidor ziemlich viel Spaß miteinander. KA war der »Anstifter« wenn es um das Aushecken von Streichen ging und der sich jede Art von Quatsch einfallen ließ. Fidor war derjenige der KA`s Ideen unglaublich komisch fand und sie sogleich mit in die Tat umsetzte. So auch die Idee der selbst gemachten Stinkbomben! Oh ja!

An einem schönen Sommertag, gab es zum Mittagessen Lauchsuppe als Vorspeise und als Hauptgang verlorene Eier in Senfsoße mit Kartoffelbrei. Ein typisches, billiges Heimessen aus den großen Dampfgartöpfen der Klosterküche, um viele, viele hungrige Waisenkinder satt zu bekommen. An diesem schönen Sommertag gab es aber auch für jedes Kind einen Nachtisch und zwar ein Überraschungs-Ei. Die wurden alle paar Wochen

von einigen Geschäftsleuten aus der Stadt für das Heim ge-
sponsert. Das war eine riesige Freude für die Kinder und ein
lautes Juchzen und Kreischen raunte durch den Speisesaal.
Sogleich ging ein heftiges Geschüttel der Eier los. Jedes Kind
nahm sein Ei und schüttelte es um am Klang des Geräusches
heraus zu finden, was wohl der Inhalt sein mochte. Auch KA
und Fidor, die beide am gleichen Tisch saßen, schüttelten ihre
Eier. Fidor schrie:»Ja, ich glaube ich hab`s!!!« KA erschrak
und fragte was er damit meinte. Fidor glaubte ganz fest daran,
dass er ein wahnsinniges Glück hätte, denn in seinem Überraschungs-Ei würde sich das sechste Selbstbau-Sammel-Auto
seiner Auto-Selbstbau-Sammelserie befinden. Dieses kleine
Modellauto aus Plastik wäre somit der fehlende Porsche 901 in
schokobraun und wenn das so wäre, dann wäre endlich seine
Selbstbau-Sammel-Auto-Serie komplett. KA zog skeptisch seine Augenbrauen nach oben und schielte Fidor kopfschüttelnd
an:»Und Du glaubst, Du kannst das am Geschüttel hören, dass
da Dein fehlender Porsche 901 drin ist?« »Nein, nicht nur am
Geräusch, KA, ich kann es auch riechen!«, sagte Fidor absolut
überzeugt. Und schon war die Idee geboren eine Stinkbombe
aus dem Überraschungs-Ei zu bauen. Aber dazu später.

Zwischen KA, Fidor und seinem Überraschungs-Ei-Geschüttel
baute sich mittlerweile eine enorme Spannung auf. Wie kann es
sein, dass Fidor tatsächlich seinen Porsche an so fadenscheini-
gen Merkmalen erkennen konnte? KA frotzelte herum und
wollte Fidor zum Zweifeln bringen:»Man kann keinen Porsche
901 aus der Selbstbau-Sammel-Auto-Serie am Schüttelklang
und am Geruch eines noch verschlossenen Überraschungs-Eies
erkennen, Fidor, unmöglich!«, sagte KA. »Doch, das kann
man!«, brüllte Fidor KA zu. »Das kann ich Dir deshalb sagen,
weil es nach 4 Einzelteilen klingt und die anderen 5 Autos hatten alle mehr Teile! Das hat viel mehr gescheppert im Ei. Der
Porsche aber besteht nur aus vier Teilen, das kann man auf der
Abbildung der Übersicht sehen. Hier schau!« Und Fidor zog aus
der Hosentasche einen klitzekleinen, zerknitterten Zettel hervor. Es handelte sich um die Abbildung der sechs kleinen
Selbstbau-Sammel-Autos. Einen Jaguar E-Type in silber, einen
Maserati GranSport Spyder in dunkelblau, einen Mercedes 300
SL in gold, den mit den Flügeltüren, einen Bugatti in hellblau,
einen Ferrari 308 GTB in knallrot und schließlich den Porsche
901 in schokobraun. Was für eine Sammelserie, dachte sich KA.

»Nun mach schon endlich das Ei auf!«, drängelte KA den total nervösen Fidor. Mit zittrigen Händen fummelte Fidor die dünne Aluhaut von der Schokolade herunter. Sogleich zerbrach er das Schoko-Ei und stopfte sich gierig die zerbröckelten Stücke in den Mund. Schmatzend sprach er zu KA: »Sieh hier nun die gelbe Plastikhülle, die ich jetzt feierlich öffne, um Dir zu zeigen, was ich schon vorher wusste, meinen Porsche 901!« Mit beiden Händen nahm er das gelbe Plastik zwischen die Finger, drückte auf den Mittelpunkt, wo beide Hälften ineinander stecken und »Plopp« das Ei springt auf und heraus fällt ein Haufen bestehend aus 4 kleinsten Einzelteilen aus Plastik in grau, schwarz und schokobraun. KA`s Augen wurden groß und immer größer. Fidors Mund blieb offen stehen. Wie paralysiert nahm er das graue Teil, den Karosserieboden und dann das schokobraune Teil, die Fahrerkabine, clippste beide Teile zusammen. Nahm die zwei schwarzen Achsen mit den Rädern dran und clippste diese unten an den Karosserieboden. Stellte das zusammen gesetzte Selbstbau-Sammel-Auto fertig auf den Esstisch und gab ihm einen Schubs. Da rollte er davon, der kleine schokobraune Porsche 901, man glaubt es kaum! Mit riesigem Gebrüll fielen sich Fidor und KA in die Arme. Sie lachten und tanzten wie zwei Verrückte im Speisesaal herum und sangen: »Der Porsche, der Porsche, der Porsche, juhuu!« Als dieser von der Tischkante auf den Fußboden fiel und der dicke Hannes gerade, ungeschickt wie immer, drüber latschte und das kleine Auto mit einem leisen Grzzz-Geräusch in viele, viele klitzekleine Plastiktrümmerteile zerlegte. »`tschuldigung«, meinte er mit Schokolade verschmiertem Mund und schlurfte, zwischen Daumen und Zeigefinger, einen kleinen Donald Duck aus Plastik klammernd, von dannen.

Während sich Fidor und KA nein-schreiend auf den Boden warfen um jeden kleinen Plastikkrümel des eben noch rollenden Porsche 901 zu retten, bahnt sich indes in KA eine schrecklich, gemeine Idee an, um sich an dem dicken Hannes zu rächen.

Wir wissen ja, das KA an und für sich ein sehr sozialer Typ ist, der auf keinen Fall anderen schaden möchte. Doch manchmal muss man auch im Sozialsein Unterschiede machen. Denn im Moment ist KA Fidor wesentlich näher, auf Grund der Wellenlänge und der gemeinsamen Porsche 901 Aktion. Ist doch klar, oder? Somit kommt der Plan der Pläne in Gang.

KA nimmt Fidor zur Seite und spricht: »Fidor, ich hab` da eine Idee!« Dabei zucken seine Augenbrauen hoch und runter, hoch und runter. Fidor sieht KA nur fragend an. »Ja, komm schon. Und nimm das gelbe Plastik-Ei mit!«

KA und Fidor verschwinden im Klostertrakt rechts um die Ecke. Sie laufen den langen, gefliesten Gang entlang. Wupps, einmal durch die Glasschwingtüre – die sehr gefährlich sein kann -, aber das ist eine andere Geschichte! Weiter bis zum Ende des Ganges, links die uralte hölzerne Treppe hinauf, mit den total abgelatschten Stufen. Oben wieder links und dann ganz leise, »pssst«, an den Schwesternzimmern vorbei, über den roten Läufer im Flur bis man ganz hinten rechts an eine ganz schmale Treppe aus dunklem Holz kommt. Diese schleichen beide hoch und öffnen leise die Türe die zum Kirchenspeicher führt! Der Speicher, ihr wisst schon, wo KA von den Mädchen verschleppt worden ist.

Fidor fragt KA genervt: »KA was hast Du vor???« KA sagt zu Fidor: »Mich drückt`s ganz entsetzlich!« und lacht schallend laut auf. Fidor: »Hä???« »Mann, ich habe Flatulenzen, mein Lieber, aber wie!!!« Fidor: »Hä?« »Ich muss schrecklich furzen, kapiert!« Fidor: »Und dafür schleppst Du mich hierher, auf diesen blöden Speicher?«, hält sich sogleich die Nase zu und schimpft. »Na klar, genau. Wo sollen wir es denn sonst machen?« »Was machen, zum Teufel?«, fragt Fidor KA gequält. »Mann Fidor, ich habe Dir doch gesagt, dass ich eine Idee habe. Ich weiß wie wir uns an Hannes rächen werden! Wir basteln uns eine selbst gemachte Stinkbombe! Los, lass uns anfangen, schnell, es kommt schon wieder einer ... ein Furz!« Fidor: »Verdammt noch mal, was ist los mit Dir? Warum stinkst Du so entsetzlich? Das ist ja widerlich!« KA: »Drei Mal darfst Du raten. Was haben wir heute Schönes zu Mittag gegessen, hm?« »Lauch und Eier! Puh, oh Mann, das stinkt wie 10 tote Leichen im Keller, KA!« »Ich weiß, los her mit dem Überraschungs-Ei. Du musst beide Hälften bei mir hinten dran halten und wenn ich sage JETZT, dann musst Du sofort beide Hälften zusammen machen und verschließen. Alles klar?« »Alles klar!«, kicherte Fidor.

Fidor tat wie ihm geheißen. Während sich KA nach vorne bückt und Fidor seinen Allerwertesten hinstreckt, hält Fidor beide Hälften des Plastik-Eies an den hinteren Ausgang von KA. KA schreit: »JETZT!!!« Der Furz fährt in die Plastikhülle, Fidor klappt sie zu und mit einem »Klack« ist sie verschlossen. Voilà.

»Wahnsinn, wie abgefahren ist das denn? Wir haben den Furz eingefangen? Ja, wir haben den Furz eingefangen!«, KA und Fidor kugeln sich vor Lachen auf dem Boden.

Überraschungs-Ei Teil II

Der Furz in der Dose oder was macht man mit überflüssigem Gestank in der Hose?

Ok, wobei wir wieder beim Thema wären: Menschen die sehr sensibel sind oder etepetete bitte auch diesen zweiten Teil des Überraschungs-Ei-Kapitels am besten überspringen! Und zwar sofort!

Die Zeit ist reif, ... der Furz im Überraschungs-Ei-Döschen lange genug abgekühlt, eine wahre Delikatesse für Freunde übler Gerüche, denn ein abgekühlter Furz stinkt noch Mal eine ganze Nummer schärfer, als ein frischer, warmer. Ist einfach so. (Ausprobieren erlaubt!)

Der Plan.

KA und Fidor hecken einen Plan aus, wie es gemacht werden soll. Also wie der dicke Hannes in den Genuss der selbst gemachten Stinkbombe kommen soll.

Beim nächsten Mittagessen bekommt Hannes als einziges Kind im Speisesaal noch mal ein Überraschungs-Ei zum Nachtisch. KA hatte seins ja noch gar nicht aufgemacht. Also ist das noch übrig. Wenn man es geschickt anstellt kann man die Alufolie ganz ohne sie zu beschädigen vom Schoko-Ei entfernen. Dann drückt man ganz vorsichtig an der Linie entlang, wo die beiden Schokohälften zusammen geschweißt sind bis sie leicht aufspringen. Man kann dann beide Hälften ohne Beschädigung auseinander nehmen. KA nimmt das gelbe Plastik-Ei heraus und legt es beiseite. Er will sich später in Ruhe den Inhalt ansehen. Fidor gibt ihm die »Stinkbombe«. KA legt sie in die eine Schokohälfte und legt die andere wieder drüber. Leicht andrücken, fertig. Fidor bastelt vorsichtig die Alufolie wieder über das Ei. Perfekt! Sieht total neu und echt aus! Die beiden liegen schon wieder vor Lachen auf dem Boden. Alleine sich nur vorzustellen wie der dicke Hannes das gelbe Ei knackt und dann mit einem tiefen Seufzer vor Freude den Furz einschnauft, treibt KA und Fidor die Tränen in die Augen.

Der große Augenblick naht.

Der dicke Hannes hat soeben eine große Portion Schnitzel mit Pommes Frites verdrückt und wie meistens ganz schrecklich danach gerülpst. Das ist so furchtbar, aber es passiert Hannes immer wieder. Er sagt dann meistens »`tschuldigung«, steht auf und geht. Doch bevor Hannes diesmal vom Tisch aufsteht und gehen will halten ihn KA und Fidor freundlich zurück mit folgenden Worten: »Hannes, warte mal, wir haben hier noch ein Geschenk für Dich!« und halten ihm das köstliche Überraschungs-Ei vors Gesicht. Dieses Gesicht fängt sofort an groß und breit zu lächeln, bis zu den Ohren, und zwei Arme mit dicken Händen und 10 kleinen Wurstfingern daran gehen nach oben und deuten Jubel an! Schwupp! Hannes hat, ohne zu fragen woher und wieso, das Ei in der Hand und schon das Papier runter gemacht und die zwei Schokohälften verdrückt, so schnell kann man gar nicht gucken! »Stopp!«, schreit KA, »nicht so hektisch lieber Hannes. Warte noch ein bisschen mit der Überraschung. Wäre doch schade, nicht dass noch was **kaputt** geht, oder?« Mit fragendem, blinzelndem Blick sieht Hannes zu KA und dann zu Fidor und dann wieder zu KA und dann wieder zu Fidor. Und weil das meistens zusammen gehört, kratzt er sich noch verstohlen mit dem rechten Zeigefinger oben am Kopf. Perfekt! KA sagt: »Hannes, ich habe einmal in der Bravo (die Zeitung, die Hannes am liebsten liest) gelesen, dass man das Überraschungs-Ei am besten direkt unter der Nase öffnen soll, weil dann die Überraschung noch viel spannender zum Vorschein kommt. Man sollte das wie ein Ritual machen: mit beiden Händen das Ei unter die Nase halten, in der Mitte zusammen drücken und öffnen, tiiieeeef einatmen, und dann den Inhalt auf den Tisch fallen lassen.« Schließlich knüpft Fidor noch die entscheidende Frage an: »Hannes, was würdest Du Dir wünschen, soll in dem Überraschungs-Ei drin sein?«

Hannes der sehr neugierig ist und immer offen für Neues sagte wie aus der Pistole geschossen: »Daisy! Donald braucht noch seine Daisy! Unbedingt!«, und schmatzte dabei so komisch.

Das Ritual.

Im Speisesaal. Alle sind schon fort, nur KA, Fidor und der dicke Hannes befinden sich noch am Tisch. Hannes sitzt auf seinem Stuhl. Ihm gegenüber sitzen KA und Fidor. Hannes hält das gelbe Überraschungs-Ei mit beiden Händen unter die Nase. Er drückt es mit den Fingern in der Mitte zusammen: Plopp, das Ei springt auf ... und ... Hannes atmet sofort tiiieeef ein und schreit »Daisy für meinen Donald« ... doch da verzieht sich sein gerade noch so strahlendes Superlächeln im Gesicht zu einer hässlichen Grimasse, die zu japsen und zu prusten beginnt. Ein lautes »Wäh, pfui Deibel!«, ein Prusten und Spucken gefolgt von einem Husten und vom Tisch aufspringen und davon laufen, lässt Hannes in der Ferne immer kleiner erscheinen.

Es ist vollbracht!

Ebenso explodierten die beiden vielleicht besten Freunde, auf Grund ihrer Wellenlänge und Eigenheiten, schon wieder vor Lachen. Diesmal mussten sie noch mehr lachen als zuvor auf dem Speicher als all das nur in ihrer Vorstellung existierte. KA und Fidor hatten einen Lachkrampf und hielten sich den Bauch und japsten nach Luft.

Die Glasschwingtüre - die sehr gefährlich sein kann!

Wie schon weiter oben erwähnt, gibt es eine Glasschwingtüre im Klostertrakt, die sehr gefährlich sein kann. Gefährlich im Sinne ihrer Schwingfähigkeit. So eine Schwingtüre befand sich mitten auf dem langen Flur von Klostertrakt *Heim* zum Klostertrakt *Schule*. Auf diese Weise sollten die beiden Bereiche ein wenig getrennt erscheinen. Nun ja, was zur Folge hatte, dass es eines schönen Tages zu einem erbärmlichen Unfall kam.

Wie so häufig wurde der lange, mit cremefarbenen Fliesen ausgelegte Gang von dem einen Trakt zum anderen führend, als *Rennstrecke* von den Heimkindern benutzt, denn hier wurde im wahrsten Sinne des Wortes gerannt. Man muss sich das so vorstellen. Es läutet 12 Uhr Mittag von der Schulglocke. Endlich Schule aus und Hunger im Bauch! Die Kinder verräumen ihre Bücher im Spind und rennen los. Ein jeder will der Erste im Speisesaal sein. Während die Mädchen eher ruhiger unterwegs sind, rasen die Jungs wie die Wilden. Aber wie so oft trifft es die Unschuldigen. Diese Schwingtüre rattert mit jedem durchgerannten Jungen auf und zu. Sie ist regelrecht am Brüllen. Während drei Mädchen diskutierend zusammen auf die Schwingtüre zu gehen. Im Gespräch vertieft, immer wieder stehen bleibend zueinander gewandt, wütende und im Wechsel traurige emotionale Blicke austauschend, besprechen sie ein Thema, was nur Mädchen etwas angeht. Inzwischen stehen sie schon ziemlich dicht bei der *brüllenden* Schwingtüre. Doch wie in eine abschirmende Aura gehüllt, sind die Mädchen gerade nicht von dieser Welt. Als die Eine sich wieder umdreht und nach vorne sieht und die Schwingtüre röhrend auf ihr Gesicht zu schwingt und ... klatsch! Das Glas zerbricht und ein tiefer Schnitt geht durch ihr schönes Antlitz. Es klafft ein triangelförmiger Fleischfetzen von ihrer Wange und Blut strömt überall hin. Rebecca ist im Schockzustand und bekommt immer noch nicht wirklich mit was geschehen ist, als die anderen beiden Mädchen erschrocken ihre Hände vors Gesicht halten und nur zaghaft durch ihre Finger lugen. »Sebastian«, brüllt KA währenddessen dem Jungen hinterher, der so rücksichtslos die Türe aufgetreten hatte, die dann durch die Gewalt ebenso heftig zurück schwingen musste um sich dann wieder zu beruhigen, bevor der nächste Wilde sie aufstoßen würde. Sebastian, einer der Wildesten aus der Jungengruppe, immer ungeduldig, immer zu schnell, immer zu grob und zu laut, einer der gleich auch mal gerne haut, bleibt mit einer Vollbremsung stehen und sieht fragend zurück. Was er sieht ist eine zappelnde Schwingtüre deren rechter Flügel nun ohne Scheibe ist. Was er sieht sind lauter Scherben auf dem Boden und eine weinende und von Blut überströmte Rebecca die sich mit beiden Händen ihre rechte Wange hält. Sebastian rauft sich die Haare und rennt davon.

KA legt einen Arm um Rebecca und unterstützt sie beim Gehen. Er bringt sie nur ein paar Schritte vom Scherbenhaufen weg und hilft ihr sich langsam mit dem Rücken an die Wand gelehnt auf den Boden zu setzen. Er zieht sein T-Shirt aus und gibt es Rebecca in die Hand. Damit solle sie vorsichtig auf die Wange drücken. Zu den Mädchen, die immer noch wie angewurzelt da standen, sagt er, sie sollen endlich eine Schwester oder die Heimleitung holen, jedoch am hilfreichsten wäre es, die Schwester von der Krankenstation herbei rufen zu lassen. Rebecca muss so schnell wie möglich medizinisch versorgt werden. Die Mädels nicken ziemlich verstört mit den Köpfen und sprinten los. Rebecca muss sich derweil übergeben. Die Wunde in ihrem Gesicht ist ziemlich groß und der Anblick von so viel Blut lässt sie mittlerweile zusammen sacken. KA kümmert sich wie ein professioneller Ersthelfer um sie. Als sie ohnmächtig wird lagert er sie entsprechend am Boden und hält die Wunde mit dem T-Shirt zu.

Endlich, nach Minuten die sich wie Stunden anfühlten, kam die Krankenschwester vom Haus. Sie kümmerte sich weiterhin um die ohnmächtige Rebecca, während ein Krankenwagen bereits unterwegs war.

Am nächsten Tag schon war Rebecca wieder in der Schule. Sie hatte ein großes Wundpflaster im Gesicht. Ihr Schnitt musste natürlich genäht werden. Sie war ein wirklich tapferes Mädchen. Kein bisschen wehleidig oder so etwas. Das haben Heimkinder wohl so an sich, dass sie Schicksalsschläge besonders gut weg stecken können. Jedenfalls hatte sich auch inzwischen Sebastian bei ihr entschuldigt, aber nur weil ihm KA keine Ruhe gelassen hatte. Mehrmals musste KA auf ihn einreden, dass es seine Pflicht sei, sich bei Rebecca wenigstens zu entschuldigen. Schließlich wird das Mädchen zeitlebens mit einer Narbe im Gesicht entstellt sein. Erst als KA ihm verdeutlichte, dass es eine Stärke und eben keine Schwäche sei, wenn man sich für etwas entschuldigt, an dem man maßgeblich als Verursacher beteiligt war, konnte sich Sebastian dazu aufraffen zu Rebecca zu gehen und »Sorry, tut mir echt leid, ey!« sagen. Rebecca sah ihn nur an mit ihren rabenschwarzen Kugelaugen und zog ganz leicht den linken Mundwinkel zu einem angedeuteten Lächeln hoch der auch ganz schnell wieder herab sank, weil es schmerzte.

Sebastian

Ein kleines Kapitel müssen wir fast an dieser Stelle Sebastian widmen. Warum? Weil er ein Schicksal hinter sich hat, welches Beispiel für viele ähnliche Fälle ist, welche nicht unerwähnt bleiben sollten. Sebastian kam ebenfalls als Baby, wie KA, ins Heim. Jedoch ist er kein Waisenkind! Im Gegenteil, er hatte noch beide Elternteile. Normalerweise ist das Heim in dem KA aufwuchs ein reines Waisenhaus, aber es gibt Ausnahmen für Notfälle. Sebastian war so ein Notfall. Er konnte nirgendwo anders so schnell untergebracht werden und deshalb nahmen ihn die Schwestern damals auf. Sebastians Eltern waren beide drogenabhängig, arbeitslos und hoffnungslos verarmt. Als dann auch noch Sebastian ohne Hebamme zu Hause auf die Welt kam, war das Chaos perfekt. Wie einen Säugling mit ernähren geschweige denn betreuen? Keiner der beiden Elternteile war fähig gewesen. Aber das Schlimmste kommt noch!! Um überhaupt noch an Geld für Drogen zu kommen, hatte Sebastians Vater eine Idee. Er verkaufte seinen Sohn an pädophile Freier, während er ja selbst auch auf den Strich ging. Der kleine Sebastian hatte keine Chance, er musste diese Qualen über sich ergehen lassen. Bis eines Tages die ganze Sache aufflog. Bei einer Drogenrazzia fanden die Polizisten das kleine Baby neben seinem Vater auf dem kalten, versifften Boden liegen, während dieser sich gerade eine Spritze auf den öffentlichen Toiletten einer U-Bahnstation verpasst hatte.

Diese Razzia war das große Glück für den kleinen Sebastian. Er war ein krankes, unterernährtes Baby und schrie Tag und Nacht. Die Schwestern hatten mit ihm alle Hände voll zu tun. Dadurch konnte er genesen und entwickelte sich gut. Aber er hat diese raue, emotionskalte Art. In Wahrheit ist er äußerst schüchtern und völlig ohne Selbstvertrauen. Er kann nicht anders als grob und wie ein Rowdy durchs Leben gehen, denn seine Seele ist im tiefsten Inneren schwer verletzt. Keiner weiß ob diese Wunde in Sebastian jemals heilen wird.

KA kennt seine Geschichte. Schwester Silvia hatte sie ihm einmal erzählt, nachdem er seine Brokkolisuppe bei ihr auf dem Zimmer gegessen hatte. KA hat ein riesen Herz und kann super schweigen, deshalb und nur deshalb hatte sie ihm das erzählt, denn sie wollte, dass wenigstens einer der Heimkinder Sebastian versteht. Für KA war dies damals ein Schock! Er brauchte eine Weile bis er diese Enthüllungen verarbeitet hatte. Jedoch war er auf diese Weise insgeheim ein Freund von Sebastian geworden. Und das war auch gut so.

Nachgedanke

KA`s Leben ist ein sehr facettenreiches, gespickt mit allerlei unterschiedlichen Erlebnissen die seinen Charakter geprägt haben. Als eine hochsensible Persönlichkeit braucht er immer wieder Ruhe und Abstand, wenn Erschreckendes ihn zu sehr belastet. Er präsentiert so manches kritische Thema und lässt auf diese Weise über Dinge nachdenken, über die eigentlich niemand nachdenken wollte. Ob etwas *gut* oder *schlecht* ist, darüber will er nicht urteilen. Die Welt ist wie sie ist und wir dürfen uns darin entfalten. KA glaubt, dass alles eine Art Medizin ist was man wahrnimmt. Es wirkt auf einen! Es liegt ihm deshalb fern, zu hoffen er würde verstanden. Nein, darum geht es ihm nicht. KA glaubt, dass es einfach nur das Lesen an sich ist, was Wirkung erzeugt beim Leser. Und das genügt, denn er ist ja bescheiden.

Während ...

Während KA in seinem Liegestuhl, in seinem Garten sitzt und er einmal nichts denkt ...

♦ scheint die Sonne ...

♦ fliegen dicke Hummeln brummend an ihm vorbei und lassen sich auf seinen selbst gepflanzten Blumen im Beet nieder, strecken ihre Saugrüssel aus und saufen Nektar, den sie hoffentlich noch erhaschen können ...

♦ fipsen und schnarren seltsame, heimische Vögelchen im Geäst seiner selbst gepflanzten Büsche, verteidigen ihr Revier und füttern ihre Brut ...

♦ singen, im akrobatischen Flug Schwälbchen ein zartes Pfeiflied und schnappen nach kleinen Mücken ...

♦ sägt irgendwo in der Ferne ein Nachbar Holz mit der Kreissäge ...

♦ rufen sich Kinder im Spiel vertieft zu was sie sich Wichtiges zu sagen haben, sind im Rollentausch verstrickt und erforschen hinter dem Haus ihrer Eltern, was sie als nächstes Praktisches für ihr Spiel verwenden können ...

♦ gurgelt manchmal lauter, manchmal leiser, ein Bach der sich durch die Wiesen schlängelt, lustige Melodien zusammen ...

♦ hört er in weiter Ferne Autos fahren ...

♦ beobachtet er wie der Wind die Äste einer Tanne nimmt und hin und her bewegt, so sanft und weich, wie eine Mutter die ihr Baby in ihren Armen in den Schlaf wiegt ...

◆ schlurft der alte Nachbar mit seinen Pantoffeln über den Hof, so unregelmäßig bei jedem Schritt, dass man meint er hinkt ...

◆ grunzt ein Schwein verzweifelt, welches gerade von der Box aus dem Stall in den Hänger verfrachtet werden soll, um zum nächsten Schlachthaus gebracht zu werden, damit man aus ihm Wurst und Schnitzel fertigen kann ...

◆ ruft eine Frau nach ihrem Mann: »Heiner, das Essen ist fertig!«

◆ flattert ein bunter Schmetterling vor seinem Gesicht auf und nieder und landet schließlich etwas erschöpft auf seinem Handrücken und beginnt sichtlich glücklich, hier ein Päuschen machen zu dürfen, seinen Rüssel zu pflegen und seine Flügel zu ordnen ...

◆ erscheint plötzlich das Gänsehaut machende, surrende und brummende Geräusch, welches er so sehr liebt, nämlich das eines kleinen Sportflugzeuges, welches einige Kreise über ihm, hoch oben am Himmel zieht ...

◆ nebenbei strömt der Duft von Holzkohle und Bratenduft eines Grills aus der Nachbarschaft in seine Nase, hm ...

◆ dann, wenige Minuten nach einer beinahen Stille, beginnt auf irgendeinem Rasen, vor irgendeiner Villa, ein Rasenmäher seine summend, monotone, aber irgendwie beruhigende Alleinunterhaltung anzustimmen ..., es duftet unwiderstehlich nach frisch gemähtem Gras ...

und KA weiß: es ist Sommer!!!

Das Hochbeet entsteht - endlich!

Mittlerweile ist es Mitte Juli. KA konnte sich das Material, den Kofferzaun, d. h. nur das verzinkte Drahtgeflecht, das wie ein Behälter gearbeitet ist und flexibel einsetzbar ist, tatsächlich im Baumarkt kaufen. Dazu durfte er sich Lindas Auto ausleihen, einen schneeweißen, top gepflegten Golf. Was? Was höre ich da unter den Lesern raunen? Natürlich hat KA einen Führerschein! Das ist nur noch nicht weiter erwähnt worden. Ihr Lieben, KA kann ja nicht alles haarklein aus seinem Leben erzählen. Den Führerschein machen, die *versemmelte* Führerscheinprüfung ... och, nein. Vielleicht ein andres Mal, in Ordnung? Danke für Euer Verständnis.

Also weiter im Text. Er fuhr in den Baumarkt und kaufte sich seine 10,20 m Kofferzaun, verzinkt. Das war alles nicht so einfach in den Wagen zu bekommen! Es sollte das Auto ja auch nicht beschädigt werden. Jedenfalls, nach ein paar Kniffen konnte er den zusammengerollten Drahtwahnsinn gut verstauen. Fröhlich gestimmt fuhr er nach Hause, lud den Zaun aus und begann gleich damit den Aushub zu gestalten. Es sollte ja eine Elefantenform ergeben. Leichter gesagt als getan. Es wurde ein Elefant, einer den nicht jeder als solchen erkennen konnte. Egal, für KA war es wichtig seiner Phantasie freien Lauf lassen zu können. Er setzte wirklich in einer Mordsarbeit das störrische Zaungeflecht in die Aushubrinnen und brachte alles zum Stehen, in dem er eine Mörtelmischung eingoss, um besseren Halt zu erzielen. Hier wäre es schön eine Zeichnung des Elefantenzauns einzubringen, aber dafür hatte KA nun überhaupt keine Zeit. Er war nun viel zu sehr damit beschäftigt, die Steine für die Füllung des Kofferzauns zu besorgen. Diese setzte er Stück für Stück ein und es ist unglaublich wie immens viele Steine darin Platz hatten. Er holte sie alle vom Flussbett mit einer Schubkarre, peu à peu, in einer unglaublichen Sisyphusarbeit. Doch das war KA egal. Er liebte solche Tätigkeiten die in ihm diesen Zustand erzeugten, ganz und gar bei sich zu sein. Sehr intensiv und sehr konzentriert. Keine störenden Gedanken verschaffen sich dabei Raum. Es geht nur um den Stein, und den Stein und den Stein. Nach vielen, vielen Stunden ward der Kofferzaun in Elefantenform fertiggestellt. Ein freudiger Schrei der Erleichterung durchfuhr KA, denn was als nächstes folgte, war die schönere Arbeit, nämlich die Hohlräume mit guter Pflanzenerde aufzufüllen. Da hatte er wieder einmal Glück gehabt, denn er bekam 13 Säcke mit je 50 Liter Erde vom Nachbarn geschenkt, der sich verrechnet hatte, bei der Bestellung für seinen Garten. Dieser erfuhr in einer Unterhaltung über dem Gartenzaun, dass KA die Idee des Hochbeetes hatte und erinnerte sich wieder daran und übergab vor einer Woche schon KA die Säcke.

Das Einfüllen der Erde ging super schnell. Es war zwar anstrengend, aber im Gegensatz zum Steine einfüllen, in das Drahtgeflecht, war dies nun Pipifax. So, alles schön befüllt, glatt geklopft und nun her mit den Samen!

KA liest in seinem Gärtnerhandbuch nach und erfährt:

Brokkoli richtig pflanzen und pflegen

Brokkoli ist ein aromatisches und gesundes Kohlgemüse. Bei guter Bodenvorbereitung und Wasserversorgung fahren auch Hobbygärtner gute Ernten ein. Brokkoli zählt zu den beliebtesten Kohlarten.

Brokkoli hat beinahe ganzjährig Saison. Die Pflanzzeit beginnt im April, letzter Pflanztermin für die Ernte im Herbst und Winter ist Anfang August. Man setzt die Jungpflanzen wie bei allen Kohlsorten mit einem Pflanzabstand von rund 40x40 Zentimetern recht tief in die Erde. Bei späten Sorten ist bis etwa Mitte Juni auch eine Direktsaat ins Beet möglich. Säen Sie pro Pflanzloch drei Körner aus und lassen Sie nach dem Keimen jeweils nur den kräftigsten Sämling stehen.
Brokkoli wächst schneller und ist leichter zu ziehen als Blumenkohl oder Kopfkohl, benötigt aber mehr Kalk. Bei schlechter Kalkversorgung bringen die Pflanzen nur wenig Ertrag und leiden schnell unter der Kohlhernie, einer Pilzerkrankung. Tipp: Vor der Aussaat oder Pflanzung reichlich Algenkalk und Kompost in die Erde einarbeiten und eventuell eine zusätzliche Kalkgabe direkt ins Pflanzloch geben.

*

KA ist sichtlich froh darüber, dass es noch nicht zu spät ist seinen geliebten Brokkoli zu pflanzen, da dieser ja offensichtlich von April bis August gezogen werden kann. Glück gehabt, zog sich die Aufbauphase doch länger hin als geplant. Bald schon kann KA seinen eigenen Brokkoli ernten und sich seine eigene Brokkolisuppe kochen, so wie jene aus seiner Zeit im Heim, als Schwester Silvia ihm stets einen Sondernachschub besorgte. Freilich liebt er auch seine Leberwurstbrotsuppe sehr, aber diese wird von seiner Brokkolicremesuppe locker 10 Mal getoppt. Er freute sich nun so sehr, und er führte in seinem bunten Häkelröckchen um sein Elefantenhochbeet einen Freudentanz auf und klatschte dabei lustig in die Hände. Ja so ist KA eben, er lebt seine Emotionen aus, wenn sie da sind und hält sie nicht zurück. Auch dann nicht, wenn es sich nur um Gemüse handelt ;-)

Wo ist der Benimm hin?

KA hat als ehemaliges Waisenkind im Heim mehr denn je gelernt, welche Verhaltensregeln es gibt und wie und wann man sie anwendet. Ebenso ist er wahrlich geschult in der Ausführung der Hausarbeit, vom korrekten Betten machen bis Betten frisch beziehen, der Reinigung von Bad, Armaturen sowie das Wischen der Böden, aber auch Bügeln und den Tisch sauber eindecken, etc., etc. Im Heim hat alles Regeln, vor allem die »Goldene Regel« wird großgeschrieben! Das muss auch so sein, denn wer viele Kinder zu hüten hat, hat Verantwortung zu tragen die immens ist und es braucht deswegen »Zucht und Ordnung« um den Überblick zu behalten und Unglücke jeglicher Art - so gut es geht - zu vermeiden. Die Höflichkeit ist hierbei sicher nicht zu unterschätzen, denn ein Kind welches mit den Höflichkeitsregeln konfrontiert wird, wird automatisch diese zu seinem Fleisch und Blut machen. Es wird reflexartig *Bitte* oder *Danke* sagen. Es braucht keinen ständigen Anstoß dazu. Es hat erkannt, das Höflichkeit mit Wertschätzung und Respekt zu tun hat und nicht, wie viele glauben, mit Minderwertigkeit oder Unterordnung.

KA erinnert sich gut daran, wie im Heim diese einfachen Dinge gelehrt wurden. Nicht etwa streng autoritär oder so. Vielmehr spielerisch und die Freude daran fördernd.

Das »Höflichkeitsspiel« wurde mit den Kindern in Form höfischer Tänze eingeübt. Sprich: durch Tanz und Spiel zugleich, machte es den Kindern Spaß höflich zu sein. Nun kommt dieses Wort ja aus der Zeit zu Hofe. In diesen Adeligensippschaften verhielt man sich höfisch. In einem Tanz wo man sich führt, aufeinander zugeht, sich in die Augen sieht, lächelt, den Kopf senkt, eine Verbeugung macht, sich wieder loslässt und auf den nächsten Tanzpartner zugeht, ihn ebenfalls führt und sich auch führen lässt und so weiter. Bei diesen Übungen mit den Heimkindern wurde immer sehr viel gelacht. Das war einfach eine Begleiterscheinung. Vor allen Dingen nach so einem Tanz, denn während des Tanzes war ganze Aufmerksamkeit und Konzentration gefragt. KA weiß noch genau als die Schwestern ein Bonuspunktesystem eingeführt hatten, damit die Höflichkeit auch im Alltag angewendet wird. Das Unglück mit den

Glasschwingtüren hätte zum Beispiel nie passieren können, wenn es damals schon das Punktesystem gegeben hätte. Die Kinder, Mädchen wie Jungen, wollten unbedingt ihre Sammelheftchen voll bekommen mit den Klebepunkten. Es gab Wertungen von 1 bis 3 Punkten, je nachdem wie ausgeprägt die Höflichkeitsgeste eingestuft werden konnte. Nur einen Punkt gab es für ein ganz normales Bitte- und Danke sagen. Zwei Punkte bekam man schon, wenn man jemandem die Türe aufhielt, obwohl keine Notwendigkeit bestand, wie bei jemandem der vielleicht beide Hände voll hat, weil er etwas zu tragen hatte. Drei Punkte waren die Krönung. Die wenigsten Kinder konnten 3 Punkte ergattern, weil sie einfach noch zu jung und zu faul waren. Wie Kinder nun mal sind. So bekam man nur dann die 3 Punkte für eine Höflichkeit, wenn man jemandem unter die Arme greift, wie z. B. Tragen helfen, freiwillig etwas zu putzen, Dinge aufräumen, einem anderen beim Anziehen helfen, in die Jacke helfen, bei den Hausaufgaben helfen usw. Das Bonusheft war voll, wenn hundert Punkte erreicht wurden. Als Belohnung gab es dann etwas ganz Besonderes: das Heimkind durfte sich eine Lieblingsnachspeise aussuchen oder 1 Stunde länger Ausgang haben in Begleitung einer Aufsicht oder brauchte 1 Woche lang überhaupt keinen Zimmerdienst zu machen. KA hatte schon alles durch und ist ein versierter höflicher Mensch geworden. Natürlich gab es auch immer wieder Heimkinder, meistens unter den Jungen, die sich nie mit so etwas abgeben wollten. Sie waren einfach zu verkorkst. Sie kamen aus völlig desolaten Familienstrukturen und befanden sich psychisch in einem Abgrund. Sie hatten kein Interesse ihrem Leben eine Richtung zu geben. Sie wollten wild sein und undiszipliniert. Es war kein Leichtes mit ihnen auszukommen. KA hatte mit sich selbst genug zu tun, musste sich vor den Mädchen hüten und zog sich am liebsten zurück. Es gab einfach solche und solche.

Doch wo ist der Benimm im normalen Alltag hin? KA fragt sich oft verwundert, wieso kommt kein *Hallo* zurück, wenn er grüßt? Wieso kommt kein *Danke*, wenn man etwas mit Bitte weitergegeben hat? Wo bleibt das *Auf Wiedersehen*, wenn er sich verabschiedet? Warum hält ihm der Vorgänger die Türe nicht auf oder blickt sich um, ob da nicht noch einer kommt, sondern geht einfach durch, schaut nicht um, lässt die Türe los und dem Nächsten vor der Nase zufallen? Warum wird sich nicht entschuldigt, wenn man einen Fehler gemacht hat, sondern eher noch eins drauf gesetzt? Fehlt es an Einsicht oder an Höflichkeit? Oder beides?

KA will kein Moralapostel sein oder gescheiter als die anderen. Er bemerkt nur die immer größer werdende Armut in unserem Land, aber nicht an Geld oder Konsumgütern, sondern an Mitmenschlichkeit. Für KA ein Grund mehr höflich zu bleiben!

Kneippbecken

Nun, seit einiger Zeit, wie wir wissen, ist KA stolzer Hundebesitzer. Das kleine Städtchen, in dem KA lebt, ist durchzogen von kleinen Highlights. So z. B. die Kneippanlage im Park. Hier können Passanten, Menschen wie KA, wie du und ich, ihre Schuhe ausziehen und im Wasser treten. Besonders bei heißem Sommerwetter eine herrliche Erfrischung und Kreislaufanregung.

KA zieht gerade mit seinem Fufu an dem Wasserbecken vorbei, als ihm die Idee kommt, eben ein solches Kneipptreten durchführen zu wollen. Er zieht seine Schlappen aus, die übrigens passend zum Rock mit Häkelware beklebt sind. Man kennt diese Gesundheitsschlappen der alternativ eingestellten Leute, die sich gerne und ausschließlich von Demeter Ware ernähren und tunlichst das Auto meiden, die »Ökos« eben. Solche Schlappen also trägt gerne KA und weil diese so schöne breite Lederbänder haben, hat er diese mit selbstgehäkelten Musterbändern verziert - passend zum Rock!

Er zieht also diese beschriebenen Schuhe aus, und schreitet wie ein Storch, Stufe für Stufe, langsam mit Fufu an der Leine in das kalte Wasser hinein, als er plötzlich ein lautes »Ähäm!!« vernimmt. KA sieht sich erschrocken um, als er eine Frau entdeckt, mittleren Alters, die hier scheinbar etwas dagegen hat. »Sie wollen doch nicht etwa jetzt mit dem Hund da rein gehen??«, fliegt ihm diese harte Frage um die Ohren. ... mit dem Hund da rein gehen ... klingt es in ihm nach. KA hat keine Ahnung was das soll? Was zum Teufel soll diese bescheuerte Frage?? Und während er noch am überlegen ist und keine Ahnung hat, was er erwidern soll bzw. ob er überhaupt verpflichtet ist zu erwidern, kommt schon der nächste vorwurfsvolle Text zu ihm herüber geschossen: »Das ist doch keine Badestation für dreckige Hund, da wo wir Menschen mit unseren Füssen reingehen wollen!!« ... dreckige Hunde ... schrillt es in KA`s Ohren nach. Tz, welche Hunde, wieso dreckig? Moment Mal, denkt sich KA, wo bin ich eigentlich? KA der wirklich stets höflich und bemüht ist in Harmonie mit allem zu sein, erkennt gerade, dass Wut in ihm aufsteigt. KA, der quasi immer noch da steht, mit einem Fuß im Wasser auf der ersten Stufe des Tretbeckens und den anderen noch in der Luft baumelnd bevor er auf die zweite Stufe gesetzt werden sollte, im Gleichklang auch Fufu, dessen Hinterbeine noch am Beckenrand, aber die beiden Vorderpfoten bereits ganz leicht mit dem Wasser in Berührung gekommen sind, weil diese ja schon auf der ersten Stufe stehen, zurück blickend, zu einer keifenden Frau ins Gesicht, die gerade versucht ihre Macht mit Moralpredigten auszuspielen, sagt KA:

»Wer sagt das Hunde dreckiger sind als menschliche Füße?? Menschen gibt es genug, die ihre Füße nicht waschen, deren Füße voller Fußpilz und dicker Hornhaut sind und nach altem Käse stinken! Sie haben Recht, ich geh` da nicht rein!! Komm Fufu.« Und KA verschwindet im Eilschritt von diesem unhygienischen Platz der von einer Frau mit unhygienischem Verbalgestammel auch noch bewacht wird.

Von Mai bis September ...!

»Hey!«, brüllt ein kleiner Junge, der gerade sein Fahrrad mit Müh und Not den Berg hinaufschiebt, weil er, mit seinen vielleicht 11 Jahren, viel zu übergewichtig ist und keine Ausdauer besitzt, »Raus da!!! Von Mai bis September ist es verboten über die Wiesen zu laufen!!!«

KA wirft einen Blick über seine Schulter und erkennt, dass tatsächlich er damit gemeint ist. Er spazierte gerade, wie jeden Tag, mit Fufu über eine abgemähte Wiese. So wie er jeden Tag über Wege, Wiesen und durch Wälder spaziert und sich an der Natur erfreut - bis vor einem Moment jedenfalls noch.

»Raus aus der Wiese!« schallte es ihm noch einmal im militärischen Befehlston von diesem Bauernbengel entgegen. »Hast Du sonst noch irgendwelche Probleme? Und was ist das überhaupt für ein Ton? Werd` erst mal erwachsen, dann können wir weiter reden.«, entgegnete ihm KA. Zurückgebrüll, äußerst aggressiv und sauer: »So steht es aber im Gesetz geschrieben, von Mai bis September dürfen keine Wiesen betreten werden!!!« Wohlgemerkt, von einem kleinen, dicken Schuljungen, der in einer Art Hitlermanier glaubt für Recht und Ordnung sorgen zu müssen, so dass er sich bald am eigenen Geifer dabei verschluckt, muss sich KA also gerade belehren lassen.

KA erwidert gelassen: »Gehört Dir die Natur allein? Bestimmst Du wer, wann und wo gehen darf? Ist die Erde käuflich und in Parzellen einteilbar, wirklich? Was macht der Bauer tagtäglich mit den Wiesen? Vergewaltigt den Boden mit schwerem Gefährt, ersäuft die Pflanzen mit Gülle und Dung, vergiftet mit Pestiziden und Düngemitteln die Landschaft ungeachtet unseres Grundwassers welches durch entstehende Phosphate belastet ist, mäht mit Monstermähwerken in Windeseile eine Wiese ab und nicht nur das Gras, auch die darin lebenden Wildtiere, von Vogelbrut, bis Maus und Rehkitz welche zerstückelt zurück bleiben, und das alles für die Viehhaltung. Gerodet wird wo es ihm Spaß macht. Fragt uns Bürger nie, ob es uns recht ist. Wo gerade noch ein schöner Baum, groß und herrlich gewachsen stand, ist dieser schon am nächsten Tag verschwunden, weil der Bauer Holz *braucht* für seinen Hof. Meint ein Held zu sein, weil er Milch produziert in Fabrikmanier, von den armseligsten und den wohl friedlichsten Geschöpfen dieser Erde, mit dicken hochgezüchteten Eutern die ihnen nichts als Schmerzen bereiten, deren Hörner bestialisch entfernt wurden, damit noch mehr Tiere auf engstem Raum gehalten werden können. Eine sog. Laktateinheit, also Kuh, ist damit gemeint, die innerhalb drei Jahren komplett ausgelaugt und ausgesaugt wird, weil sie mehrere tausend Liter Milch im Jahr geben musste und dann, wegen ihrer porösen, entkalkten Knochen auf ihrem Anbindeplatz in sich zusammenfällt und entsorgt wird wie Müll, und das alles nur, damit eine andere Rasse, die menschliche Masse, sich von ihrer Milch ernähren soll, die noch nicht mal verträglich für sie ist, geschweige denn gesund! Und diese Ausbeuter einer Kreatur klagen dann auch noch über den *unfairen* Milchpreis und fühlen sich gedemütigt. Dürfen aber legal tagtäglich, 24 Stunden am Stück, Tierschändung durchführen, für den Profit, ohne jemals nur dafür geahndet zu werden. Die frisch geborenen Kälbchen werden sofort von der Mutterkuh getrennt und in sterile Plastikboxen mit einem Gitter davor, außerhalb des Stalles deponiert und isoliert. Ihrem kleinen, kurzen Schicksal, nach der Mama schreiend, dort sich selbst überlassen, bis der Viehhändler kommt, sie hunderte von Kilometern in fiesen LKWs, voller Angst und Panik, stundenlang ohne Wasser, bis zur Tötungsanstalt karrt damit dann aus ihnen Kalbfleisch gemacht werden kann ... und wenn der Bolzenschuss nicht richtig saß ... Pech gehabt ...und DU willst mir verbieten über Wiesen spazieren zu gehen???«

Der kleine, dicke Junge, schob beleidigt und mit gesenktem Kopf, schwer schnaufend, sein Mountainbike die steile Strasse weiter den Berg hinauf und sagte kein einziges Wort mehr.

Nichts für Hypochonder!

KA macht öfter die Erfahrung mit außergewöhnlichen Schlagzeilen. Diese hier fand KA wirklich extra übel:

Störende Geräusche, die niemand außer ihr hörte, ließen R. H. nicht zur Ruhe kommen. Dazu quälten die Britin starke Schmerzen auf einer Seite des Gesichts. Als auch noch Flüssigkeit aus einem Ohr austrat, ging die Frau aus der englischen Stadt Derby zum Arzt. Der fand die gruselige Ursache der Beschwerden.

Es wollte einfach nicht aufhören, das kratzende Geräusch im Kopf. Hinzu kamen Schmerzen im Gesicht und Ausfluss aus dem Ohr. R. H. war gerade aus dem Südamerika-Urlaub zurückgekehrt, als die seltsamen Symptome auftraten. Davon berichtet die Zeitung »Daily Mail«. Was der Arzt dann entdeckte, ist für viele Touristen ein Alptraum. In H.`s Ohr hatte sich ein Parasit festgesetzt. Die Made der Neuwelt-Schraubenwurmfliege (Cochliomyiahominivorax) benutzt Säugetiere als Wirt und ernährt sich von deren Fleisch.

R. H. war beim Wandern in Peru in Kontakt mit der Schmeißfliegenart geraten. Offenbar hatte ein Tier seine Eier im Ohr der Touristin abgelegt, daraus waren dann die Larven geschlüpft. Ärzte konnten die Tiere operativ zwar entfernen, doch hatten sie der Britin bereits ein kleines Loch in den Gehörgang gefressen. Ansonsten ist R. H. gesund und kann wieder lachen: »Ich bin nun nicht mehr so zimperlich, was Insekten betrifft. Wie könnte ich das auch, wenn diese Fliegen in meinem Kopf waren?«, erzählte sie der »Daily Mail«.

Normalerweise legt die weibliche Neuwelt Schraubenwurmfliege ihre Eier in die offene Wunde eines Warmblüters, meistens dienen Tiere als Wirt. Innerhalb eines Tages schlüpfen die Larven, die sich dann von Gewebe und Körperflüssigkeiten ernähren. Die Neuwelt-Schraubenwurmfliege kommt in Süd- und Mittelamerika vor. In den USA wurde sie ausgerottet und gilt seit 1959 nicht mehr als Gefahr für Nutztier und Mensch. Eine verwandte Art, die Chrysomyabezziana, stellt eine Bedrohung für die Tierwelt in Asien dar, seit sie aus Amerika eingeschleppt wurde. Fleischfressende Maden können aber durchaus auch nützlich sein. Die Larve der Cochliomyia macellaria kann bei der Behandlung von infizierten Wunden und Narben helfen. Sie frisst kranke Muskelzellen ab und beschleunigt somit die Heilung von Fleischwunden!

*

Wie schön, denkt sich KA, dass solche Tiere sogar dem Menschen nützlich sein können, wenn sie nicht gerade schädlich sind. Menschen die hier hypochondrisch veranlagt sind, könnten versucht sein zum Onkel Doktor zu rennen und sich auf Parasiten vorsichtshalber untersuchen zu lassen, oder aber glauben vielleicht nun endlich den Grund für ihre ständigen Muskelschmerzen, Ohrgeräusche, Verwirrtheitsphasen oder Hämorrhoiden gefunden zu haben.

Spontanität

KA ist ein Freund der Spontanität. So ganz spontan kann er sich entschließen, z. B. einen Kuchen zu backen, ohne jedoch alle Zutaten für einen typischen Kuchen dazu im Hause zu haben. So ist eines Tages auch der Limonadenkuchen entstanden. Als Heimkind lernt man ja einiges an verrückten Sachen, unter anderem wie man Limonadenkuchen herstellen kann. Dies ist relativ einfach und kann ohne weiteres, auch ohne Zutaten eines herkömmlichen Kuchens, gemacht werden. Es werden weder Eier, Milch noch Mehl benötigt!

Rezept:

1/2 Liter Orangen- oder Zitronenlimonade

1 Fläschchen Apfelpektin

50 g Rosinen oder getrocknete Cranberrys

50 g Kokosraspeln

1 kleine Gugelhupfform

Alle Zutaten kommen zusammen in eine Rührschüssel und werden verquirlt, dann in die Gugelhupfform gekippt und diese in den Kühlschrank gestellt. Nach gut 2 1/2 Stunden ist der Limonadenkuchen fertig. Die Kuchenform wird auf einen Teller umgekippt und ein herrlicher, wackeliger Limogugelhupf lacht einem entgegen. Ein köstlich, kühler Kuchen für heiße Sommertage!

*

Ein anderes Mal hatte KA ganz spontan ein Grasbild gemalt. Also ein Bild aus verschiedenen Gräsern! Er ging mit einem Weidenkörbchen über die Wiesen spazieren und sammelte verschiedenste Gräser ein. Vom Zittergras bis Hirtentäschel, etc. Auch Moose waren ihm willkommen, oder irgendwelche Samenkapseln von Beispielsweise der Bucheckern. Als sein Körbchen voll war marschierte er wieder nach Hause. Zunächst hatte er keine Ahnung wie er daraus nun ein Bild gestalten könnte, denn er hatte keine Leinwand zur Verfügung. So sah er auf seinem Dachboden nach und fand dort ein altes Brett herumliegen. Es war etwa 40 x 60 cm groß. Hm, dachte sich KA, dies könnte ein guter Ersatz für eine Leinwand sein. Im Keller hatte er noch einen Rest weiße Wandfarbe gefunden, damit strich er das Brett an. Während der Trockenzeit der Farbe sortierte KA seine gesammelten Schätze aus der Natur auf seinem Holzboden im Wohnzimmer. Er legte alle Teile sehr geordnet und übersichtlich nebeneinander vor sich hin. Allein das sah schon wirklich toll aus. Als hätte er sich ein Stück Natur ins Haus geholt. Es fühlte sich richtig angenehm an, vor allen Dingen auch der Duft der von den Gräsern entströmte.

Mittlerweile war die Farbe auf dem Brett getrocknet. Spontan fiel ihm ein, wie er die Gräser befestigen könnte: zum Teil würde er einige vermahlen und dann den Grasstaub verwenden. Da er weder Uhu noch Leim verwenden wollte, machte er sich einen eigenen Kleber zurecht. Er mischte einfach Wasser mit Mehl so lange bis eine klebrige Konsistenz entsteht. Diese trug er mit einem Flachpinsel auf das Brett auf und schnell, bevor diese klebrige Masse trocknen würde, streute er den Grasstaub darauf. Ganz leicht sank der Grasstaub darin ein. Dies war, von der Farbgebung her, wirklich schön geworden. Leicht rötlich wie Kupfer und ganz natürlich grün schimmernd. Bevor all dies zu fest werden würde nahm er nun ganz wahllos ein Naturprodukt nach dem anderen vom Holzboden auf und setzte es in den mit Grasstaub eingefärbten Mehlkleber. Stück für Stück: Grashalm, Samenkapseln, Moosbällchen, usw.

Schließlich war er fertig geworden und mächtig stolz auf sein Spontan-Gemälde. Ein richtiger Van Gogh aus purer Natur ist entstanden, ganz ohne Öl und Acryl. Ein Ökogemälde, schmunzelte er während der Betrachtung seines Bildes und hielt dabei mit der rechten Hand sein Kinn welches er gleichzeitig mit dem Zeigefinger nachdenklich rieb. Er war ganz verliebt darin! Wie herrlich, dachte er. Das ist so schön anzuschauen. Richtig entspannend. Und je länger er es betrachtete sah er plötzlich Dinge in dem Bild, die es darin eigentlich gar nicht geben dürfte. Es flogen plötzlich bunte Schmetterlinge herum, Marienkäfer krabbelten an Gräsern hoch und setzten zum Fluge an, auch Raupen tummelten sich im Bild und sogar eine kleine Eidechse huschte herum. Ja, KA ist sehr phantasievoll wie wir bereits wissen!

Wenn keiner eine Ahnung hat, wer hat denn dann noch Ahnung?
oder
Alarm! Die Zirbeldrüse brennt!

KA ist sauer. Ja, sauer! Ihr habt richtig gelesen. Etwas was man bei ihm wirklich nicht vermuten würde, aber er hat etwas bemerkt. Immer mehr Menschen laufen herum und sind richtig dumm. Eine gewagte Behauptung, doch sie ist (leider) wahr. KA selbst ist überhaupt kein Freund von Lebenserleichterungen die gleichzeitig Gehirninsuffizienz auslösen. Wir müssen ja nicht ins Neandertalerzeitalter zurückkehren, nur um zu verstehen, was KA nervt. Aber es gab doch tatsächlich einmal eine Zeit, und das ist noch nicht mal allzu lange her, die Zeit vor den Handys! Die Zeit also und die Menschen, bevor es Mobilfunktelefone gab, bevor es Smartphones gab. Mittlerweile also, trägt der moderne bzw. verblödete Mensch, sein Gehirn in der Hand mit sich spazieren. Keine Angst, KA ist von dieser Idee noch nicht aufgesaugt worden. Aber die meisten, sprich: die Masse ist es. Als KA noch ahnungslos in seiner Experimentierphase eines dummen Jugendlichen steckte und Fliegen fing oder den Mädchen hinter her schlich um sie mit herumfliegenden Steinchen zu erschrecken oder den Versuch machte tatsächlich Mäuse zu melken (wegen der Mäusemilch die bei Pickeln angeblich hilft) hat sich eine ganze Menge getan. Die Jugendlichen von heute, bis hin zu den Seniorinnen und Senioren (!), vergraben inzwischen gerne und ständig ihr Gesicht in ihr tragbares, wie bereits schon erwähnt, *Gehirn in der Hand*. Sprich: in das Handy. Man könnte auch »Brandy« dazu sagen. Aus Brain und Handy mach »Brandy«. KA findet dies passender. Also nochmal, um Verwechslungen mit dem spanischen Weinbrand, dem Brandy, zu vermeiden, ist es KA einfach nur wichtig zu verstehen, dass das weiche Gehirn eines Menschen, auf Englisch *brain* und das moderne Telefongerät, genannt *Handy*, zusammengesetzt aus den ersten drei Buchstaben von *brain* und den letzten drei Buchstaben von *Handy* die Wortneuschöpfung *Brandy* ergeben. Wobei natürlich nicht von der Hand zu weisen ist, dass beim Genuss von zu viel Brandy, also dem Weinbrand, ebenfalls das Gehirn in einen unweigerlichen Zustand des Zerfalls gerät und es dazu führt, irgendwann von gar nichts mehr eine Ahnung zu haben.

Was viele Brandybesitzer einfach nicht wissen, dass ihr Brandy am Ohr ganz ungeniert ihre Zirbeldrüse mit Mikrowellen beschießt während eines *heißen* Gespräches. Aufgrund dieser Tatsache können viele Brandybesitzer das auch nicht wissen, denn wer würde denn schon freiwillig sein Gehirn in die Mikrowelle legen und dabei zuschauen wie es darin explodiert. Die Zirbeldrüse übrigens, ist der Ort im Menschen, heißt es, wo die Seele andockt. Schon Rene Descartes (1596 - 1650) sagte über die Zirbeldrüse: »Es gibt eine kleine Drüse im Gehirn, in der die Seele ihre Funktion spezieller ausübt als in jedem anderen Teil des Körpers.« Was machen bloß all die Seelen, wenn sie ihre Zirbeldrüsen nicht mehr finden, weil die wie Wachs geschmolzen sind? Hm, Kinn reiben und sich wundern, ... und jetzt? »Das glaub` ich nicht!« schreien, ist eine Variante, man kann aber auch sein Brandy nehmen und dieses dafür in die Mikrowelle legen. KA meint, dies sei wesentlich gesünder und vielleicht das einzige wofür man eine Mikrowelle benutzen sollte.

Na, wo kommt denn das nun wieder alles her? KA hat es diesmal nicht in einem Buch gelesen, sondern in sich selbst gesehen. Man muss doch nicht alles irgendwo erst gehört oder gelesen haben, wenn man doch selbst ein wandelndes Buch ist, oder? Außerdem fühlt man das doch, dass das nicht gut ist, sich nur noch mit dem Brandy abzugeben. Alles mit Maß und Ziel, nicht wahr? Darüber hat sich KA mit dem gestressten Tom schon mal beinahe richtig gestritten, weil er, also Tom, das eben nicht fühlen kann. Mit einem sehr betroffenen Gesicht und einem gleichzeitigem »Hm«, reibt sich KA wieder einmal mit dem Zeigefinger sein Kinn, denn für ihn bedeutet das, dass die Ahnung und das Gefühl bei den Leuten verloren gehen.

Dass die zugelassenen Strahlenwerte eines Brandys natürlich manipuliert sind, ist doch klar, dafür braucht man nicht erst ein Studium absolviert haben, findet zumindest KA. Es reicht schon, dass diese Dinger überhaupt im Mikrowellenbereich strahlen. Und wenn man das Brandy ans Ohr hält, dann geht die Strahlung - Luftlinie gedacht - nach innen ins Gehirn bis ins Zentrum, da wo schön eingekuschelt die Zirbeldrüse liegt. Die sitzt ja extra so toll tief drin, im wabbeligen Hirngewebe, damit sie super geschützt ist und in Ruhe gelassen wird. Sie kümmert sich ja auch um das Schlafhormon Melatonin. Sie will also auch schlafen und nicht ständig gereizt werden. Sie arbeitet nämlich nur dann, wenn wir normalerweise schlafen, also in der Nacht, wenn`s richtig schön dunkel ist. Aber nein, die Frequenzen des Brandys dringen zu ihr durch und fangen zuerst an sie zu nerven und je mehr und je länger sie bedrängt wird, umso mehr fängt sie an durch zu drehen (so wie viele Menschen ja auch). Man merkt es selbst relativ schnell an Schwindel und Kopfschmerzen und manchmal sogar an einer inneren Leere und völligen Erschöpfung. Am Ende ist sie gebraten, die Zirbeldrüse, und liegt als verkohltes Zirbelchen im Gehirn herum, schließlich geht gar nichts mehr und Chaos bricht aus.

Da KA ein sehr genauer Beobachter mit sehr viel Phantasie ist, fiel ihm eine rasante Entwicklung innerhalb der letzten 10 Jahre auf. 2003 gab es einen sehr, sehr heißen Sommer, man könnte auch *Mikrowellenzeit* dazu sagen. Der fing schon im April an und zog sich locker bis September, bis Oktober so durch. Das Wasser eines der größten bayerischen Seen, des Chiemsees, war so warm, dass man keine Abkühlung empfand, selbst dann nicht, wenn man völlig überhitzt mit rotem Kopf hinein sprang. Die menschlichen Synapsen in den Gehirnen fingen an zu kochen und etliche Menschen, also die meisten, brannten durch. Seither ist ihre eigene Leitfähigkeit für gesunden Menschenverstand verschmort und sie lassen sich alles einreden und aufs Auge drücken, was angeblich für ihren persönlichen Wohlstand, Status und die Verbesserung der Lebensqualität erfunden wird. Vor allen Dingen alles was billig ist und alles noch schneller macht!! KA fand den Slogan einer gewissen Elektronikverkaufssparte von wegen »Geiz ist geil!« schon immer zum kotzen. Wenn Geiz geil ist, was ist dann freudiges Geben? Na ja.

KA ist aufgefallen, dass (fast) keiner eine Ahnung hat, was mit seiner Ahnung passiert.

Eine Ahnung ist ein Gefühl. Ein Gefühl für etwas. Ich kann fühlen ob etwas gut oder schlecht für mich ist. Ich kann eine Ahnung haben für verschiedene Begebenheiten. Ich kann aber auch Ahnung, im Sinne von Wissen, von etwas haben. Was KA ausdrücken möchte, dass die Menschen nach und nach ihre Gefühle mehr und mehr verlieren und sie zu körperlichen, aber gefühllosen Wesen mutieren, ohne es zu merken. Ihre Gehirne fangen nicht nur an zu zerfallen, durch Krankheiten wie Alzheimer oder Demenz, sondern allein schon dadurch, weil sie es in ihrer Hand mit sich herumtragen und sie sich nur noch nach außen orientieren. Sie haben den Zugang zu ihrem Inneren verloren.

Dafür gibt es genügend Beispiele. KA erlebt dies mittlerweile auch immer öfter in dem Ort in dem er lebt. Es ist also nicht mehr nur ein Phänomen der großen Städte, wo viele Menschen leben. Nein, es ist überall bereits verbreitet und unter uns. Eine Generation gefühls- und gehirnloser Menschen wandelt mit wachsender Begeisterung unter jenen umher, die sich dafür nicht begeistern können. Aus dem Genre der Horrorfilme nennt man solche Wesen eigentlich die lebenden Toten, die sog. Zombies.

*

KA hat leider keine Ahnung wie es weitergehen wird. Er selbst ist im Vollbesitz seiner Ahnungen und geistigen Kräfte, kann aber auch nicht leugnen, dass es Fallweise zu Abstürzen dieser kommt. Warum? Vielleicht weil allgemein etwas in der LUFT liegt, was uns alle zu Ahnungslosen vertrotteln lässt? Wer weiß? An einigen Tagen im Jahr nämlich - genauer gesagt an gefühlten 360 Tagen - ist der Himmel einfach nicht blau. Wenn KA nach oben blickt sieht er diese dreckigen Streifen, die wie Schachbrettmuster von den Flugzeugen hinterlassen werden. Dann dauert es nicht lange und die Sonne wird gestohlen! Ja, sie kann dann nicht mehr durch diesen entstandenen *Dunst* hindurch strahlen. Es wird dunkel und kalt und manchmal folgt ein Unwetter, obwohl zuerst noch strahlender Sonnenschein herrschte. Aber was sprühen die da? KA kratzt sich sein Kinn und könnte wetten, dass hier Kräfte am Werk sind die alles andere als lieb sind und es gut mit uns meinen. Wer weiß! Aber wer schaut denn gerne nach oben? Zombies schauen nicht nach oben, nur nach unten auf ihr Brandy, das ist klar. Und im Allgemeinen wird geglaubt, Dreck liege offiziell nur am Boden. Weit gefehlt! Leider hat man bei Dreck in der Luft so gar keine Möglichkeit auszuweichen. Atmen müssen wir ja alle - auch die Zombies. Arme Lunge, kann nicht einfach sagen: »Tür zu! Hier stinkt`s vom Himmel runter!« Und wehren geht auch nicht, weil man uns tatsächlich, tagtäglich das Blaue vom Himmel herunter lügt - kein Wunder, dass die blaue Farbe immer weniger wird ... KA hat das Phänomen am Himmel schon seinen Leuten im Dorf gezeigt und die haben gleich ganz altklug KA belehrt: »Aber das ist doch gut! Das machen die doch wegen dem Klimawandel, damit das nicht zu heiß wird hier auf der Erde und wir alle gesund bleiben. Mensch, KA, hast Du das denn nicht gewusst? Mach` Dir keine Sorgen. Alles in Ordnung, die wollen uns nur schützen, lieb gell?« KA muss popeln gehen. Das ist einfach zu viel für ein *brandyfreies* Gehirn, in einem Kopf von einem Kerl, der am liebsten nur Röcke trägt und dessen Leidenschaft es ist Zigaretten zu drehen. Popeln und die Dinger dann richtig schön rund rollen ist das Einzige was da noch hilft um einigermaßen in der Balance zu bleiben.

Ahnungslosigkeit die unter die Haut geht

KA ist auch aufgefallen, dass eines der neuesten Brandy`s, einer gewissen Apfel-Firma, noch mehr zombiistische Anteile in uns Menschen fördert. Hier geht man sogar so weit, dass man sich freiwillig darauf einlässt eigene, höchst private, biometrische Daten an die Schöpfer dieser Brandy`s per Fingerabdruck, inzwischen sogar Gesichtsabtastung, abzugeben und wer weiß an wen oder was noch so alles, weil der Digitalismus nicht mehr durchschaubar ist. KA fühlt sich hier oft genug an einen Sience-Fiction-Film erinnert, der in den 8oer Jahren heraus kam mit dem Titel »Der Rasenmähermann«. Aber auch eines der interessantesten und gruseligsten Bücher welche KA als Teenager in den 8oer Jahren las war das zum Kultbuch gewordene »1984« von George Orwell. KA ist sich sicher, der genannte Roman ist in seiner Reichweite längst zig mal übertroffen!

So erinnert uns ein Fingerabdruck auch gern an etwas Unangenehmes wie z. B. Verbrechen und Verhaftungen. Es geht darum, etwas von uns zu bekommen, zur Identifizierung, etwas das einmalig und unverfälscht ist. Doch ein Mensch, der schon seit mehreren Jahren mit seinem Brandy durchs Leben geht, denkt über so etwas nicht nach, bzw. kann über so etwas nicht mehr nachdenken. Er ist schon zu sehr beeinflusst und hirninsuffizient, so dass er nur noch reagiert. Auch ist er in der Gierspirale gefangen, wie eindeutig der Verkaufsrun zeigt, sobald ein brandneues, noch mehr ahnungslos machendes Brandy auf den Markt kommt. Es herrscht ein regelrechter Ansturm vor den Geschäften, der schon in der Nacht vor der Ladenöffnungszeit beginnt. D.h. dass Brandy-Besitzer unter freiem Himmel, auf der Strasse campen um möglichst der oder die Erste zu sein, sobald der Laden seine Pforten öffnet um das schon lange angekündigte und heiß ersehnte neueste Brandy überhaupt für gute siebenhundert Euro kaufen zu *dürfen*. Und wehe es drängelt sich einer vor ...! KA hat es mit eigenen Augen gesehen.

Auch dieser Bericht aus der Zeitung bestätigt es hier mit Datum vom 21.09.2013:

yClone 5: Rudi hat das erste ergattert

München - Riesiger Ansturm auf das yClone 5 in München: Vor dem Äpfelchen-Laden warteten hunderte yClone-Fans gespannt auf den Verkaufsstart um mit unter den Ersten Clone-Zombies sein zu dürfen. Rudi Däml war der Erste, der das begehrte Stück ergattert hat.

Rudi Däml aus München ist der erste yClone5-Besitzer in der bayerischen Landeshauptstadt. Der 21-Jährige stand insgesamt 48 Stunden vor dem Äpfelchen-Laden. Viele hatten schon am Tag zuvor vor dem Laden kampiert, um sich die besten Plätze zum Verkaufsstart zu sichern. Bei Temperaturen nahe dem Gefrierpunkt hielten die wartenden Clone-Zombie-Gierigen, eingehüllt in warme Kleidung und Decken stundenlang aus, bis sich am Freitag um 8 Uhr morgens endlich die Ladentüre öffnet.

Klar war auch auf den ersten Blick: Das neue yClone ganz schnell haben zu wollen, ist vor allem **Männersache**. Nur ganz wenige Damen waren in der langen Warteschlange zu sehen. Sicherheitspersonal sorgte dafür, dass es bei dem riesigen Ansturm reibungslos zuging. Vor dem Laden wurden die **yClone-Jünger** in Blöcke eingeteilt. Und sogar Hunde, die ein paar Wartende mitgebracht hatten, reihten sich brav ein, damit das Herrchen nur ja bald Äpfelchens neuestes Kultobjekt in den Händen halten kann.

*

Und hier rezitiert KA die *Proklamation* der Äpfelchen Firma, wie rührselig und voller Mitgefühl sie auf den yClone-Jünger eingeht:

Das allererste yClone hat der Welt gezeigt, wie man ein Smartphone (Anmerk. von KA: Brandy) am natürlichsten bedient – durch Berührungen. Einfach berühren, um einen Song zu hören. Um im Web zu surfen. Um ein Foto zu machen. All das mit etwas einfach Perfektem: deinem Finger. Jetzt haben wir den nächsten logischen Schritt gemacht – mit Touch ID*, dem Fingerabdrucksensor. Dein Fingerabdruck ist das perfekte Kennwort. Du hast es immer dabei. Und keiner kann es je erraten. Aber davon abgesehen, fanden wir es einfach sinnvoll, dass dein Telefon dich erkennt. Es soll wissen, wer du bist. Und nicht von dir verlangen, dass du dir Kennwörter merken und eingeben musst, um es zu benutzen (Anmerk. von KA: Ist klar, bei der voranschreitenden Gehirninsuffizienz!). Uns war klar: Der Sensor gehört genau da hin, wo du dein yClone als Erstes berührst – auf die Hometaste. Aber wie ließ sich all die Technologie für einen solchen Sensor auf so kleinem Raum unterbringen?

Dafür war ein Team aus Biometrieexperten und Hardwareingenieuren nötig, das Sensortechnologie und Hometaste überdenken musste. Die Taste hat nun eine Oberfläche aus einem lasergeschnittenen Saphirkristall. Sie leitet das Bild deines Fingers an einen kapazitiven, berührungsempfindlichen Sensor, der unter den äußeren Schichten der Haut einen Abdruck ausliest. Die Taste ist von einem Ring aus Edelstahl umgeben, der deinen Finger erkennt, den Sensor aktiviert und den Rauschabstand verbessert. Software liest dann die Papillarleisten, also die Linien deines Fingerabdrucks, und entsperrt dein Telefon, wenn ein Treffer gefunden wird. Das ist alles extrem hochentwickelte Technologie, von der du gar nichts bemerkst**, während du sie benutzt. Außer dass das Entsperren deines yClone auf einmal so einfach ist.

*KA`s Übersetzung: Touch ID = »Berühre den Idioten-Druckknopf«
**Anmerkung von KA: So wie du sowieso schon so vieles gar nicht mehr bemerkst, was mit dir und all deinen Daten passiert, während DU benutzt wirst.

Und während all das passiert, sich um die 600 Brandy-Menschen geduldig wartend in der Kälte die Nacht um die Ohren schlagen, als würden sie für einen guten Zweck in der Schlange stehen, um dann endlich am nächsten Morgen 700 Euro ausgeben zu dürfen für ..., werden irgendwo in der Welt und in direkter Nachbarschaft, Kinder missbraucht, Frauen geschändet, Menschen gefoltert, andere verhungern, ununterbrochen Regenwälder abgeholzt, Flüsse vergiftet, Meere leer gefischt und mit Plastikmüll erstickt, Tiere gequält und in Labors verbraucht, hörnerlose Kühe gezwungen Milch zu geben, Delphine in Japan in die Enge getrieben und abgeschlachtet, Meeresschildkröten lebendig aufgeschlitzt, Haifischen einfach die Flossen abgeschnitten, Qualzucht betrieben, Atom- und Giftmüll in Mutter Erde versenkt, die Erde wegen Gold und Silber und ihrer Erze und seltenen Erden und Rohstoffen zur Energiegewinnung ausgebeutet, auch um Brandy`s bauen zu können, und, und, und ... »Macht nichts, Hauptsache ich habe mein brandneues Brandy!«, sagt vielleicht der Mensch neben Dir in einer U-Bahn, oder am Tisch im Restaurant, in der Warteschlange an der Kasse, eventuell in der Wohnung nebenan, oder mit gerade mal 3 Jahren im Kindergarten! ;-)

HALLO! ?

HABT IHR EINE AHNUNG ODER WOLLT IHR KEINE HABEN???

*Anmerkung von KA: Sollte sich hier bei diesem Kapitel irgendjemand auf den Schlips getreten fühlen, ist das nicht das Problem von KA!

Die Aus-Zeit die besser ist als die Ist-Zeit

Jemand der in der Ist-Zeit ist, ist im Alltag verstrickt. Er jagt endlos vielen Aufgaben hinter her und versucht stets seine Konsumgier in den Griff zu bekommen. Er muss je mehr arbeiten je mehr er konsumieren will. Er steckt bis zum Hals in Schulden und ist nur noch mit Überweisungen fälliger Rechnungen beschäftigt. Er will der Beste sein in seiner Liga und fällt täglich darauf herein es (nicht) zu schaffen. Er brennt wie ein Lauffeuer für seine Ideen nur um später zu erkennen, dass seine Ideen schon längst ausgebrannt sind, genauso wie er selbst.

KA kennt so jemanden. Er heißt Tom und kam an einem Lagerfeuerabend, wie es diesen manchmal in Dörfern gibt, z. B. zur Sonnwende, in seine Nähe. Er wirkte gestresst und fuhr sich ständig mit den Fingern durch seine millimeterkurzen Haare. Er musste einmal lange gehabt haben, aber die Gewohnheit blieb ihm erhalten sich durch die Haare zu fahren um diese nach hinten zu streichen. Jedenfalls war dieser Tom ein typisches Beispiel für einen Ist-Zeit-Verstrickten. KA saß direkt neben ihm und versuchte ein Gespräch mit diesem nervösen und nervös machenden Typen anzufangen. »Hey, ich heiße Keine Ahnung und wie heißt Du?«, fragte KA provokant. Er wollte einfach, dass er aufhörte sich ständig mit den Fingern durch die Haare zu fahren. »Hä?«, fragte dieser verwirrt. »Was heißt hier keine Ahnung?« »Nicht doch,«, sagte KA, »<u>ich</u> heiße so. Mein Name ist *Keine Ahnung*! Und wie heißt Du?« »Komischer Name, so ein Quatsch! Ich, äh, ich heiße Tom.«, sagte er gestresst. »Was treibt Dich so an, um Gottes Willen?«, platzte es aus KA heraus. »Mann, lass mich, ich will nur meine Ruhe haben, ok.«, meinte Tom noch gestresster. »Die kannst Du nicht haben, wenn Du sie selbst nicht bist!«, sagte KA. »Nerv nicht!«, sagte Tom. Er wollte sich einen anderen Platz im Kreis suchen und stand auf. »Du kannst hier sitzen bleiben«, meinte KA, »Du wirst anderswo auch keine Ruhe haben, versprochen!« Der erst recht nun genervte Tom lief chaotisch und hektisch suchend nach einem besseren Platz im Sitzkreis um das Feuer herum. Doch es gab keine passable Lücke. Entweder unterhielten sich Pärchen miteinander, oder es scherzten kleine Kinder miteinander oder die Leute waren mit fettigen Händen Tom gefährlich nah, weil sie gerade etwas vom Grill zum Essen geholt hatten. Schließlich kam er wieder bei KA an und setzte sich in die frei gebliebene Lücke, die auf ihn schon wieder gewartet hatte. KA sagte diesmal nichts zu ihm. Tom saß neben ihm und fuhr sich mit den Fingern durch die millimeterlangen Haare um diese nach hinten zu kämmen. Neben KA war es herrlich ruhig und entspannend. Trotzdem nervte Tom nun diese Ruhe von KA. Vorher war er doch noch so provokant gewesen. Was war nun los mit ihm? Tom quälte nun die Neugier und deshalb sprach er KA an: »Äh, wie war noch mal gleich Dein Name?« KA drehte den Kopf zu ihm herum und sagte kein Wort. Er hob nur seinen rechten Zeigefinger in die Höhe und führte ihn vor seine Lippen und machte »Pssst!«. »Was soll das werden?«, wollte Tom wissen, während das Feuer violette Flammen schlug um das Holz zu verzehren, welches scheinbar qualvoll schrie, ächzte und seufzte. »Ich mache gerade eine Aus-Zeit.«, gab KA als Antwort zurück. »Du machst gerade eine AUSZEIT? Ist ja spannend!«, murmelte der genervte Tom, der einfach keine Ruhe fand. »Und für was soll das gut sein?«, fragte er. »Na, wenn ich in der Aus-Zeit bin,« erklärte KA, »dann bin ich eben mal weg von der Ist-Zeit und kann die Ruhe besser genießen. Im Moment möchte ich nur beim Feuer sein und sonst nichts. Ich brauche keine Menschen zum Plaudern oder etwas zu Essen. Einfach nichts. Und das ist Aus-Zeit.« »Klingt gut.«, sagte Tom. »Ist gut!«, erwiderte KA schmunzelnd. Tom setzte sich bequemer hin, fuhr ein letztes Mal sorgfältig mit den Fingern durch seine Stoppelhaare, legte seine Unterarme mit den Handflächen nach oben zeigend auf seine Oberschenkel und blickte *auszeitmäßig* ins Feuer. Dann wackelte er mit dem rechten Bein, musste es auf und ab hopsen lassen, zuckte mit den Gesichtsmuskeln und seine linke Schulter fing zu schmerzen an. »Ich krieg das nicht hin!«, sagte er genervt zu KA, der mittlerweile völlig in seiner Aus-Zeit aufging. KA reagierte nicht.

Tom spürte wie sich eine Migräne anbahnte. Seit vielen Jahren, schon als kleiner Junge, wird er davon geplagt. Oh nein, denkt er sich, alles nur das nicht. Er möchte gehen, aber nicht ohne einen Kontakt von KA zu bekommen. »Hey, Keine Ahnung, gib mir Deine Handynummer oder am besten gleich Deine Visitenkarte!« Dieser reagiert nicht. Wenn KA in der Aus-Zeit war, dann war er in der Aus-Zeit. Tom stupste ihn an die Schulter. Nichts. Er rüttelte ihn. KA wandte den Kopf nach Tom um und sagte:»Ich habe weder das eine noch das andere!«, und starrte wieder ins Feuer, dabei stieß er einen ewig langen Seufzer aus und lächelte selig als hätte er gerade gekifft. Tom machte diese unglaubliche Ruhe und Gelassenheit von KA total wahnsinnig. Er wusste nicht ob er gehen oder bleiben sollte. Während dieser anstrengenden Gedankengänge fing seine Migräne nun schon in den Schläfen an zu pochen. Nur noch weg hier, dachte er sich. Da sprach ihn KA plötzlich und unerwartet noch einmal an:»Ich wohne in der Flötenstrasse 13. Du kannst mich jederzeit besuchen, wenn Du willst.«, lächelte KA und blickte wieder verträumt ins knisternde Feuer. Tom nickte nur noch kurz und verschwand.

*

Wochen später stand Tom vor der Gartentüre von KA. Dieser war gerade mit seinem Hochbeet beschäftigt. KA bemerkte Tom nicht, da er so vertieft in seine Arbeit war.»Ähäm«, räusperte sich Tom laut am Gartentor in der Hoffnung KA würde ihn bemerken. Tat dieser aber nicht.»Verdammt, jetzt muss ich doch tatsächlich seinen blöden Namen sagen!«, dachte sich Tom genervt. Er rief:»Hallo, ist jemand zu Hause?« KA blickte über seine Schulter und sah Tom am Gartentor stehen.»Komm doch herein. Wie schön Dich zu sehen!«, frotzelte er ein wenig. »Ja, ähm, Hallo Keine Ahnung, so war doch Dein Name nicht wahr?«, entgegnete Tom beinahe singend und trat ein.»Schöner Garten.«, sagte er, damit er etwas zu sagen hatte. »Bist Du hier her gekommen um Dir meinen Garten anzusehen?«, fragte KA schmunzelnd. Es machte ihm einfach Spaß den genervten Tom aufzuziehen.»Ja, äh, nein, nicht wirklich, oder vielleicht doch, ich weiß nicht. Ich weiß eigentlich gar nicht warum ich hergekommen bin?«, erklärte er KA völlig ungeschickt, »Ich werde wohl besser wieder gehen! Also, Servus, mach`s gut.«, und er drehte auf dem Absatz um und wollte wieder zum Gartentor hinaus. KA sprach zu ihm:»Möchtest Du nicht auf eine Tasse Tee bleiben, wenn Du schon mal hier bist? Ich wollte mir gerade einen aus meinem selbstgezogenen Salbei aufbrühen?

Der tut gut. Der löst Verspannungen im Nacken sagt man.«
»Oh, ja, vielleicht gar keine so schlechte Idee.«, plapperte Tom
verlegen zurück und machte auf dem Absatz wieder kehrt und
kam erneut durch das Gartentor herein. KA führte Tom nun
über einen kleinen Trampelpfad durch Blumenbeete am Klo
vorbei in den hinteren Teil seines kleinen Gartens. Dort stand
unter einem alten Walnussbaum ein kleiner, quadratischer von
Wind und Wetter bereits gegerbter Holztisch und zwei alte
Klappstühle wie man sie aus den Biergärten kennt, von denen
die blaue Farbe schon völlig abgeblättert ist.»Tom, nimm doch
schon mal Platz, ich komme gleich zurück, ich mache uns eben
den versprochenen Tee.«, verkündete höflich KA, denn wie wir
ja wissen, ist KA äußerst wohl erzogen und legt viel Wert auf
guten Benimm.

Tom saß nun alleine unter dem Walnussbaum und ließ seine
Blicke umherstreifen. Ab und zu fuhr er sich mit den Fingern
durch die immer noch millimeterkurzen Haare. Er musste sogar ein wenig Nägel beißen vor Nervosität. Er hatte schreckli-
che Bauchschmerzen - schon wieder mal. Aber lieber Bauchschmerzen als Migräne, dachte er. Dann kam ein Furz und
dann noch einer.»Boh, Gott sei Dank!«, dachte er, seine Bauchschmerzen wurden etwas leichter. Die Sonnenstrahlen leuchteten durch das Geäst des Baumes und schienen auf die Schul-
terpartie von Tom, ein kleiner Windhauch brachte die Wal-
nussblätter zum Säuseln und ein leises Kling, Klang ertönte von
einem Windspiel das an einem Ast hing.»Mensch ist das friedlich hier.«, dachte sich Tom. Er setzte sich legerer auf den Stuhl
indem er die Beine nach vorne ausstreckte und bei den Knö-
cheln übereinander legte. Die Arme verschränkte er vor seiner
Brust und er lehnte quasi mit dem oberen Rücken an der Stuhllehne. Er schloss seine Augen und saß einfach nur da. Das
Windspiel brachte hie und da wieder einen leisen, süßen Klang
hervor und die Blättchen raschelten dazu. Die Sonne war so
angenehm warm und die leichte Brise von Westen her streichelte ihn sanft am Kopf. Ohne dass es Tom bewusst war, befand er sich in der Aus-Zeit.

KA kam während dessen mit einem Tablett herbei, auf dem
eine gläserne Teekanne stand in der man sehen konnte wie die
frischen Salbeiblätter in heißem Wasser badeten, und zwei
selbst getöpferte blaue Teebecher mit weißen Tupfen darauf.

KA kam ganz leise zum Tisch und stellte unbemerkt das Tablett ab. Er sah sich Tom an, der da so friedlich mit einem leisen Grinsen im Gesicht saß. Seine Arme hingen mittlerweile locker am Körper herab. KA stand seitlich von Tom und machte seine typische Handhaltung, bei der er mit der rechten Hand seinen Ellenbogen trug, während die linke Hand sein Kinn hielt und der Zeigefinger dieses rieb. Sein Blick war wohlwollend und dankbar. Er ließ Tom völlig in Ruhe. KA wusste ja, dass er deswegen zu ihm kam, weil er die Aus-Zeit erleben und genießen wollte. Jetzt konnte er es und zwar ganz von selbst, ohne Anleitung.

Nach einer gefühlten halben Ewigkeit, landete eine Schwebefliege auf der Stirn von Tom. Als wollte diese ihm bestätigen wie angenehm und anziehend er sei, so in der Ruhe verharrend, so frei von störenden Gedanken. Nichts poltert und klopft in seinem Kopf, alles friedlich, so friedlich, dass es kleine Schwebefliegen einlud auf dieser ruhigen Stirn ein Stelldichein zu verbringen. Erst merkte Tom es gar nicht, doch als noch eine zweite neben der ersten landete fing es an zu kitzeln und Tom schlug die Augen auf und wischte reflexartig mit dem Handrücken über die Stirn. Die zwei Schwebefliegen flogen vorher schon auf und davon. Ihnen ist nichts passiert. Tom blinzelte einige Male, hob die Augenbrauen hoch und schmatzte ein wenig. Er war völlig verdattert und wie aus dem Tiefschlaf erwacht. KA beobachtete ihn nur stumm und schenkte ihm und sich ein Tässchen Tee ein. Tom lächelte beschämt. KA schob ihm die Teetasse zu, Tom griff danach. Jeder hatte seine Tasse Tee in der Hand und schlürfte diesen langsam und genüsslich. Keiner sprach ein Wort. Sie beide befanden sich in der Auszeit und vergaßen völlig die Ist-Zeit um sich herum. Tom brauchte keine Erklärungen mehr. Sie saßen einfach da, jeder auf einem Holzklappstuhl an einem Holztisch unter dem Walnussbaum im Garten von KA.

Der Tee schmeckte köstlich.

Furchtbare Fruchtfliegen oder Fruchtbare Furchtfliegen

Mittlerweile wissen wir, dass KA ein Tierfreund ist, dennoch gibt es auch Ausnahmen, wie bereits bei der »Fahrrad-Fliege« klar wurde.

Kann man Fruchtfliegen, also diese unglaublich geschickten kleinen Minifliegen, die so furchtbar in der Küche herum fliegen und sich auf alles setzen, was du essen möchtest und sogar vor dem Kaffeetrester in der Espressomaschine nicht Halt machen, bekämpfen? Klare Antwort: Nein!

KA hatte lange, lange Zeit wirklich keine Ahnung wie man dieser Spezies zu Leibe rücken könnte. Jedes Mal wenn er sich sein Frühstück zubereiten möchte und die Brotbox öffnet, fliegen ihm hunderte furchtbarer Fruchtfliegen entgegen und schwirren um seine Nase (beinahe hätte er eine eingeschnauft, durchs rechte Nasenloch, dessen Nasenflügel etwas ausgefranst ist) und gefährlich nahe an seinen Augäpfeln vorbei aber natürlich auch auf die Äpfel im Obstkorb und wenn er seinen Kaffee machen möchte, dann strömen diese Fliegen zuhauf aus der Öffnung in die er das frisch gemahlene Kaffeepulver einfüllen möchte und belagern alles was nicht niet- und nagelfest ist.

KA hatte alles versucht:

Die Sache mit dem Schälchen voll Zuckerwasser und einem Schuss Essig in dem die Fliegen ertrinken würden - nichts!

Eine Schachtel bauen, in der ein angebissener Apfel liegt oder eine Weintraube, aus der sie dann nicht mehr heraus finden und irgendwann verenden würden - nichts!

Mit einem Lappen erschlagen ...? Nachdem dabei mehrere Küchengegenstände Schaden genommen haben unter anderem auch beinahe die Kultfigur Donald Duck (!) - nichts!

Fliegenfallen aufhängen, die mit dieser klebrigen Oberfläche, die wie goldene Locken von der Decke hängen. KA blieb regelmäßig mit seinen Haaren darin hängen und die Fliegen? Nichts!

Alles wegräumen, alles Essbare in den Kühlschrank packen, nichts mehr draußen herum liegen lassen, alles versiegeln und in Tütchen und Dosen verpacken ... irgendwann müssen sie ja mal verhungern!? Nichts! Wenn er die Kühlschranktüre öffnete kamen immer noch einige furchtbare Fruchtfliegen aus diesem heraus geflattert. Teilweise verschnupft (er konnte sie niesen hören) und mit Mütze und Schal (oder was war das Bunte da an ihrem Kopf?), aber sie lebten. Also wieder nichts!

Fruchtfliegen sind nicht nur schein-intelligent, sondern haben auch ein Methusalem-Gen. Sie werden in Anbetracht ihrer Körpergröße und in Relation zu uns Menschen, wahnsinnig alt. Methusalem, der alte Speerwerfer, wurde laut Bibelberichten 969 Jahre alt und damit der älteste in der Bibel erwähnte Mensch überhaupt, doch diese kleine Fliege toppt in der Genforschung im Bereich der Biogerontologie sogar ihn. Ihre Überlebensstrategien sind denkbar einfach. Die erwachsenen Fruchtfliegen suchen für die Nahrungsaufnahme und Eiablage gärende Stoffe oder Flüssigkeiten wie Früchte, Fruchtsäfte, Wein, Essig, Bier, Küchenabfälle, Kompost oder faulendes Obst auf. Die Larven der Fruchtfliege entwickeln sich in sich zersetzenden Pflanzenmaterial wie z. B. Bananenschalen. Unter günstigen Bedingungen kann die Generationsdauer von *Drosophila melanogaster* bei 10 Tagen liegen, so dass die Nachkommenschaft eines einzigen Weibchens in nur 30 Tagen theoretisch **16 Millionen** Fruchtfliegen betragen könnte. Massenentwicklungen treten auf in Haushalten, Großküchen, Keltereien, Brauereien, Obstlagern oder generell bei unhygienischer Abfalllagerung.

So kann das nicht weiter gehen ...

KA grübelte eine Weile vor sich hin. Er suchte nach einer Lösung. Es brauchte jetzt einfach eine Lösung. Da fiel ihm plötzlich die Elise ein. Diese blaue Ameisenbärfrau, die ein Teil der Zeichentrickserie von »Der rosarote Panther« war. Im Heim gab es einen Tag, an dem die Kinder fernsehen durften. Es war der Freitag. Der *heilige* Freitag. Endlich, die Schulwoche war vorüber, man konnte sich wieder den angenehmeren Dingen widmen, dazu gehörte auch der unterhaltsame Fernsehabend im Aufenthaltsraum. KA und die anderen durften sich jeder einen Kuschelplatz einrichten, entweder auf dem Boden, den Stühlen oder der einzigen Couch, die im Raum stand. Welche natürlich immer schon besetzt war, von den »Großen«. KA war das egal. Er saß sowieso am liebsten auf dem Boden, auf seiner dicken Wolldecke und stützte seinen Rücken mit dem Kopfkissen aus seinem Bett ab. Er hatte immer sein Kuscheltier, den *Elofanto*, ein Stoffelefant der Marke Steiff, dabei. Den bekam er einmal von einer alten Dame zu Weihnachten geschenkt. Das war so ein *Muttchen* die ab und zu mal das Kinderlachen hervor zaubern wollte, weil sie selbst ganz alleine in ihrem Haus wohnte und sich ihre eigenen drei erwachsenen Kinder so gut wie nie bei ihr blicken ließen. So stattete sie dem Heim hie und da einen Besuch ab und beschenkte jedes Mal ein anderes Kind mit einer Kleinigkeit. KA weiß leider nicht einmal ihren Namen. Er war damals noch zu klein um sich darüber Gedanken zu machen und sich Namen zu merken. Auch viele der anderen Kinder hatten sich gemütliche Plätzchen hergerichtet und je ein Kuscheltier dabei. Die Kleinsten durften ganz vorne liegen und wenn man dann in den Raum kam, sah das richtig lustig aus, all die Kinder so gemütlich zusammen gekuschelt, mit ihren bunten Decken, Kissen und Kuscheltieren. Es ging recht lustig zu, solange keine Schwester aufkreuzte. Denn nur die Schwestern hatten den Zugriff zum Fernsehapparat. In diesem Fall war es Schwester Helene - die mit dem Schlüsselring. Sie hatte so eine Art Schlüsselgewalt im Kloster und im Heim. Sie trug stets bei sich einen großen Ring aus Eisen, an dem mindestens 20 Schlüssel hingen. Richtig schöne, alte handgemachte Stücke. Man hörte Schwester Helene schon von weitem kommen. Es baute sich immer mehr auf, dieses immer lauter werdende Geräusch, je näher sie kam, den langen Gang entlang. Es war dieses Quietschen der Gummisohlen, während sie mit ihren Filzpantoffeln über den glatten, alten Steinboden schlurfte und das Klimpern der vielen Schlüssel an ihrem Schlüsselring. Punkt 18 Uhr trat sie in den Aufenthaltsraum, der ganz am Ende des langen Flures lag, dort im Kellergeschoss, da wo sich auch die Speisekammern, die Heimküche und der Speisesaal befanden, und »Ruhe!« rief. Alle Kinder verstummten sofort und verkrochen sich kichernd und flüsternd in ihren Decken und waren schon voller Erwartung auf die Zeichentrickserie, die sie gleich anschauen durften. Schwester Helene hatte eher eine tiefe, fast männliche Stimme, wirkte dadurch etwas bedrohlich, war aber ganz eine liebe Frau, die Kinder wirklich über alles liebte. Sie spielte gerne die düster klingende Bedrohliche, lächelte dann aber sofort verschmitzt und blinzelte ihren Schützlingen zu. Sie stand also vor dem Fernseher und drückte den Einschaltknopf. Mit einem dumpfen »Wumpf« begann der Bildschirm sich nach und nach zu erhellen. Es dauerte eine Weile, bis die Farben und der Ton zum Vorschein kamen. Dieser Fernseher, war der Stolz des ganzen Klosterpersonals und der Kinder. Er war nämlich einer der ersten Farbfernseher und somit kostbar und heilig. Klar! Endlich, nach gefühlten Stunden dann, das ZDF präsentierte um 18:05 Uhr »Der rosarote Panther« und zu Gast bei Paulchens Trickverwandten, unter anderem die blaue Elise! Die deutsche Erstausstrahlung kam am 01.10.1973. KA ist mit dieser Sendung groß geworden. Und sie fiel ihm ausgerechnet jetzt, inmitten seiner Fliegenplage wieder ein. Es lief die Folge mit dem Titel: Das Glück ein Ameisenbär zu sein. Die Ameisenbärin Elise spricht die einleitenden Worte: »Es gibt etwa 50000 Arten von Tieren und stellen Sie sich vor, ich hatte das Glück als Ameisenbär geboren zu werden. Ja, ja, ein neuer Tag, eine neue Ameise.«

Sie kommt dann am Eingang eines Ameisenbaus vorbei und freut sich auf ihr Ameisenfrühstück. Doch vorher noch überprüft sie ihre aktuelle Saugfähigkeit, indem sie mit ihrem Rüssel, von einem gegenüber stehenden Baum, tatsächlich alle Früchte einsaugen kann. Das sei aber nur das Anwärmen gewesen, sagt sie, bis sie dann den Rüssel in den Ameisenbau steckt und hier richtig saugt, aber nichts erwischt, denn der Bau ist leer. Die einzige Ameise die darin lebt ist gerade nicht zu Hause ... usw.

Diese Erinnerungen ließen KA so fröhlich werden und er hatte diesen Geistesblitz. Sofort holte er den Staubsauger aus seiner Putzkammer... schaltete ihn ein und beendete den Alterungsprozess sowie die Nachkommenszeugung der furchtbaren Fruchtfliegen auf einen Schlag, indem er sie alle mit der Polsterdüse und 2000 Watt Saugleistung einfach und schnell verschwinden ließ!

»Warum bin ich da eigentlich nicht früher darauf gekommen?«, denkt sich KA zufrieden, »Danke Elise.«

KA versucht Dinge zu verstehen, die man nicht verstehen kann

Manchmal ist KA tief betroffen, denn es gibt so viel Unglaubliches in dieser unserer Welt. Wenn man keine Ahnung hätte, wäre es oft leichter. Doch so manches bekommt man einfach mit und hat nun mal Ahnung davon. KA ist mehr als nur bestürzt, er ist furchtbar verletzt und braucht lange um sich wieder zu erholen, wenn er zum Beispiel Dinge erfährt wie diese hier:

Achtjährige stirbt nach Geschlechtsverkehr in der Hochzeitsnacht

Der Tod einer acht Jahre alten Kindsbraut schockiert viele Menschen auf der Arabischen Halbinsel. Die kleine Rawan war laut Medienberichten vom Montag am vergangenen Samstag während ihrer »Hochzeitsnacht« in einem Hotel der jemenitischen Stadt Hardh gestorben. Ihre Gebärmutter riss durch den Geschlechtsverkehr mit dem erwachsenen »Bräutigam«. Bislang ist noch nicht klar, ob der Mann, ein Mittvierziger aus Saudi-Arabien, inzwischen festgenommen wurde oder nicht. Nach Angaben von Menschenrechtlern hatte Rawans Stiefvater für das Mädchen von dem Saudi 10 000 Rial (2024 Euro) erhalten. Der leibliche Vater des Kindes ist nach Informationen des Jemenitischen Zentrums für Menschenrechte tot.

*

»Uaaahhh! Waaaahhhnsinn!«, KA schreit laut seinen entstandenen Schmerz heraus.

Wenn KA mit solchen Episoden des Lebens konfrontiert wird, dann bekommt er eine Ahnung davon, wie unmenschlich doch der Mensch ist. Hat er es wirklich in der Hand, was Gott ihm an Gaben und freiem Willen schenkte?

Wie man liest, ist es leider wieder ein Fall der männlichen Spezies, die sich unbenommen jegliche Macht herausnimmt, zu machen mit dem Leben auf Erden, was ihr gefällt.

Es ist keine Frage, weshalb KA sein Mann-Sein hinter seinem Outfit versteckt. Zu oft hat er die männliche Gewalt miterlebt. Sich zu schämen für sein Geschlecht ist die eine Sache, sich zu schämen für seine Artzugehörigkeit die andere. Oft reicht es gar nicht mehr aus, sich nur für seine Geschlechtszugehörigkeit zu schämen, wenn schon die gesamte Spezies so bedauernswert ist.

KA kann es nicht verstehen, er kann sich aber schämen. Lieber schämt er sich für all diejenigen mit, die sich nicht mal mehr schämen können und bittet um Verzeihung für das wofür er sich schämt und dafür dass er sich überhaupt schämen muss.

Zwanghaftes

Seit KA seinen Fufu hat ist ihm etwas aufgefallen. Nicht nur, dass ein Hund besondere Eigenschaften hat, die so typisch Hund sind und eben im völligen Gegenteil zur Katze, nein, es ist auch sein Zwang. Hunde sind in KA`s Augen absolut zwanghafte Wesen.

Sie sind einem gewissen Schnüffelzwang ausgeliefert. Das ist ganz klar. Wenn KA mit seinem Rüden Fufu spazieren geht, dann dreht sich alles um Gerüche und die damit verbundene Arbeit. Es ist also so, dass Fufu zur Arbeit geht, während KA einen lockeren Spaziergang macht, der ihm einfach nur gut tut und Spaß macht. Für Fufu ist das eine einzige Strapaze. Die Schnauze geht quasi voran und zieht den restlichen Hundekörper einfach hinter sich her. Mit einer immensen Getriebenheit zuckt und schnüffelt die Nase ganz knapp über den Boden und schnüffelt hier hin und dort hin. Bleibt plötzlich, Knall auf Fall stehen, völlig abrupt und saugt sich systematisch an einem Grashalm fest. Der wird dann innig von oben nach unten und unten nach oben entlang berochen. Teilweise sind Hundenase und Grashalm eine Symbiose eingegangen. Der Grashalm ist wie sexuell stimuliert durch die feuchte Hundenase die an ihm herauf und herunter *schnufft*, während Fufu sich von seiner liebkosenden Tätigkeit, den Grashalm unter allen Umständen erfassen zu wollen, beinahe genötigt sieht diesen ungewollten Liebesdienst zu Ende bringen zu müssen. Endlich, scheinbar nach Stunden, ist die Nase gesättigt. Sie hat alle Nuancen des Grasstengels von bitter bis sauer und all den verschiedenen Urinsorten der anderen Hunde die diesen bereits markiert haben genügend in sich aufgeladen und ist zufrieden. Der Grashalm sieht sichtlich glücklich aus und scheint sich plötzlich noch mehr gen Himmel zu recken seit Fufu ihn beglückt hat. Zum krönenden Abschluss dann hebt Fufu sein Beinchen und gibt sehr zufrieden mit seiner Arbeit auch seine Salve an Duftstoffen an den Grashalm ab, der danach regelrecht einknickt.

Man könnte meinen, nun ist alles gut. Fufu wäre ebenfalls glücklich und entspannt, man könne leichten Schrittes den Spaziergang zügig fortsetzen. Aber weit gefehlt! Fufus Nase zwingt ihn schon wieder inne zu halten. Diesmal liegt etwas

Undefinierbares am Boden. Es sieht aus wie ... naja, sagen wir, wie schon mal gegessen. KA möchte nicht, dass Fufu an dieser Sache länger als nötig riecht. Eigentlich am liebsten gar nicht daran riecht. Aber ehe er es sich versieht ist es schon geschehen. Die Hundenase *flubbert* unglaublich dicht - es passt kein Haar mehr dazwischen - über den seltsamen, widerlichen Batzen da am Boden und zieht an, so wie einer der sich gerade den Schnupftabak vom Handrücken in die Nase zieht. »Wäh!«, schreit KA und will Fufu per Leine weiter mit sich zerren, doch da ist es schon geschehen: Fufu hat die Zunge ausgefahren und sofort eine Ladung dieser Masse aufgeschleckt ...

Oh Mann! Ein Gefühl von Ekel bis hin zu Brechreiz überkommt KA und auch ein Impuls von Mordlust, die sich im Ballen einer Faust in der rechten Rocktasche, entlädt. »FUFU«, ertönt es hart aus KA`s Mund, »Pfui!«. Fufu erschrickt und sieht KA mit seinen großen, schwarzen Knopfaugen unschuldig an, schüttelt sich und marschiert, wieder von seiner Nase getrieben, einfach weiter. Er wackelt mit seinen Hüften wie ein Model und sein buschiger Schwanz ist hochgestellt, als wüsste er genau, dass er der schönste Hund im ganzen Land ist.

Die Nase hat etwas Neues entdeckt. Ein Westhighlandterrierweibchen. Hm, wie lecker. Fufu ist ganz aufgeregt. Auch die Westidame ist nervös. Zwei Hundenasen fangen nun an sich gegenseitig daran zu machen den anderen von oben bis unten intensiv zu beschnüffeln. Das Beste kommt zum Schluss: jeder der beiden Hunde ist erst dann zufrieden, wenn die Genitalien eindringlich untersucht worden sind. Ok, alles passt. Jeder ist zufrieden. Es wird weitermarschiert. Keiner dreht sich noch einmal um. Die Nasen haben ihren Job erfüllt. Jeder weiß bescheid.

Fufu läuft tatsächlich ein Stück länger als eine Minute mit erhobenem Kopf neben KA her. Doch halt, stopp, zurück marsch, marsch. Die Nase hat aus Versehen etwas überrochen!! Schnell muss Fufu mit heftigen Zick-Zack-Bewegungen des Kopfes die Strecke zurück schnüffeln. Aha, da ist es ja. Ein kleiner, frecher Geruch der sich auf einem spitzen Steinchen niedergelassen hat, wirklich nur winzig klein, hat dieser die Nase hierher zitiert. Mit Vorsicht wackelt die Nasenspitze über das spitze Steinchen, dann verharrt sie, wartet, *flubbert* etwas unkontrolliert rauf und runter und setzt dann doch noch zu einer Landung an. Fufu zuckt jäh zurück, weil die Nase es nicht lassen konnte und aufschlug. Das tat weh! Der Stein war ja schließlich spitz! Schnell kommt die rosa Zunge und schleckt mehrmals über das gereizte Riechorgan. Zur Strafe wird das Steinchen mit einem langen, goldgelben Strahl bepinkelt. Alles klar. Weiter geht`s. Wo ist KA? Fufu blickt suchend nach vorne, denn KA hatte diesmal keine Lust schon wieder gefühlte Stunden zu warten, bis der gnädige Herr seine Geruchsidentifizierung zum Abschluss gebracht hat. Er ging einfach weiter.

Fufu will laufen um sein Herrchen zu erwischen ... doch da, halt, die Nase zwingt ihn schon wieder zu stoppen. Fufu will nicht gehorchen, will zu seinem Herrchen rennen. Aber die Nase ist stärker. Sie zieht ihn gewaltsam ins Maisfeld. Fufu muss seiner Nase hinterherrennen. Sie hat einen Krähenkadaver errochen. Fufu ekelt sich selbst ein wenig. Doch der Zwang ist stärker. Schnüffel, schnüffel, schnüffel. Mmh, fein, das riecht ja immer besser. Fufu kann nicht anders, jetzt da er sich an den super Geruch gewöhnt hat, möchte er nur noch eins: sich hineinlegen! Gerade wirft er sich mit der Schulter in den breiigen Kadaver aus Maden und Krähenresten und cremt sich damit förmlich ein, als ein lauter Pfiff ertönt. Wie aus einer Trance gerissen, springt Fufu auf und sprintet durch das Maisfeld zurück auf den Weg um zu seinem Herrchen zu finden. Etliche Meter entfernt steht KA und blickt nicht sehr nett drein. Fufu wird etwas langsamer und am Ende bewegt er sich nur noch in Zeitlupe auf KA zu. »Oh mein Gott«, denkt er sich, »wie wird KA sich freuen. Ich will ihn mit meinem tollen Parfum überraschen!« KA blickt von oben herab auf seinen kleinen Chihuahua, dessen Rücken mit widerlichem Aas beschmiert ist. Er sieht aus wie geteert und gefedert! Als Fufu merkt, dass KA sich doch nicht freut, legt er sich erbarmungslos auf den Rücken und wedelt verlegen mit dem Schwanz. Ein tiefer Seufzer entsteigt KA aus seinem Mund und er schüttelt nur den Kopf: »Fuuufuuu, kannst Du nicht wenigstens einmal stärker sein als Deine NASE?«

KA nimmt Fufu an die Leine und lässt ihn kein einziges Mal mehr irgendwo schnüffeln bis sie beide zu Hause im Badezimmer angekommen sind und Fufu sich einer heißen Dusche unterziehen muss.

Kaktusstacheln im rechten Ringfingergelenk

Oh Mann, nach so einem Spaziergang mit Fufu braucht KA erst mal einen Kaffee! Seufz, etwas um sich wieder zu entspannen. War die Badeprozedur von Fufu schon ein Akt der zwangsläufig zu einer nervlichen Überlastung führte. Schließlich gibt es Schöneres als schmierige Krähenkadaverreste aus einem Langhaarchihuahua heraus zu waschen. Noch dazu ist dieses Fell äußerst seidig und neigt zur Verfilzung. Ich glaube nicht, dass man dies noch näher beschreiben muss.

Jedenfalls schleppt sich KA erschöpft mit ziemlichen Rückenschmerzen, vom langen Bücken, in die Küche, um sich dort den ersehnten Kaffee zu machen, während sich der frisch gewaschene und schön trocken gerubbelte Fufu total wohl fühlt, freut und vergnügt im Haus herum springt. KA hat hier eine spezielle Rezeptur. Er mahlt Espressobohnen frisch, schäumt Bio-Hafermilch auf und brüht dann den Espresso und kippt diesen in die heiße Hafermilch. Mmmh, gedanklich schon in Vorfreude, greift KA nach der Kaffeedose auf dem Fensterbrett. Direkt daneben steht sein alter Kaktus, einer von der Sorte, der im Jahr knapp einen Millimeter wächst und nach 10 Jahren immer noch aussieht wie gerade erst gekauft. Einer von der Sorte, der diese haarfeinen Stacheln trägt, mit diesen fiesen Widerhaken. Und KA greift nach der Dose mit den Kaffeebohnen und »Autsch«, verdammt, mit den Fingern den Kaktus gestreift, den ganzen Gelenkbereich des rechten Ringfingers mit Stacheln beschossen. Alle sitzen fest und tun weh! KA will sie entfernen, doch die Dinger brechen einfach ab und der Rest bleibt in der Haut stecken. Iieeh, und Blut läuft nun auch schon.

Ein tiefer Seufzer entfleucht KA und er schleppt sich, die Lesebrille suchend und findend, ins Badezimmer. Die Pinzette suchend und findend macht er sich daran, die fast unsichtbaren Stachelstoppeln in der Haut des Ringfingers mit der Pinzette zu fassen was schier ein Ding der Unmöglichkeit ist. Minutenlang quält er sich. Er kann nicht mehr. Sollen sie doch stecken bleiben die blöden Dinger, ärgert er sich. Ich will jetzt Kaffee trinken.

Er nimmt die Brille wieder ab, schleckt sich kurz über seinen Finger und schleppt sich erneut, nun aber noch genervter, zurück in die Küche. Diesmal greift er vorsichtiger zur Kaffeedose und überlegt, ob er den Kaktus oder die Kaffeedose nicht lieber an einen anderen Ort stellen soll. Während dieser Überlegungen, fällt ihm die Kaffeedose aus der Hand, der Deckel springt ab und alle Espressobohnen fallen klackernd über die Arbeitsplatte, die Spüle, die offene Besteckschublade bis auf den Boden und verteilen sich überall wo sie sich nur verteilen können. Umpf! KA ist ziemlich genervt. Noch mehr genervt als vorhin, als Fufu sich beim Spazierengehen im Krähenkadaver gewälzt hat und danach, als er ihn gebadet hat und danach, als er die Kaktusstacheln im Ringfinger herausziehen wollte, aber nicht schaffte. Also wirklich sehr genervt. Doch KA ist ein schlauer KA. Er erinnert sich sofort wieder an sein Beruhigungsmudra, welches er damals aus der Zeitschrift Heim & Hobby gelernt hatte. Er setzt sich erschöpft auf den Küchenboden, bildet mit Daumen und Zeigefinger das Mudra und summt mit geschlossenen Augen laut und tief das OM-Mantra. Sehr, sehr laut diesmal. So laut, dass sich seine Stimmbänder überschlagen und am Ende nur noch ein Rasseln ertönt und alles andere als ein wohlklingender beruhigender Ton herauskommt, der ihn wieder in die Balance bringen soll. KA ist wütend. Er öffnet die Augen, steht auf, holt seine Kehrschaufel und den Handfeger, fegt die überall verstreuten Kaffeebohnen auf und wirft sie in den Mülleimer. Er geht an die Tabakdose die eine umgewandelte Spardose ist und sieht hinein. Es ist sehr dunkel in der Dose und es herrscht eine gähnende Leere darin. Er hatte vergessen immer wieder mal etwas hinein zu werfen, wenn er von Linda kam. Stattdessen hatte er ja seinen kompletten Verdienst sofort für den verzinkten Kofferzaun ausgegeben um endlich sein Brokkoli-Hochbeet anzulegen. Mit anderen Worten, KA ist wie meistens, wieder mal pleite. Als er die Dose wieder zurück ins Regal stellen will scheppert es dabei. Er nimmt noch einmal den Deckel ab und sieht hinein. Ah, da ganz unten liegen doch tatsächlich Münzen am Dosenboden. Die hatte er doch glatt übersehen. Er schüttelt das Geld in seine Hand: 2,50 €. Na immerhin, denkt sich KA, reicht gerade für einen Kaffee beim Bäcker um die Ecke.

Fufu, der brav in seinem Körbchen neben der alten Couch mit den Schaffellen schläft, lässt KA nun zurück. Etwas erleichtert, mit 2,50 € in der Hand, schleppt er sich ins Dorf zur Bäckerei.

Drückt die Klinke herunter und stößt mit dem Kopf hart gegen die Scheibe der Glastüre. Schreit »Au« und drückt noch mal. Doch es rührt sich nichts. Die Türe geht nicht auf. Erst jetzt sieht KA das kleine Schildchen an der Türe mit dem Hinweis: »Bin gleich wieder da!«

Gerade aus dem Pfuhl gekrabbelt ...

KA sinkt völlig entnervt vor der Ladentüre zu Boden und lässt den Kopf hängen. Irgendwie ist er jetzt zu gar nichts mehr fähig. Das war ein bisschen viel Talenergie auf einmal, dachte er sich. Kaffee wäre jetzt gut gewesen, aber ok, dann halt Tee. KA ist gerade im Begriff wieder aufzustehen, da kommt auch schon Herr Lindner zurück. Der Inhaber der Bäckerei. KA weiß nicht recht ob er sich freuen soll, denn der alte Herr Lindner, der immer was zu jammern und zu motzen hat, schaut schon wieder so griesgrämig drein. »Hallo«, sagte er zu KA in einem düsteren Ton. Schloss seine Ladentüre auf und schlurft in die Bäckerei hinter die Theke. »Hm«, denkt sich KA, »soll ich oder soll ich nicht?« Doch seine Synapsen sind stärker im Moment als sein Bauchgefühl, denn sie sagen sehr unmissverständlich zu KA`s Bewusstsein: »Kaffee muss her, damit die Endorphine wieder was zu lachen haben!« Also bewegt sich der vom Schicksal gebeutelte KA in die Bäckerei und bestellt bei dem griesgrämigen Herrn Lindner einen Kaffee bzw. einen Espresso Doppio. Herr Lindner murmelt nur unverständlich etwas vor sich hin und macht sich daran, KA einen Espresso zuzubereiten. KA weiß genau, dass dieser Kaffee, der mit so wenig Liebe, aber dafür mit so viel Talenergie gemacht wird, mit an Sicherheit grenzender Wahrscheinlichkeit weder schmecken, noch bekömmlich sein wird! Aber die Synapsen jodeln schon in ihm den Kaffeesong, somit gibt es kein Zurück.

Die Kaffeemaschine von Herrn Lindner macht einen unheimlichen Lärm während des Brühens, weil durch das kalkhaltige Wasser hier im Ort ständig alles immer verkalkt ist. Schließlich landet doch tatsächlich ein kleiner Espresso im Tässchen, zu einem Doppio hat er es nicht mehr geschafft. Herr Lindner reicht das Tässchen über die Ladentheke zu KA, der mit der rechten Hand danach greifen möchte, mit dem Ringfingergelenk aber, welches voller Kaktusstacheln ist an einem Lutscherständer, welcher auf der Theke stand, entlang strich, erschrocken zurückzieht, weil ein wahnsinnig stechender Schmerz durch seine ganze Hand jagt und die Tasse samt Inhalt plötzlich in der Luft hängt und spontan abstürzt. Der heiße Espresso spritzt KA über sein Häkelröckchen und die kleine Tasse aus weißem Porzellan zerspringt am Boden in tausend Stücke.

»Grrr«, kommt es laut hinter der Ladentheke hervor, »hast Du sie noch alle? Oh Mann! Ich habe so die Schnauze voll!« Herr Lindner hat gerade ein passendes Schlupfloch gefunden um seinen seit Wochen angesammelten Müll an KA auszulassen. KA der mit schmerzverzehrtem Gesicht am Boden saß und sich furchtbar genervt seinen Ringfinger leckt und gleichzeitig mit der linken Hand verzweifelt den Kaffee vom Häkelrock wischen möchte, aber ohne Erfolg natürlich, weiß gerade gar nicht, wie er wieder in Balance kommen könnte. Gerade ist ihm auch überhaupt nicht danach, ganz im Gegenteil! Herr Lindner will just ausholen und KA alles an den Kopf werfen was ihn wieder mal so unglaublich schön in seinem stinkenden Pfuhl hält: »Die Eier, die ich für meine Backwaren brauche sind zu teuer geworden. Ich hole jetzt diese Legebatteriehuhneier, die kosten nur 8 Cent das Stück. Scheiß Bio-Eier für 30 Cent das Stück. Schmecken auch nicht besser! Die jährlichen Steuernachzahlungen machen mich noch wahnsinnig und die Finanzkrise frisst einem ja sowieso das letzte Haar vom Kopf. Wann crasht es denn endlich, hm? Aber DU hast ja mit all dem nichts am Hut, nicht wahr KA! Derweil könntest Du Dir auch einmal Gedanken darüber machen, wie das ist, wenn alles immer teurer wird. Die Politiker, die wir jetzt bald wieder wählen sollen, haben ja auch keinen Plan, oder glaubst Du das wirklich? Wen soll man überhaupt noch wählen, geschweige denn wem kann man denn noch glauben? Damals als meine liebe Susanne noch lebte, war einfach alles leichter ...«, seufzte er verbittert. »HÖRENSIEAUF!!!«, schrie KA plötzlich, über sich selbst erschrocken, Herrn Lindner an. »Ich kann`s nicht mehr hören, Ihr ewiges Gejammer! Glauben Sie eigentlich, sie unsensibler Mensch, Sie wären alleine auf dieser Welt und nur Sie haben es schwer? Sie haben Ihre Frau vor drei Jahren verloren, ok. Aber sie haben zwei wunderbare erwachsene Kinder, ein schönes Haus mit großem Garten, eine gut laufende alt eingesessene Bäckerei mit Café hier im Dorf, einen treuen Kundenstamm, zuverlässige Angestellte, ein schönes Auto, es ist alles bezahlt, keine Schulden, Sie sind gesund und sehen aber trotzdem Tag für Tag nur das Schlechte? Haben Sie sich schon einmal gefragt, wie es wäre, wenn Sie anstatt herum zu jammern und unfreundlich drein zu schauen, mit einem Lächeln in den Tag gehen würden, sich auf Ihre Kunden freuen würden und mit Dankbarkeit Ihren Laden öffnen würden? - Ich muss jetzt gehen, mir ist schlecht Herr Lindner! Adieu.«, und KA verließ im

Eilschritt die Bäckerei. Er rannte nach Hause zu Fufu. Als er seine Haustüre aufschloss kam ihm der kleine Hund schon schwanzwedelnd entgegen. KA nimmt Fufu auf den Arm und legt sich mit ihm zusammen erschöpft auf seine Couch um sich zu sammeln. Eine starke Müdigkeit überkommt ihn und er genießt es im Dahin-Dösen, wie nun langsam, all die unschönen Erfahrungen von eben wegrutschen.

Ein neuer Rock ist fällig

Dies war sein 11. Rock der nun von Kaffeeflecken übersät ist und den KA selbst gemacht hatte und zwar immer in der selben Stilrichtung. Sein erster Rock bestand ja, wie wir wissen, aus den gehäkelten Topflappen seiner Uroma, die er damals auf dem Speicher fand und die er dann in einem spontanen Anfall von Handarbeitslust zum Rock umgestaltete. Doch diese Zeiten sind längst vorbei. Die meisten Röcke hielten auch nicht sehr lange. Ist ja klar, ein Kleidungsstück, welches jeden Tag getragen wird, hat eben auch nur eine begrenzte Lebenszeit. KA ist eben anders als andere und hat eben diese eine Macke mit dem Röcke tragen und noch dazu immer nur den einen, den er gerade hat. Er trägt ihn dann solange bis er komplett zerschlissen ist und zwar so sehr, dass er noch nicht mal mehr für die Altkleidersammlung taugt. Er ist ein bescheidener »Aufzehrmensch«, er zehrt an den Dingen so lange, bis sie völlig aufgezehrt sind und er sie bedenkenlos loslassen kann, weil sie wirklich zu nichts mehr zu gebrauchen sind. KA ist wahrscheinlich einer der nachhaltigsten Menschen unserer Zeit.

Doch das soll sich nun spontan ändern. Der Grund dafür ist ein ... Mädchen? *Nein* liebe Leser, doch kein Mädchen! Der Grund dafür ist ein ... Seminar? Wieder ein *Nein* liebe Leser, auch kein Seminar! Der Grund dafür ist eine Nähmaschine die er geschenkt bekam. Sie stand bei Linda im Keller herum und war völlig verstaubt. KA hatte bei Linda angefangen den kompletten Keller zu entrümpeln, zu ordnen und zu säubern und da fand er sie. Als er die Nähmaschine entdeckte ging ihm quasi ein Licht auf: Warum nicht endlich Röcke einfach selber nähen, statt häkeln oder stricken? Dann halten die auch viel mehr aus! Das zumindest dachte sich KA in diesem Moment. Als er Linda fragte, ob er sich die Nähmaschine vielleicht einmal ausleihen dürfte, sagte diese, dass er sie sogar behalten könne, weil sie selbst niemals auch nur darüber nachdenken würde etwas nähen zu wollen. Sie gibt doch alles zum Schneider oder kauft sich ihre Mode in edlen Geschäften ein oder zieht die Männerhosen ihres verstorbenen Vaters, manchmal bis zu drei Stück übereinander an, und bindet diese lässig mit einem riesigen Gürtel zu. Na dann ist ja alles in Ordnung. KA bedankte sich herzlich über das Geschenk und bot Linda aber gleichzeitig an, ihr jederzeit die Maschine zu leihen, sollte sie doch einmal etwas damit nähen wollen. »Ja, ja ist schon gut.«, meinte diese nur mit einer kurzen abwinkenden Handbewegung, »Nimm sie mit und mach was Gescheites damit.«, sagte sie ernst zu ihm.

Nach dem Vorfall bei Herrn Lindner in der Bäckerei war es sowieso nötig einen neuen Rock anzufertigen, denn Espressoflecken bekommt man aus Wolle einfach nicht mehr heraus. Außerdem haben die Farben Pastellbraun, Rot und Pink KA schon lange nicht mehr gefallen. Sein neuer Rock soll grün und orange sein. Er dachte an eine Patchworkvariante aus Cordstoffresten. KA hat noch eine große Kiste auf dem Dachboden stehen, in die hinein er alte Klamotten sammelte, wenn er des Nachts in die Altkleidersäcke sah, die von den Leuten vor die Haustüre gestellt wurden, wenn das Rote Kreuz wieder eine Sammelaktion startete. Ja, psst, das muss ja jetzt nicht jeder mitkriegen, aber so ist KA nun mal. Er, der ja ständig schauen muss wo er bleibt, weil er sich auf Grund seiner Eigentümlichkeit nicht ins berühmte Hamsterrad begeben hat, hat halt einfach Ideen entwickelt wo man bleibt, wenn einem nicht viel bleibt. Denn eines weiß KA genau, Unterstützung durch das berühmt, berüchtigte Amt ist nicht sein Weg. Denn das geht aus genau zwei Gründen gar nicht: 1.) Er will seine Würde und Freiheit nicht verlieren 2.) Er ist ein Stehaufmännchen das immer wieder weiter weiß! Im Heim lernte er komischer Weise stark zu werden. Er konnte nicht anders, als immer wieder aufzustehen und sich zu schütteln wie ein verprügelter Hund, sein Fell zu ordnen und dann einfach seinen Weg weiter zu verfolgen. Das war seine persönliche Überlebensstrategie. Er weinte zwar, weil er es brauchte, wenn ihn die Mädels wieder einmal überfielen und verschleppten, aber genau das war sein Kraftgewinn, schwach zu sein, wenn er schwach war. Er hatte seine eigene Ehrlichkeitsstrategie für sich selbst entwickelt und zwar genau nach dem Vorbild der Indianer. Die Indianer, so las er in einem seiner Ethnobücher, verdrängen nichts, sondern machen ihren Emotionen immer sofort Luft. Dazu graben sie irgendwo im Wald ein Loch in den Boden, beugen sich zu diesem hinunter und schreien dort ihren ganzen Frust, ihre ganze Wut die sie im Bauch haben oder ihren Schmerz hinein. Dann bedanken sie sich bei Mutter Erde dafür, dass sie ihnen diese quälenden Emotionen abgenommen hat und schaufeln das Loch wieder zu. Meistens legen sie als Zeichen der Dankbarkeit noch eine Gabe mit hinein, z. B. Reis oder Mais oder Blumen.

Völlig befreit und mit neuer Kraft gehen sie von dannen. Ist das nicht toll? Warum, so fragt sich KA oft, können wir das nicht auch so machen? Ist das so unwirklich? Es ist wahrscheinlich zu einfach und zu billig, so dass es einer Überprüfung auf Tauglichkeit nicht standhält. Und was täten all die Lebensberater und Persönlichkeitstrainer? Sie würden ihre teuren Seminare nicht mehr voll bekommen, wenn alle plötzlich Löcher in die Erde graben würden und dort ihren Schmerz und Kummer hinein schreien! KA aber ist das wurscht, er kümmert sich nicht um Ungläubige oder Kritiker, oder ob Seminarleiter verarmen. Er brüllt weiter lieber in Erdlöcher und redet mit Bäumen, weil er weiß, dass ihm dies hilft.

Als er die Kiste öffnete entdeckte er verschiedene alte Cordhosen aus den 70ern und sogar 60ern. Richtig schöne Vintageteile mit einem riesen großen Schlag. Solche Hosen die man halt damals zu skurrilen Plateaustiefeln trug. KA entdeckte eine knallige, orangefarbene Feincordhose und ein dunkelblaues Breitcordhemd. Hm, jetzt fehlt ihm nur noch etwas grellgrüner Cord. Schade, in der Kiste war leider nichts Passendes mehr drin. KA überlegt und reibt sich wie üblich mit seinem Zeigefinger das Kinn dabei. Ihm fällt Linda ein. Sie hat bestimmt noch irgendwo grünen Cord. Leider ist es schon spät abends. Seufz, KA muss sich in Geduld üben, denn er kann erst morgen zu ihr gehen. Er nimmt seine beiden Cordklamotten mit hinunter in sein Wohnzimmer. Fein säuberlich legt er sie über die Stuhllehne am Esstisch. Bis morgen warten hat immer so etwas Blödes für KA. Er hat ja gerade jetzt seinen Flow und müsste sich entsprechend Luft machen in Form kreativen Handarbeitens. KA hat hier kaum einen Hebel, den er umlegen könnte, um diesen Flow irgendwie zu stoppen. Er sieht auf die Uhr. Es ist 21:33 Uhr. Wenn er jetzt Linda überfallen würde, hätte sie sicher ein Problem. Sie ist ja sowieso schon so durch den Wind. KA grübelt und grübelt. Schließlich entschließt er sich aus ethischen Gründen dazu Linda nicht zu überfallen. Die Ärmste könnte sicher Nächte lang nicht mehr schlafen, denn ihr kompletter, streng strukturierter Tagesablauf hätte dann eine Schramme bekommen und sie würde nur sehr schwer wieder fähig sein, diesen Zwischenfall irgendwann zu überwinden.

KA geht tauchen

Zur Beruhigung muss KA seine Selbstberuhigungszeremonie zusammen mit seinen beiden besten Freunden, Donald Duck und dem Waschlappen, durchführen. Er geht mit beiden ins Bad. Über seiner Emailwanne, die auf vier lustigen Füßen steht, hängt der Boiler für Warmwasser. Er schaltet ihn auf volle Pulle ein und schon fängt ein Zischen, Surren und Brodeln an. Der Boiler ist gerade dabei das Wasser aufzuheizen. Durch die starke Verkalkung entsteht immer dieses Getöse, genau wie bei Herrn Lindner, wenn dieser seine Kaffeemaschine verwendet. Einfach übel. KA ist das inzwischen gewöhnt. Es ist sogar ein vertrautes Geräusch geworden, das ihn schon fröhlich stimmt, denn nach einer gewissen Zeit ist das Wasser aufgeheizt und er kann sich ein warmes Bad gönnen. KA bereitet sich ein Meersalzbad vor. Dazu verwendet er Totes Meersalz aus dem bekannten Toten Meer welches so salzhaltig ist, dass man darin schweben kann. Er schüttet einen Beutel Salz in die Wanne und lässt das inzwischen heiß gewordene Wasser dazu laufen. Dann rührt er mit seinen Händen das Wasser kräftig um bis das Salz sich völig aufgelöst hat. Er hat seine Sachen ausgezogen, ein Handtuch zurechtgelegt und steigt nun mit Hingabe und selig lächelnd in das Meersalzbad. In der einen Hand hält er seinen Donald fest und mit der anderen den Waschlappen. Alle drei gehen nun fröhlich unter. KA hält die Luft an, taucht ab und lässt sich vom Salzwasser gründlich entstressen. Der Flow nämlich war ihm ohne den fehlenden grünen Cordstoff zu anstrengend. Es nützt ja nichts. Was bringt ein Flow zu später Stunde wenn noch nicht mal die Utensilien alle vorhanden sind um ein neues, geniales Röckchen zu erschaffen? Gar nichts!

Hm, das Bad tut richtig gut. Auch Donald grinst vergnügt mit seinem blassen Schnabel der einst einmal gelb war. Der Waschlappen schwimmt wie ein Rochen durch die Wanne und poliert ab und an dem Donald sein Gefieder.

Nach einer viertel Stunde ist KA prima entspannt. Wie immer zeigt das Meersalzbad seine Wirkung: es macht schläfrig. Schnell braust KA sich mit klarem Wasser ab, auch den Donald und den Waschlappen, steigt aus der Wanne und reibt sich mit dem Handtuch trocken. Jetzt ist nicht mehr viel Zeit übrig, denn statt dem Flow ist das Gegenteil eingetreten. KA hat nun Mühe wach zu bleiben. Er stellt noch ganz vorsichtig Donald Duck wieder auf seinen Platz, drückt den Waschlappen liebevoll aus und hängt ihn an seinen Haken, schnappt Fufu für ein letztes Gute-Nacht-Geschäft vor der Türe, was nach einer elend langen Schnüffelaktion im Garten dann auch endlich erledigt wurde. Super müde geht KA nach oben in seine Schlafkoje unter dem Dach. Der Dachstuhl seines kleinen Hauses ist so aufgeteilt, dass die eine Hälfte einen Speicher ergibt und die andere als Galerie nutzbar gemacht wurde. Kaum liegt KA auf seiner Matratze ist er auch schon eingeschlafen.

Der fehlende Cord
Ein wichtiges Stück Glück!

Am nächsten Morgen ist KA schon startklar. Da er sowieso wieder einen Einsatz bei Linda hat passt sein Vorhaben ganz gut. Fufu und er haben beide zusammen ihr Frühstück genossen und spazieren nun von der Flötenstrasse in die Geigenallee, denn da wohnt Linda.

Wie immer bedarf es einiger Zeit und gewisser Rituale, bevor Linda in der Lage ist, KA vollständig zu vertrauen und ihn hinein zu bitten. Sie ist einfach eine Verwirrte und hat Anlaufschwierigkeiten im Umgang mit allem was nicht unmittelbar zu ihrem Haushalt gehört. Seufz, was soll's! KA macht das nichts aus, denn er hat ja selbst seine Eigenheiten. Was dem ganzen Begrüßungsablauf allerdings sehr dienlich ist, ist Fufu. Durch Fufu ist Linda irgendwie schneller bereit ihr Fremdeln abzulegen. Vielleicht haben Tiere auf solche Menschen einen ganz anderen Einfluss, wer weiß?

Linda stottert zu KA: »Hhhheute ist ddddder Sppeicher dran!« »Ok«, sagt KA, »aber warum stotterst Du?« »Ddddder Spppeicher ist voller Erin... Erin... Erinnerungen an mmmmmeiiiiiine Eltern!«, jammert Linda und fuchtelt mit ihren Händen planlos in der Luft herum. Ihre wilde, graue Mähne sieht heute noch wilder aus als sonst. Linda scheint sich zu einer ihrer schlimmsten Entscheidungen durchgerungen zu haben, sie hat Hyperstress! KA spricht beruhigend auf sie ein, dass sie das gemeinsam und mit seiner Hilfe ganz prima schaffen werden. »Nnnnneiiiin, Kkkkkkeiine Aaaahhhhnung, das musst Du ganz alleine machen!!! Ich geh` ddddda nich rauf!«, erwidert sie spontan. »Ich glaube wir beide trinken jetzt erst mal eine Tasse Tee zur Beruhigung.«, sagt KA und nimmt Linda liebevoll am Arm und führt sie in die Küche. Diese zickt ein wenig herum, weil sie Berührungen nicht wirklich gut erträgt, schüttelt die Hand von KA ab und rennt in die Küche voran. »OK«, denkt sich KA, »das braucht jetzt Fingerspitzengefühl.«

Nachdem beide mit einer Tasse *Glückstee* (Kakaoblätter, Sweet Chilli, Süßholz) in der Hand am Tisch sitzen, sieht KA Linda besorgt an. »Nein, nein,«, sagt sie, »ich will nicht drüber reden. Da ist zu viel was mich deswegen fertig macht. Ich war seit 20 Jahren nicht mehr auf dem Speicher oben. Das war kurz nach dem schweren Autounfall meiner Eltern. Beide waren dabei sofort tot. Ich habe schon immer mit ihnen hier gewohnt. War noch nie ausgezogen. Meine Eltern waren mein ein und alles. Jetzt bin ich 50 und schaffe es immer noch nicht, den Speicher zu betreten. Auf dem Speicher sind alle Sachen, wie Fotos, Bettwäsche, alle Klamotten von meiner Mutter, die vom Vater hängen ja noch hier unten im Schrank. Ich ziehe halt gerne seine Sachen an. Es macht mich stark, irgendwie. Egal. Na ja, und dann sind halt noch Dinge da oben, die wir aus den Urlaubsreisen mitgebracht hatten und Mamas Schmuck, Papas Schützenscheiben, seine Mäntel und Stiefel von der Jagd ...«, Linda musste innehalten und tief seufzen.

»Linda, Du brauchst nicht mit nach oben kommen. Ich gehe hinauf und schau mir die Lage auf dem Speicher mal an, einverstanden? Es wäre ja auch wichtig mal nach dem Dach zu sehen, ob alles in Ordnung ist, nicht wahr?«, sagte KA. Linda nickte hektisch mit dem Kopf und machte eine fortschickende Handbewegung, er solle gehen und endlich anfangen. »Aber Fufu bleibt bei mir, nicht wahr kleiner Fufu!«, bestimmte sie. »Klar.«, antwortete KA und ging los.

Auf dem Dachboden angekommen, stolpert KA als erstes über eine Kiste. Eine von diesen antiken Truhen aus schwerem Eichenholz. Sie stand mitten im Weg, gleich wenn man hereinkommt. Da es noch dunkel war, weil KA nicht sofort den verstaubten und mit Spinngeweben verklebten Lichtschalter fand, konnte er sie nicht sehen. Er hat sich sein rechtes Knie ziemlich übel dabei angeschlagen und hüpft nun auf einem Bein und mit der linken Hand auf dem Knie unsicher herum. Will aber nicht schreien, damit Linda nichts davon merkt. So jodelt er im Flüsterton japsend und keuchend durch die Dunkelheit und fällt prompt über einen Matratzenhügel, purzelt hinten herunter und rollt in eine total verdreckte Nische. Der Staub wirbelt nur so hoch und füllt den ganzen Raum aus. Nun packt ihn ein Niesen nach dem anderen. Sein Knie schmerzt und er sieht mittlerweile aus wie aus der Lumpensammlung. KA krabbelt auf allen Vieren aus der Nische über den Matratzenhaufen zurück, steht auf und klopft sich erst einmal ab. So, das wäre überstanden. Wo zum Teufel ist denn bloß dieser Lichtschalter? Er stakst vorsichtig mit vorgehaltenen Händen auf die Türe zu. Einige Dachziegel sind aus Glas und minimales Tageslicht strömt in den Speicher. Seine Augen haben sich auch langsam an die Dunkelheit gewöhnt. Endlich, der Lichtschalter, gleich neben der Eingangstüre. Er drückt ihn, doch außer einem widerlichen Zisch-Geräusch und anschließendem Peng hat sich nichts getan. Die Birne ist gerade durchgebrannt. Logisch, nach so langer Zeit hatte sie auch keine Lust mehr noch mal ihren Dienst aufzunehmen. Es stinkt nach verkokeltem Staub. KA bleibt nichts anderes übrig als zu Linda zu gehen um sich eine Taschenlampe zu holen. Als er sich herum dreht, bleibt er mit seinem mit Kaffeeflecken beklecksten Strickrock an einem Nagel hängen, der irgendwo aus dem Pfosten ragte an dem der Lichtschalter befestigt war. Na super, eine riesige Laufmasche gezogen! Ist ja perfekt. Jetzt lohnt es sich umso mehr einen neuen Rock zu machen. Doch als KA sich umdreht um sich vom Nagel wieder zu befreien fällt sein Blick auf einen Haufen alter Kleidungsstücke der gerade von einem zarten Sonnenstrahl erfasst wurde und jäh aufleuchtete. Wie magnetisch davon angezogen geht KA ganz langsam auf diesen Haufen zu. Sein Augapfel erspäht sofort einen grellgrün leuchtenden Mantel! Bei näherem Hinsehen zeigt sich, er ist aus Feincord. »Juhu!«, schreit KA und freut sich so sehr. Das ist doch genau der fehlende Stoff den er für seinen neuen Rock benötigt. Unglaublich! So ein Glück aber auch. Er zieht den Mantel aus dem Klamottenberg heraus und sieht ihn an. Er ist ziemlich schmal geschnitten. Das kann nur ein Mantel von Lindas Mutter gewesen sein. Ein wenig ehrfürchtig nimmt er ihn unter den Arm und balanciert über Gerümpelteile, die verstreut am Boden liegen und bei diesem fahlen Licht einfach nicht zu erkennen sind, vorsichtig zum Ausgang zurück. Komisch, jetzt ist alles gut gegangen? Er steht am Treppenabsatz und wundert sich, dass er auf einmal völlig problemlos davon kam. Ob das was mit dem Mantel zu tun hat?

Als KA unten bei Linda in der Küche ankommt, spielt diese gerade mit Fufu und sieht sichtlich fröhlich und entspannt aus. Er beobachtet die beiden eine Weile. »Welche Schmerzen muss diese Frau mit sich herum tragen?«, fragt sich KA mitfühlend, »Sie könnte ein so ausgeglichener, fröhlicher Mensch sein, würde sie ihr Schicksal nur ertragen lernen. Es mangelt ihr ja an nichts. An rein gar nichts. Sie ist so ausreichend versorgt mit materiellen Dingen. Alles was man zum Leben braucht ist da, sogar im Überfluss!«, denkt KA und seufzt.

Von diesem tiefen Seufzer überrascht blickt Linda auf und sieht ihn an der Türe stehen. Sofort beendet sie ihr Spiel mit dem Hund und steht vom Boden auf. Sie zupft sich rasch ihre wilden Haare zurecht und fährt sich bestimmt zehnmal hektisch über die Männerhose als wollte sie von dieser Schmutz abwischen, der gar nicht da war. Sie räuspert sich und sagt aufgewühlt mit einem schüchternen Lächeln im Gesicht: »Hä, hä, hallo KA, alles klar? Wie steht`s um meinen Speicher? Ist da noch was zu retten?« KA der von Spinnweben, Sägespänen und Staub umhüllt war antwortet spontan: »Ja, dieser Mantel hier.«, er hebt ihn hoch und zeigt ihn Linda. Linda sieht den Mantel an, minutenlang und sagt kein Wort. Ihr Blick ist erstarrt. KA wird es unbehaglich. Eine seltsame Spannung lag im Raum. Man wusste nicht recht was als nächstes passiert? Ein Schrei der sich anbahnt? Plötzliches Weinen? Ein Wutausbruch? KA hatte keine Ahnung was für einen Schalter er bei Linda mit diesem Mantel gedrückt hatte. Eigentlich ist er keineswegs so unsensibel. Er ahnte es ja schon, da der Mantel ganz offensichtlich schlimme Erinnerungen auslöste und Linda möglicherweise in eine tiefe Krise stürzen könnte. Doch dann ... Linda bewegt sich, ... bewegt sich auf den Mantel zu, ... nimmt ihn KA im Zeitlupentempo aus den hochgehaltenen Händen und drückt ihn an sich. Sie drückt den Mantel an sich und drückt auch ihr Gesicht in den Mantelstoff. Sie fängt an mit dem Mantel zu tanzen. Sie hält ihn fest in ihren Armen wie einen Tanzpartner, oder besser gesagt wie einen Liebhaber. Sie dreht etliche Runden zu einer imaginären Musik, die sie leise summt, hier in der Küche. Umrundet den Esstisch, rumpelt beinahe an einen der Stühle, lässt sich aber nicht beirren, tanzt einfach weiter und summt ein Lied in den Mantel hinein. KA beobachtet sie nur mit offenem Mund und hält sich dabei sein Kinn fest, wie so häufig, wenn ihn etwas sehr beschäftigt. Eins war klar, er durfte Linda jetzt auf keinen Fall stören. Sie befand sich gerade in einer ganz anderen Welt. Ihr Tanzen wurde immer heftiger. Sie fasste den Mantel jetzt an der linken Schulterpasse und am rechten Ärmel und begann zu führen. Dabei machte sie Walzertanzschritte und Drehungen. Linda war im wahrsten Sinne des Wortes völlig abgedreht. Plötzlich stoppte sie, sah den Mantel an und sagte kalt: »Den kannst Du wegschmeißen. Der ist keinen Cent mehr wert!« Sie warf den Mantel KA zu, den er zu seiner großen Überraschung sogar auffing. Er befand sich bis eben selbst noch in einem rauschartigen Zustand und musste sich langsam erholen, weil ihn die Situation so gefangen nahm. »Du kannst jetzt gehen. Wir machen heute nichts mehr. Ich bin sehr, sehr müde und muss jetzt schlafen.«, sie winkte KA zum Abschied und zog sich mit hängendem Kopf und schlurfendem Gang zurück. Ja so war Linda. Immer für irgendwelche Überraschungen gut. KA war nervöser als er dachte, denn es überkommt ihn gerade und er muss sehr intensiv Nasenbohren. Er schnappt sich Fufu, sagt: »Tschüss Linda.«, und geht mit dem grellgrünen Feincordmäntelchen nach Hause.

Rhinotillexomanie

KA ist sehr erschrocken über seinen Popelanfall. Jetzt wollte er es genau wissen. Zu Hause angekommen ging er sofort an sein Bücherregal. Dieses Bücherregal ist ein wirklich besonderes Regal. Es ist megagroß. Es besteht aus der gesamten Wohnzimmerwand die zum Norden zeigt. Vom Boden bis zur Decke sind hier auf 5 Meter Länge Bücher eingeordnet und je nach Kategorie beschriftet. Eine alte Holzstaffelei, die gefährlich brüchig wirkt und auch ist, lehnt am Regal und kann jederzeit hin und her geschoben werden. Am Holzboden sind mittlerweile tiefe Furchen eingeritzt, vom vielen Hin- und Herschieben. KA wirft den mysteriösen Mantel auf seine Couch und stürzt sofort zum Regal. Er schiebt die Leiter, welche gerade links lehnt ganz nach rechts herüber und klettert bis zur 9. Ebene hoch und schnappt sofort nach dem dicken, grünen Buch mit dem Titel: Pschyrembel - Klinisches Wörterbuch. Mit unglaublicher Neugier immer noch auf der Leiter stehend sucht er erst unter N wie Nasebohren. Nichts. Dann unter P wie Popeln. Ja! Dort befindet sich zwar keine Erklärung aber der Hinweis man soll unter R nachsehen. R wie Rhinotillexomanie und da steht:

Unter dem Begriff *Rhinotillexomanie* verstehen die Mediziner das zwanghafte Nasenbohren. Viele Menschen, Kinder sowie Erwachsene, üben das Nasenbohren mehrmals täglich aus. Hier kommt die Frage auf, ob sich das Nasenbohren zu einem Zwang entwickelt. In diesem Bereich der Forschung gibt es nur wenige Erkenntnisse. Es gibt zum Beispiel keine eindeutigen Angaben, ab wann das Nasenbohren zu einer Rhinotillexomanie geworden ist. Ein Betroffener, der sich einstufen möchte, sollte sich selbst einmal reflektieren. In welchen Situationen bohre ich in der Nase?

Popeln – Gesund oder Ungesund

Ob das Popeln in der Nase gesund oder ungesund ist, darüber lässt sich streiten, denn es gibt hierfür verschiedene Gesichtspunkte. Das Popeln hat sicherlich bei Gesundheitsfragen positive und negative Aspekte, die nachstehend kurz erläutert werden.

Popeln – Was daran gesund ist

Viele Menschen, ob jung oder alt, bohren gelegentlich in ihrer Nase. Das Nasenbohren ist aus medizinischer Sicht harmlos und auch nicht schädlich. Es heißt außerdem auch, dass das Popeln in der Nase das Immunsystem stärken kann. Wer also seinen Popel, den er in der Nase gefunden hat, isst (Mukophagie), hat nach Angaben eines sich dazu äußernden Lungenfacharztes mehr Abwehrkräfte, als diejenigen, die ihren Popel dann an einem Taschentuch abwischen oder anders beseitigen. Bereits das Entfernen des sich in der Nase angesammelten Popel hat seine gesundheitlichen Vorteile. Die Nase wird durch das Bohren besser gereinigt, als es ein Taschentuch kann. Auch ist es so, dass das Nasen bohren für viele Menschen eine beruhigende Wirkung hat. Des Weiteren sei auch der positive Aspekt auf das vegetative Nervensystem zu benennen. Es kann dieses nämlich ins Gleichgewicht bringen.

Was ist am Popeln ungesund und schädlich?

Neben den positiven Seiten des Nasenbohrens gibt es auch einige negative Argumente zu benennen. Hier sei zunächst zu erwähnen, dass durch das Bohren in der Nase mit einem Finger sehr viele Viren und Bakterien in das Naseninnere gelangen und somit etliche Infektionen ausgelöst werden können. Wenn man in der Nase bohrt, dann sollte dies entweder mit gewaschenen Fingern oder mit einem sauberen Taschentuch passieren.

Das Popeln kann zu einer Art Gewohnheit bis hin zum Zwang werden. Somit hat man sein *Nasenpopeln* nicht mehr unter Kontrolle und tut dies überall, ob angebracht oder auch nicht. Wenn man für sich merkt, dass man das Bohren in der Nase einfach nicht lassen kann, sollte durchaus ein Arzt kontaktiert werden. Dieser Zwang, medizinisch auch als Rhinotillexomanie bezeichnet, kann sehr viele soziale Konflikte mit sich bringen. Menschen, die öffentlich in der Nase popeln, werden in der Gesellschaft nur selten akzeptiert. Besonders dann, wenn es sich um Erwachsene handelt.

Ob man in der Nase bohrt, ist jedem selbst überlassen. Man sollte aber schauen wo, wie und wann man es macht.

*

KA schiebt das Buch wieder in sein Fach zurück und steigt nachdenklich von der Leiter. Ganz ehrlich, das hätte er nicht gedacht, dass das Popeln in Fachkreisen tatsächlich diskutiert wird. Er setzt sich auf seine Couch neben den Cordmantel von Lindas Mutter, legt ihn sorgfältig zusammen und popelt eine Runde vor sich hin.

Einfach schön ... der neue Rock!

Die Nähmaschine ausgepackt und los geht`s. KA näht. Er hat sich die gesammelten Cordklamotten zurechtgeschnitten. Das macht er ganz lässig Pi mal Daumen. Er hat eine wunderbare Vorstellungsgabe. Er stellt sich vor wie die Stücke aussehen sollen für seinen Rock, nimmt die Schere und schneidet sie entsprechend aus. Dann setzt er sie auf dem Holzboden vor dem Kamin im Wohnzimmer wie ein Puzzle zusammen und geht erst einmal in die Betrachtung. Er spürt hinein, ob die Farben und Formen miteinander verknüpft gut aussehen und wie er sich, wenn er den Rock trägt, darin fühlen würde. Wenn etwas nicht passt, dann legt er die Teile einfach anders hin. Solange bis es passt. Du kannst Dir den Rock ungefähr so vorstellen:

Eine etwas weitere Glockenform, bis zu den Knien. Der Grundstoff ist hellgrün. Abgesetzt wird der Rock an den Seiten, am Bund und unten am Saum mit dem blauen Cord. Zuletzt kommen orangefarbene, vierblättrige Cordblumen in 3D-Optik auf den Rock. Es werden etwa 5 solcher Blumen verteilt angenäht.

Cool, nicht wahr?

KA hat bis in die Nacht gesessen und seinen neuen Rock am Küchentisch genäht. Das Nähmaschinenprinzip hatte er schnell herausgefunden, denn im Heim gab es damals Handarbeitsunterricht. Sie lernten nähen, stricken, häkeln und sticken. Insofern kamen KA, gerade als er die Nähmaschine ausgepackt hatte, alle Arbeitsschritte wieder in den Sinn. Das Einfädeln des Oberfadens und des Unterfadens. Das Auffüllen der Unterfadenspule, usw. KA ist ein Talent, das muss man schon sagen. Und: was er sich einmal vorgenommen hat, das zieht er auch wirklich durch. Während andere mit Geld verdienen beschäftigt sind und keine Zeit und Lust mehr haben für rein gar nichts, beschäftigt sich KA mit viel Lust und gerade, weil er Zeit hat mit den Dingen, die ihm Spaß machen und die ihm guttun.

Das Lustige am Nähen war, dass sich in der Maschine nur rosa Faden befand. Da KA natürlich keinen anderen Faden mehr besorgen konnte und wollte, nahm er diesen gleich her. Somit war der schöne Rock ein Blickfang, allein schon wegen seiner rosafarbenen Ziernähte.

Fertig! Das letzte Stück vernäht, Faden abschneiden und den Rock anprobieren. Mann ist das aufregend. KA ist ganz zitterig, allein schon deswegen, weil er ohne Pause bis um Mitternacht nur mit dem Rock beschäftigt war. Er war beinahe dehydriert, weil er völlig vergaß etwas zu trinken. Aber egal, für was denn Essen oder Trinken, wenn man im Flow ist. Er nahm also zittrig den Rock in beide Hände, hielt ihn hoch und betrachtete ihn kritisch. Er drehte ihn herum und stülpte ihn um. Er stülpte ihn wieder auf rechts und dann, ... dann schlüpfte er hinein ... und? Passt! Juhu! »Mein neuer Rock, mein neuer Rock!«, sang KA und drehte sich im Kreis dabei. Er ist wirklich wunderschön geworden. Kompliment. KA ist so glücklich, dass er ihn gar nicht mehr ausziehen möchte. Er geht völlig übermüdet mit dem Rock ins Bett und schläft nach Sekunden sofort tief und fest ein.

Ratatouille macht KA mit links!

Ratatouille ist ein sehr lebhaftes Gericht.

Immer genau dann, wenn KA irgendein kleines Problem hat, in diesem Fall ein wortwörtliches Handicap, nämlich Handwurzelschmerzen, rechts - das kommt sicher vom Rock nähen! - genau dann hat er Lust auf sehr Bewegtes. In diesem Fall Ratatouille. Ist das ein Zufall oder ein Schicksal oder gar etwas Karmisches? So ergab es sich, dass plötzlich das Telefon läutete und KA ging ran. Na klar, es war Frauke. Frauke ist ja inzwischen seine beste Freundin geworden. Erst recht nach dem mystischen Ereignis in ihrem Pavillon. Die Geschichte mit dem Steinchen im Fluss beschäftigt ihn immer noch sehr. Aber nun zum Punkt. Frauke hatte ihm kurz mitteilen wollen, dass es einige schöne Hokkaidos bei ihr abzuholen gäbe. Alle wunderschön orange (KA`s Lieblingsfarbe im Moment, neben seiner anderen Lieblingsfarbe Hellgrün) und sehr schmackhaft. Mmh, toll denkt sich KA, denn neben seiner berühmt berüchtigten Brokkolicremesuppe und der weniger leckeren Leberwurstbrotsuppe liebt er auch die Kürbissuppe sehr. Vor allen Dingen, weil die auch so super basisch ist für den Körper. KA hat ja neben Erziehung auch Ernährung studiert. Das wissen aber die Wenigsten und dadurch haben auch nur so Wenige was davon! Da die meisten Menschen ständig übersäuert und deswegen richtig sauer sind haben sie oft keine Ahnung, dass sie alkalisch gegensteuern müssten. KA weiß, dass der Kürbis neben der Kartoffel eines der basischsten Lebensmittel überhaupt ist! Er freut sich lebhaft über Fraukes Anruf und teilt ihr mit, bald einmal vorbei zu kommen. Dann fällt ihm spontan ein, dass er Frauke fragen könnte, denn sie ist ja ehemalige Krankenschwester, was das mit seiner rechten Hand auf sich haben könnte. Er erklärt ihr den Schmerz und lokalisiert ihn sehr genau, dann sagt Frauke:»Ja, da kann ich Dir schon einen Tipp geben! Mache ab sofort bitte alles mit links!« »Oh,«, sagt KA ironisch, »super Idee! Danke für diesen Tipp, das ist wirklich sehr hilfreich. Da wäre ich jetzt von alleine gar nicht darauf gekommen. Alles mit links zu machen, ja, ja, das hat was. Wirklich gut!« Frauke lachte und sagte: »KA, das ist jetzt mein voller Ernst. Glaube mir, Du wirst das gebrauchen können Deine linke Hand zu trainieren. Für irgendetwas ist das gut. Mein zweiter Tipp ist eine Handmanschette und Schmerzsalbe. Da gibt es dieses »Volldaneben-Gel«. Probier das aus.« »Ne,«, sagt KA etwas betreten, »ich vertrage das *Di-klo-fen-kack* leider nicht, was da drin ist. Aber danke trotzdem. Ich werde gleich mal alles mit links machen, versprochen. Nicht aufgeben, nicht wahr?« »Richtig! Bis bald und denk an die wartenden Kürbisse. Mach`s gut mein Lieber!«, verabschiedete sich Frauke.

»Na das ist ja ein Ding. Alles mit links machen soll ich. So, so. Hm. Ich hab` so Lust auf Ratatouille! Ausgerechnet jetzt.«, seufzt KA hin und her gerissen, »Mal schauen was der Kühlschrank so hergibt: Zucchini, Tomaten, Auberginen, Lauch, Frühlingszwiebeln, chinesischer Knollenknoblauch, Schalotten, Schafskäse. Perfekt!« Das ist alles sehr bewegend ... für die rechte Hand. Es gibt so viel zu schnippeln und schälen, uff. KA geht die Sache ganz entspannt an. Alles abwaschen, mit links, war kein Problem. Den Knoblauch und die Zwiebeln schälen. Puh, hier ist schon Ehrgeiz gefragt. Er hat sein extra scharfes Küchenmesser genommen, damit es leichter von der Hand geht, hat er sich gedacht. Es ging sogar so leicht von der Hand, dass es beim Abzippeln der Knoblauchhäutchen gleich sein rechtes Daumenkäppchen mit abgezippelt hat. »Oh, Blut! Um Gottes Willen, doch nicht gleich so viel! Herrje!« KA reißt sich zusammen. Wie war das nochmal: Ein Indianer kennt keinen Schmerz! Die frische Wunde am rechten Daumen lenkt so wunderbar von dem Schmerz an der rechten Handwurzel ab. Unglaublich? KA steckt den blutenden Daumen in den Mund und speichelt ihn ein. Das Käppchen hängt noch an einem winzigen Fädchen am Daumen und flattert während dem Daumen lutschen etwas herum. »Ich muss aufpassen, sonst geht es ab und ich ... schluck ... schon passiert. Verschluckt! Warum passiert eigentlich immer das wovor man Angst hat, dass es passiert?« Verwirrt und leicht angewidert zieht er den Daumen wieder aus dem Mund. Das sieht gar nicht gut aus! KA hat jetzt aber gerade gar keine Zeit und keine Lust sich mit abgeschnippelten Daumenkuppen abzugeben. Er setzt seine Zubereitung einfach tapfer fort. Er nimmt jetzt die Tomaten, die sind weicher und einfacher mit der linken Hand zu zerschneiden. So, einmal mitten durch. Hat prima geklappt. Die kleinen grünen Stielreste in einem Winkel herausschneiden. Hat auch prima geklappt. Jetzt in kleine Stücke teilen. Das Blut tropft aus dem

Daumen und färbt die Tomatenstücke noch roter. »Na ja, weiß ja keiner!«, denkt sich KA und zwinkert für sich selbst und lächelt indianisch tapfer dabei, während sich kleine Schweißperlen auf seiner Stirn ausbreiten. Das Ziel ist klar: es wird Ratatouille geben!

Was nochmal so richtig fies war, die Stange Lauch mit der linken Hand der Länge nach aufzuschneiden, um sie dann ordentlich unter dem Wasserstrahl waschen zu können. Ist doch oft noch eine Menge Sand zwischen den Schichten. Jedenfalls hätte er sich dabei beinahe schon wieder geschnitten! Diesmal allerdings hat er reflexartig vorher alles ins Spülbecken plumpsen lassen - den Lauch und das Messer. Das hätte sonst im übelsten Fall die Pulsader des rechten Unterarmes erwischt. Also das wäre eine wirklich groteske Schlagzeile in der Zeitung gewesen:

Tragischer Tod während der Zubereitung von Ratatouille!

... und folgender Text: Ein komischer Kauz in einem Hippie-Cordrock wurde in der Nacht vom 09.10. auf den 10.10. vor dem Spülbecken in seiner Küche tot aufgefunden. Der Mann (?) lag dort mit aufgeschnittenen Pulsadern auf dem Boden und war verblutet. Für ihn kam leider jede Hilfe zu spät. Aufmerksam wurde eine ältere Dame aus der unmittelbaren Nachbarschaft (Frau Teebrot!), die sich wunderte, dass der Hund des Toten ununterbrochen bellte. Die Kripo ermittelt noch, ob es sich um Suizid oder Mord handeln könnte.

So oder so ähnlich malte sich KA das Unglück aus. Ihm war jetzt gar nicht mehr wohl zumute. Wenn Frauke wüsste, was sie mit ihrem gut gemeinten Tipp bei KA alles ausgelöst hat. Nun ja. KA macht trotzdem mit links weiter. Er gibt das geschnippelte Gemüse mit samt den blutigen Tomaten in die Pfanne, in der bereits ein Flöckchen Kokosöl zerlaufen ist. Zuerst gibt er die Zwiebeln und den chinesischen Knollenknoblauch hinein ... glasig werden lassen, dann den zerkleinerten Lauch, zum Schluss die Zucchini und die Tomatenstückchen. Alles schön anbraten und mit einem Tick Wasser leicht andünsten. Dabei die Pfanne viel schwenken, also bewegen! Mit links natürlich. Gegen Ende der Garzeit würzen mit einem guten Schuss Shoyu, einer üppigen Prise Kräuter der Provence und einer weniger üppigen Prise Cayennepfeffer. Evtl. noch ein Gramm Kräutersalz als »Liebesbeweis«. Den Schafskäse (Feta) in Würfel zurechtschneiden (das ist toll, das geht ganz leicht mit der linken Hand). Das fertige Ratatouille auf einen vorgewärmten Teller geben, den Schafskäse dekorativ drum herum legen, fertig! Bon Appétit!

KA isst Ratatouille mit links.

KA`s kleine Achtsamkeitsschule

Nun ja! KA hat, wie wir alle, mehrere Facetten. Je nach dem welche gerade zum Tragen kommt, ist er mehr bei sich oder weniger bei sich. Wie es ist, wenn er weniger bei sich ist, das haben wir neulich erlebt, als er eine ganze Reihe dummer Umstände anzog. Erst der Stress mit Fufu und seiner Zwangsnase, dann die Kaktusstacheln im Finger (die übrigens immer noch unter der Haut stecken und sich dort wohl erst nach ein paar Jahren aufgelöst haben werden) dann die Sache mit dem Kaffee, Herrn Lindner usw.

Na und? DAS IST MENSCHLICH!

Ernsthaft bedenklich wird es doch erst, wenn die Negativität eine eigene Autobahn in Deinem Leben bekommen hat. Bei KA hat sie nur einen kleinen Trampelpfad, den sie hie und da benutzen kann. Frag Dich doch einmal selbst: »Welchen Weg hat bei mir die Negativität? Trampelpfad oder Autobahn oder irgendwo dazwischen?« KA würde sagen, alles was über eine Bundesstraße hinaus geht ist schnellstens mit einem Stopp-Schild zu kennzeichnen!

8samkeit! Achtsamkeit ist der Schlüssel. Den Anfang macht die Acht. Die Acht steht auch als liegende Acht ∞ (sog. Lemniskate) für die Unendlichkeit und ist unter anderem auch das Zeichen der Magier. Die Unendlichkeit meint im Prinzip alles was ist und zwar im Rhythmus des Unendlichen. Es fühlt sich sehr schön an, wenn man tiefer einsteigt in das, was damit gemeint ist. Die Lemniskate steht für die Erfahrung, dass alles Leben in unendlicher Bewegung, in Schwingung ist, die alle Lebensvollzüge mit einschließt, wie einatmen und ausatmen, schlafen und wachen, geben und nehmen, jung sein und altern, Sommer und Winter, geboren werden und sterben, ... die Reihe ließe sich unendlich fortsetzen.

KA hat sich sehr viel mit der Acht beschäftigt. Die Acht ist eine sehr interessante Zahl und steckt in vielen Wörtern. Wie ACH-Tung, ein ACHTerl, ACHTlos, ACHTsamkeit oder NACHT, was so viel bedeutet wie nach Acht, wird`s Nacht. Dies ist das Mindeste was er für sich tun kann, nämlich ACHTsamer sein und sich viel mehr mit der Acht beschäftigen. Irgendwann kommt die Neun dran.

So hat er vor einiger Zeit, an einem verregneten Sommertag, seine eigene kleine ∞samkeits-Schule zusammengestellt. Die ist nur für KA, für niemanden sonst gedacht. Aber er teilt bekanntlich gerne. All die kleinen Achtsamkeiten sind unter emsigem Nasepopeln, im Schneidersitz ruhend, auf einem seiner Schaffelle auf dem Holzboden vor seinem Kamin, entstanden. Fufu an seiner Seite, der genüsslich, in größter Entspannung, eine seiner Putzorgien vornahm: Krallen beißen, Fell kratzen und an bestimmten Stellen Juckpunkte auf der Haut mit den Vorderzähnchen knispeln, dann ausgiebig und ewig lange die Ohren von Ohrenschmalz befreien, der dann sorgfältig mit den Zähnen wieder von den Krallen abgekaut wird, abschließend werden die Genitalien leidenschaftlich lange mit unglaublichem Geschmatze gewaschen. Wie biegsam doch so ein kleiner Hund ist!

KA`s kleine Achtsamkeits-Schule

- Mit unendlicher Treue bei mir selbst bleiben.

- Ich kenne niemanden der so liebevoll mit mir umgeht wie mich selbst.

- Im Lachen liegt Majestätisches, weil es mich auf meinen Thron hebt.

- Mein Spiegelbild ist so verdammt ehrlich.

- Statt gegen etwas Schlechtes zu kämpfen, lieber für das Gute sein.

- Wenn dir dein Leben zu langweilig ist, dann bastle Sacknasen.

- Wünschst du dir offene Türen, dann halte anderen die Türe auf.

- Ist das Geld knapp, ist die Phantasie groß.

- Geduld ist die Königsdisziplin eines Gärtners.

- Zu Träumen ist ein Meisterwerkzeug für das Erschaffen von Leben.

- Wenn du es eilig hast, mach langsam.

- Angst ist nur ein Ausdruck von geschwächter Liebe.
- Eine Umarmung ist eine Umarmung ist eine Umarmung.
- Die Raupe weiß nicht, dass sie ein Schmetterling wird. Der Schmetterling aber weiß, dass er einst eine Raupe war.
- Menschen mit Flatulenzen sollten sich nicht unter Druck setzen.
- Die Wahrheit ist, dass jeder seine eigene hat.
- Eine Frau Teebrot hat jeder im Herzen.
- Geh nicht meinen Weg, denn dann wird dein Weg länger.
- Willst du ein Pionier sein, muss deine Machete die schärfste sein.
- Ein Vergleichen mit anderen ist unzulässig.
- Willst du Kühe retten, dann lass ihnen ihre Milch.
- Ich bin frei, weil der Himmel mich ausgespuckt hat.
- Kein Dogma dieser Welt verhindert meine Einzigartigkeit.
- Ein gut gerollter Popel hat ziemlich viel Aufmerksamkeit verdient.
- Auch wenn mein Klo im Garten steht ... aber ich habe ein Klo!
- Wie gut, dass es zum Glauben kein Wissen braucht.
- Mehr Leberwurst macht noch keine bessere Leberwurstbrotsuppe.
- Kleine Kinder sind ganz zarte Wesen die Schutz brauchen.
- Ich wusste nicht, dass der Frosch mir schon lange vergeben hatte, bevor ich ihn zertrat.
- *Danke* ist ein schönes Wort aber eine noch bessere Tat.
- Wenn ich einen Guru brauche dann kuck ich in den Spiegel.
- Meine Lieblingsbeschäftigung: Balancieren.

- Sei nicht wunschlos glücklich sonst bleibt dir nur der Sarg.
- Belehre mich nicht, aber ich schaue gerne mal kurz durch deine Brille.
- Wem mein Rock nicht gefällt, der hat doch keine Ahnung.
- Keine Ahnung warum sich alles immer um mich dreht?
- Vermissen ist die eine Sache. Loslassen eine andere. Losgelassenes vermisst man nicht mehr.
- Mit der Zeit wird einem immer klarer, dass man mit der Zeit geht.
- Glück ist wie ein Gefäß das immer voll ist, nur ich weiß nicht immer wie man daraus trinkt.
- Keine Ahnung zu haben ist deshalb gut, weil du wieder zum Kind wirst das Fragen stellt.
- Wind hat was von Leichtigkeit doch erst der Sturm macht mich zum Vogel.
- Wenn du für andere kochst, dann lass Liebe das Salz in deinen Gerichten sein.
- In Bildern denken, mit Worten fühlen, durch Gefühle sprechen.
- Die Leberwurstbrotsuppe wird jederzeit von der Brokkolicremesuppe getoppt.
- Es gibt nichts Schöneres, als eine Idee zu nähren, die einem später in der Verwirklichung genau das schenkt, was man sich gewünscht hat.
- Wenn du *eigentlich* sagst und *eigentlich* meinst ist dein Traum gerade gestorben. Das gilt auch für *aber*.
- Schieb nichts auf die lange Bank. Mach immer das, was du dir vorgenommen hast.
- Wenn dich der Schamane ruft, geh hin.

KA und GOTT

Eines Tages, KA hatte gerade seine Toilette hinter sich gebracht und seinen frischen, brandneuen Cordrock in den Farben Grün, Blau und Orange angezogen, als er sich die Frage stellte, während er sich im Spiegel betrachtete, warum es ihm trotz allem doch so gut gehen würde? Da sprach GOTT plötzlich wie aus heiterem Himmel zu ihm:

»ES ist mir eine LUST Euch GUTES zu TUN! Es sind nur so wenige die es glauben - darum sind es nur wenige die es erfahren.«

;-)

Der Haushaltsplan oder wie man Schafe schlachtet

Was meint der liebe GOTT dazu, wenn ein Steuerzahler, der fleißig arbeitet wie eine Ameise, jährlich mehrere Hundert Euro allein nur für die Kirchensteuer abdrücken muss?

KA kennt das Los des sehr fleißigen und pflichtbewussten Herrn Lohbichlers, der in der dörflichen Gemeinde lebt und in den letzten Jahren derart viele Steuern nachzuzahlen hatte, dass er durch den Stress den er dabei erlebte erkrankt ist, endlich eine Kur bräuchte, und stattdessen aber Kredite aufnehmen musste nur um seine Steuernachzahlungen bezahlen zu können, da bekanntlich das Finanzamt keine Stundung billigt. Als dann auch noch Rechnungen des Kirchensteueramtes ins Haus flatterten und ihn seine Kirchensteuerschulden extra aufrechneten, die sofort fällig seien, schrieb er einen Bittbrief an die amtliche Stelle in der er seine missliche Lage schilderte, mit der Hoffnung auf Erlass beziehungsweise Aufhebung der restlichen Schulden von 161,67€ - denn den Großteil hatte er bereits beglichen - da er gesundheitlich und wirtschaftlich inzwischen völlig am Ende sei. Herr Lohbichler pochte naiv auf Verständnis und Gerechtigkeit, da er schließlich über 20 Jahre stets pünktlich seine Kirchensteuern im vollen Umfang abführte.

Nach gut zwei Wochen traf eine Reaktion auf seinen Bittbrief ein, mit der Ignoranz, dass er im Verzug sei mit seiner Kirchensteuerschuld und drohte, diese hätte er binnen **14 Tagen** (fettgedruckt!) zu begleichen, wenn er nicht wolle, dass sich das Finanzamt direkt mit der Geldeintreibung befassen würde, welches noch weitaus gnadenloser sein würde. Herrn Lohbichlers Rechnung des Kirchensteueramtes würde KA hier sehr gerne veröffentlichen, aber diese bittere Wahrheit würde das Manuskript zu sehr negativ färben. Deshalb hier nur Auszüge und Zitate aus der genannten Rechnung:

Zur Beachtung: In der Abrechnung des nächsten Kirchensteuerbescheides oder einer etwa erforderlichen weiteren Rückstandsberechnung wird vom Saldo des auf der Vorderseite bezeichneten Bescheides - nicht von dem hier ausgewiesenen Rückstand - weitergerechnet werden.

Wir benützen die Gelegenheit, darauf hinzuweisen, dass die Kirchensteuer-Vorauszahlungen gemäß den gesetzlichen Bestimmungen zu den gleichen Fälligkeitstagen wie die Einkommensteuer-Vorauszahlungen unaufgefordert an uns (nicht an das Finanzamt) zu entrichten sind.

Die pünktliche Einhaltung der Zahlungsfristen liegt in Ihrem Interesse. Denn gemäß *Art. 17 Abs. 3 des Bayer. Kirchensteuergesetzes kann rückständige Kirchensteuer durch die Vollstreckungsstelle (!) des Finanzamtes eingezogen werden. Wir bitten Sie, es zu dieser sicherlich unangenehmen und mit Kosten verbundenen Maßnahme nicht kommen zu lassen. ... Bla, bla, bla.*

Der Arme hatte keine andere Wahl, als einen seiner Kredite aufzustocken, wenn er nicht verhungern wollte.

Aber das ist kein Einzelfall! KA hat auch von Frauke schon Ähnliches mitbekommen und natürlich auch von Herrn Lindner, wie wir wissen. *Wie gnadenlos hier die Gnade GOTTES missbraucht wird,* denkt sich KA. Ist es also der Fleißige der bestraft wird und in Ungnade bei der Kirche fällt, wenn er seine Penunzen nicht fristgerecht und im vollem Umfang abgibt? Wo ist hier der kirchliche Beistand, der dafür Sorge zu tragen hat, dass es seinen Schäfchen gut geht? KA hat keine Ahnung, was das mit der Liebe GOTTES zu tun hat, welche doch der Kirchenapparat angeblich vertritt?

Stattdessen schickt die katholische Kirche, durch einen ihrer Handlanger, der geschult ist im Rechtfertigen der Penunzeneintreibung, an den braven, sündigen, schuldhaften und verschuldeten Bürger bekehrende Briefe an alle Haushalte. Da es ja auch einen Kirchenhaushalt gibt, nicht wahr, der schrecklich viele Ausgaben hat, die alle gedeckt sein wollen. Der Brief kommt einer Hommage an die Unsinnigkeit gleich, der solche trifft, die gerade wie Herr Lohbichler, als eines der dummen Schafe nur noch kleinlaut blöken können und seine Kirchensteuerschulden schnellst möglich begleichen müssen, denn sonst bleibt vielleicht die Küche für die armen Bischöfe kalt, wer weiß? KA vermisst hier einfach die Barmherzigkeit!

Hier der Brief*, den natürlich auch KA in seinem Briefkasten vorfand:

Ihre Kirchensteuer 2012

Sehr geehrte Damen und Herren,

laut einer Umfrage des Bayerischen Rundfunks leben mehr als 90 % der Bewohner gerne in Bayern. Die Menschen fühlen sich hoch verbunden mit der Tradition dieses Landes und schätzen die wirtschaftliche Stabilität.

Wer mit offenen Augen durch dieses geschätzte Land fährt wird dabei sehr schnell entdecken, dass einen wesentlichen Anteil an der Kultur dieses Landes der christliche Glaube hat. Kirchen und Klöster prägen mit ihren Bauten die Landschaft und mit ihren Bildungseinrichtungen tragen sie dazu bei, die geistigen Grundlagen (? Anmerk. von KA: ???) für eine menschliche Gesellschaft zu legen. Aber nicht nur in der Bildung und in zahlreichen Beratungseinrichtungen kann man kirchliches Engagement für ein gelungenes Leben in unserer Heimat entdecken.

Die demografische Entwicklung fordert uns heraus, entsprechende Grundlagen und Einrichtungen zu schaffen. Pflege und Betreuung für ältere Menschen gehören genauso dazu, wie Angebote für das Zusammenleben aller Generationen. Schließlich werden wir ohne den sorgsamen Umgang mit den natürlichen Lebensgrundlagen keine Zukunft in diesem Land haben. Deshalb bemühen wir uns bei den eigenen Bauten wie bei vielen Aktivitäten in den Gemeinden schonend mit den vorhandenen Ressourcen umzugehen und so unsere Umwelt zu schützen.

Getragen ist dieses Tun vom Glauben an Gott, der uns Menschen in Liebe zugewandt ist und will, dass unser Leben in Gemeinschaft mit anderen gelingt (? Anmerk. von KA: Ist hier vielleicht die Pädophilie gemeint in der Gemeinschaft der Geistlichen und höheren kirchlichen Würdenträger?). Gottes Liebe und Weggeleit dürfen wir erfahren in der Feier des Gottesdienstes, bei geistlichen Einkehrtagen und Exerzitien, bei Wallfahrten und Bibeltagen. (? Anmerk. von KA: Von jemandem der jahrelang, gnadenlos von den Pädophilen missbraucht worden ist, müssen solche geschwollenen Worte sicherlich Brechreiz auslösen.)

Kirche will an der Seite der Menschen Leben sinnvoll werden lassen (? Anmerk. von KA: Was wird sich Herr Lohbichler wohl bei dieser Zeile gedacht haben?). Dazu schafft sie dank Ihrer Steuern und Ihrer Spenden entsprechende Angebote. (? Anmerk. von KA: Und bei dieser Zeile erst?) Sie hält mit ihrer Botschaft aber auch den Blick offen über den Alltag und das materielle Leben hinaus und weist den Weg zu Sinn erfülltem Leben, das seinen festen Grund in der lebendigen Verbundenheit mit Gott hat.

Ich danke Ihnen sehr herzlich für Ihren finanziellen Beitrag, für Ihren Einsatz in den Pfarreien, in den Verbänden und im Erzbistum und ich freue mich, wenn wir einander begegnen bei den vielen Angeboten Ihrer Kirche vor Ort.

Ihr Erzbischof von München und Freising *

KA fragt sich nun ernsthaft, indem er nachdenklich mit dem Zeigefinger sein Kinn reiben muss, wenn zum einen die Kirchensteuern in erster Linie für das soziale Wohl der Menschen benötigt werden, weshalb nimmt man dann zum anderen den Menschen ihr soziales Wohl weg, indem man sie mit Kirchensteuereintreibungen zwingt für das soziale Wohl einzuzahlen?

Herr Lohbichler trat, nach diesem »Schafschlachten« unverzüglich aus der Kirche aus (Na endlich, das hätte er schon vor 20 Jahren machen sollen!). Der Austritt kostete ihn das persönliche Erscheinen auf dem Amt und 20,--€ Bürokratiegebühr in bar.

GOTT sei DANK braucht KA keine Kirchen sondern nur seinen Spiegel ;-)

---

*Diesen Brief gibt es tatsächlich. Er ist keine Erfindung der Autorin und liegt bei ihr im Original vor. Die Rückseite ist mit einer Graphik versehen über die vorgesehenen Einnahmen 2013 mit 664.188.600€ (davon 474.370.000€ Kirchensteuereinnahmen) und Ausgaben für 2013 mit ebenfalls 664.188.600 €.

Die Diener der Kirche
und ihr Wollwaschmittel (Perwoll)

In einer Zeitung, die auch so heißt wie sein Spiegel (!), hat KA noch so eine »rührende« Geschichte über die Diener der katholischen Kirche gelesen, die die Angelegenheit mit Herrn Lohbichler bestimmt noch um das zehnfache toppt! Während der ach so brave Kirchensteuerzahler rigoros geschoren wird, bis ihm nicht mal mehr das kleinste Härchen auf der Haut übrigbleibt, schauen andere ganz *seelenruhig* danach, diese schwarze Wolle gewinnbringend weiß zu waschen. KA hat zusammen mit Herrn Lohbichler diesen Artikel gelesen. Er wendete sich an KA weil dieser ihm den nötigen Respekt und Trost entgegenbrachte. Herr Lohbichler ist keiner von der Sorte der sich irgendwo ausheult, oder wie Herr Lindner der alles nur schlecht redet und griesgrämig den Tag hinter sich bringt. Im Gegenteil, er ist viel zu gut und konsequent in allem was er tut, ist aber nun vollständig an seine Grenzen gestoßen. Er kann einfach nicht mehr. Er ist ausgebrannt. KA weiß auch nicht wie er ihm helfen könnte, deshalb versucht er mit seiner naiven Art, Herrn Lohbichler eine andere Brille aufzusetzen. Der Artikel über die Vatikanbank als Geldwäscheinstitution ist ein Brüller. Gegründet wurde diese im Jahr 1887 (!) und galt als »Kommission für <u>fromme</u> Zwecke«. Herr Lohbichler muss endlich grinsen! Gerade fiel ihm dieses Kindergebet ein, welches zur Tagesordnung gehörte, wollte man ein braves Kind sein: Lieber Gott, mach mich fromm, damit ich in den Himmel komm`! Dann lasen sie weiter:

...

Die Vatikanbank, sei ein Paradies für Geldwäscher, manipuliere die Aktienmärkte, führe Transaktionen in Milliardenhöhe durch, finanziere den Terrorismus, ...

Im mittelalterlichen Wehrturm Niccolò V, in dem sich die Bankzentrale direkt an den Apostolischen Palast schmiegt, verfügt man über eine beträchtliche Menge Gold und Wertpapiere. Hier betreuen rund hundert Mitarbeiter 33 000 Konten mit einer Einlagensumme von sechs Milliarden Euro. Direkter Nutznießer ist der Papst mit seiner Kirche, 2010 bekam er von seiner Bank 55 Millionen Euro ausgeschüttet; sie dienen ihm auch als Ausgleich dafür, weil die SDallingerpenden seiner Katholiken nachlassen.

...

174

KA fragte Herrn Lohbichler, ob er ihm erklären könne, was *fromm* eigentlich zu bedeuten hätte? »Gute Frage, KA!«, meinte dieser nur sehr nachdenklich. Dann hielt er sich mit der linken Hand sein Kinn und rieb mit dem Zeigefinger darüber. Das ist ja lustig, schmunzelte KA, der macht ja die selbe Nachdenk-Geste wie ich, nur mit links!! Aber da, nach ein paar Minuten hob Herr Lohbichler an und erklärte wie folgt was fromm zu bedeuten hätte: »KA du kennst Wilhelm Busch, nicht wahr? Da gibt es doch diese *Fromme Helene!* In der *Frommen Helene* beleuchtet Wilhelm Busch satirisch religiöse Heuchelei und zwielichtige Bürgermoral. Ich habe als Kind schon seine Bildergeschichten und Verse verschlungen!« »Aber ja!«, ruft KA sofort aus, klatscht in die Hände und ist Feuer und Flamme. »Da gibt es diesen genialen Vers den ich noch auswendig kann», fuhr Herr Lohbichler fort und zitierte:

»Ein guter Mensch gibt gerne acht,
Ob auch der andre was Böses macht;
Und strebt durch häufige Belehrung
Nach seiner Beß'rung und Bekehrung«

»Das gefällt mir sehr gut,«, sagte er begeistert und musste so lachen, »ja, ich erinnere mich jetzt wieder genau. Ich hatte damals von meinen Eltern so ein dickes Malbuch geschenkt bekommen. Da waren alle Bildergeschichten und Verse von Wilhelm Busch drin. *Das große Wilhelm Busch Buch* war der Titel. Am besten gefielen mir Max und Moritz.« »Genau,«, bestätigt KA, »das Buch hatten wir auch im Heim. Max und Moritz waren super. Als sie dann vom Müller in die Getreidemühle geworfen wurden und unten als Schrot wieder heraus kamen. Die Körner lagen am Boden in der Gestalt ihrer Körper und es kamen dann die Hühner vorbei und fraßen Korn für Korn auf, hi hi!« KA und Herr Lohbichler hatten einen Heidenspaß auf einmal, trotz der frustrierenden Tatsachen des Vatikans.

...

Beim Weiterlesen des Artikels kam zum Vorschein, das aber nicht nur eine große Zahl von Personen, die eigentlich gar keine Konten bei der Vatikanbank haben dürften dort ihre schwarze Wolle waschen, sondern auch aus den eigenen Reihen Würdenträger der Kurie ganz erheblichen Wollwaschhandel betreiben. So der sog. »Don 500«, wie er im Vatikan wegen seiner Vorliebe für große Geldscheine genannt wurde. Der Geistliche Monsignore N. S., der bis vor kurzem Rechnungsprüfer der päpstlichen Vermögensverwaltung *war*, weil er nun in Untersuchungshaft sitzt, wollte mit Hilfe eines Geheimagenten 20 Millionen Euro aus der Schweiz einfliegen lassen. Der Priester, der unlautere Absichten bestritt, hatte mehrere Konten bei der Bank und verschob innerhalb von ein paar Jahren mehr als 5 Millionen Euro. Dabei wanderte sein Geld in kürzester Zeit von einem Steuerparadies in die Vatikanbank und weiter in die nächste Finanzoase. Die Finanzaufsicht kritisierte die Führung der Bank scharf. ... Papst Franziskus hat nun zu entscheiden wie die Zukunft der Bank aussehen soll. Er appelliert in jeder Hinsicht auf Ehrlichkeit und Transparenz.

(Quelle: Der Spiegel 41/2013 „Offshore am Tiber")

Danach feuerten sie die Zeitung in die Ecke!

»Weißt Du, KA,«, sagte Herr Lohbichler mit einem tiefen Seufzer der Entrüstung, »meine 161,67 Euro Kirchensteuerschulden, die hätte ich lieber dem SOS Kinderdorf gespendet als dieser Organisation des Bösen in den Rachen geschmissen!« »Ich kann Dich verstehen,«, sagte KA, »aber ich glaube darüber brauchst Du Dir keine Gedanken mehr zu machen. Es ist ja schon erledigt. Außerdem, denk` an Max und Moritz, wir hatten gerade noch so über sie gelacht! Es sind doch immer die braven, fleißigen Leute, denen die beiden das Leben zur Hölle machen, nicht wahr?« »Ja, und was genau willst Du mir damit sagen?«, fragte Herr Lohbichler neugierig. »Ich weiß auch nicht genau,«, antwortete KA, »aber ich denke Wilhelm Busch hat hier das Übel generell gemeint, dass immer irgendwie über den Köpfen der Menschen schwebt und sie einfach nicht glücklich macht und in Ruhe leben lässt. Max und Moritz sind für mich das Übel und es kann maximal 7 Mal über die Menschen kommen, dann ist Schluss. Mit ihrem 7. Streich haben sich die beiden doch selbst ein Bein gestellt. Sie wurden ihr eigenes Opfer. Weißt Du noch was der 7. Streich war?« »Der 7. Streich, lass mich überlegen ...? Als sie im Backteig gebacken wurden? War es das?«, fragte Herr Lohbichler unsicher. »Ne, nicht ganz, das war der 6. Streich. Da sind sie durch den Schornstein in die Bäckerei eingebrochen, weil sie die Brezeln klauen wollten. Fielen aber in den Brotteig und der Bäcker hat sie gleich gebacken. Das haben sie aber gerade noch überlebt! Ja, ja! Oh Mann.« Herr Lohbichler unterbricht KA: »Ich finde diese widerlichen Geldeintreiber wollen uns brave Menschen ständig schädigen, krank machen, in Angst und Stress versetzen und uns alles wegnehmen, was uns viel bedeutet. Das ist ihr System!« »Ja, stimmt!«, bestätigt ihn KA, »Wie Max und Moritz denken sie sich immer wieder neue Streiche aus. Aber im 7. Anlauf haben sie eines nicht bedacht und der ist jetzt dran, nämlich, sie sind unvorsichtig und leichtsinnig geworden. Sie sind doch in der Kornkammer beim Bauer Mecke angekommen. Der Bauer ist der, der das Volk darstellt, also uns alle, uns viele. Sie wollen uns auf einen Schlag ganz viel nehmen, weil sie die Kornsäcke aufschneiden und alles heraus rieselt. Sie sind mittlerweile so dreist geworden. Das lassen wir uns aber nicht mehr gefallen. Wir haben ja schon längst alles durchschaut. Der Bauer nimmt die beiden Bösen und steckt sie in den leeren Sack und bringt sie direkt zum Müller. Der wirft sie in die Mühle und schrotet sie klitzeklein. Du weißt doch, darüber konnten wir vorhin doch so sehr lachen!« »Ach ja, natürlich, jetzt verstehe ich. Klar, ich bin einfach schon wieder so abgestürzt, weil ich so wütend bin auf diese Leute.« »Nun lass gut sein, Herr Lohbichler,«, sagte KA tröstlich, »lach` drüber. Da hast Du mehr davon. Schau, Du hast so ein gutes Einkommen, kannst stolz sein, dass Du Steuern zahlen darfst.«, und KA grinste keck, »Wie viele haben so wenig, und müssen auch irgendwie zurechtkommen! Schau mich an! Ich kann ja noch nicht mal mit Geld umgehen. Und ganz ehrlich, Herr Lohbichler, das habe ich schon so oft gelesen und mit eigenen Augen mit verfolgt, dass sich alles immer wieder von selbst regelt. Erst recht das, was uns als allergrößtes Unglück vorkommt. Ich weiß nicht warum, aber das ist einfach so. Ich finde, es sollte uns nicht als allergrößtes Unglück vorkommen, wenn man kein oder wenig Geld hat. Ich kenne so viele, die haben kein oder wenig Geld und sind aber im Glück. Auch ich bin mehr glücklich als unglücklich. - Komisch, das fällt mir jetzt zum ersten Mal so richtig auf, während ich Dir das erzähle! Danke Herr Lohbichler.«, und KA dreht sich kurz um, weil er sich einen dicken Popel aus der Nase holen muss. Ist der dick, Mann! Und KA denkt sich im Stillen, weil das der Lohbichler nicht zu wissen braucht: »Ich fühle mich nicht arm. Nur manchmal fehlt mir ein Arm ... einer der mich umarmt. Eben dann, wenn auch ich mich mal unglücklich fühle ...«

»Hey, KA, alles ok mit Dir?«, reißt ihn die Frage von Herrn Lohbichler aus seiner Versenkung. Er dreht sich um und bemerkt gar nicht, dass er immer noch den blöden Popel zwischen Daumen und Zeigefinger rollt. »Ja klar!«, nickt KA Herrn Lohbichler zu. »Du, ich möchte mich bei Dir bedanken. Du hast mir so viel geholfen mit Deiner lustigen Art und Deinen verrückten Gedankenspielen und mich total aus meinem Kummer geholt. Ich habe schon ewig nicht mehr so herzhaft gelacht. Dieses *Sieben Mal kannst du was Böses tun, bevor alles wieder auf dich zurückrollt.* finde ich sehr interessant. So habe ich das noch nie gesehen. Wenn der Wilhelm wüsste ...! Ich werde jetzt nach Hause gehen und erst mal ein paar Sachen verbrennen und zwar alles was mit der katholischen Kirche zu tun hat.«, versprach Herr Lohbichler und blinzelte KA fröhlich zum Abschied zu.

»Tu das!«, rief ihm KA hinter her, dann pfiff er nach Fufu und ging mit ihm raus in seinen kleinen Garten, den Trampelpfad zwischen dem Blumenbeet hindurch und bleibt noch weit vor seinem Klo stehen, denn da ist sein Elefantenhochbeet, welches er im Juli angelegt hatte. Es sah einfach toll aus! Begeistert und wieder auf völlig andere Gedanken gebracht stand KA vor seinem Beet. Als er seinen Blick über die schöne dunkle Erde streifen ließ, die er vom Nachbarn geschenkt bekam, was ihn augenblicklich wieder so glücklich machte, entdeckte er doch tatsächlich den ersten Keimling! Ein leuchtend grünes Blättchen lugte mit einer kleinen Erdmütze hervor und schien KA freundlich zu begrüßen. KA war total entzückt. Er klatschte vor Freude in die Hände und tanzte um sein Hochbeet herum. Er beugte sich zu dem klitzekleinen Brokkolipflänzchen hinüber und nahm ihm zärtlich das Erdhäufchen vom Kopf, quatsch vom Blatt ;-) Und dann, als ob er es erst jetzt erkennen könnte, sah er ein weiteres klitzekleines Brokkolipflänzchen einige Zentimeter davon entfernt aus der Erde gucken. Und da ... noch eins! Und noch eins ... und noch eins ... Aber Hallo, KA konnte sie erst jetzt alle so richtig sehen. Sein ganzes Elefantenbeet, war bereits mit diesen kleinen Brokkolis überzogen. KA lief das Wasser im Munde zusammen und er rieb sich in der Vorfreude schon seinen Bauch, wenn er nur an die leckere Brokkolicremesuppe dachte. »Na, wenn ich nicht reich bin ...?«, sagte er zu sich selbst, hob seinen Kopf, blickte zum Himmel und lächelte immer noch glücklich.

»Das Gute - dieser Satz steht fest -, ist stets das Böse, was man lässt!«

(Die fromme Helene, Wilhelm Busch)

Der Stab

KA hatte keine Ahnung, dass er in Wahrheit eine alte Schamanin ist! Das hat er diesmal nicht in einem Buch gelesen, sondern das brach irgendwie ganz plötzlich aus ihm hervor. Das sind diese Schlaftrunkenheitsbilder oder auch *Visionen* genannt. Kurz vor dem Aufwachen oder umgekehrt, kurz vor dem Einschlafen. Du bist weder schon richtig wach noch schläfst Du wirklich ... und dann, plötzlich, farbenfroh und ganz klar ... spült es Dir die Bilder rein oder ganze Filme mit Akteuren und Handlungsabschnitten. Boh, KA ist dann so ergriffen, weil das was er da sehen darf ihn ganz klar erinnert. Das ist sooo ein Gefühl von Vertrautheit! Wenn KA solche Visionen bekommt und sie befolgt, hat er bemerkt, kann er wieder ein richtiges Stück wachsen. Er sieht so was auch häufig für andere. Wenn er es weitergibt, dann wächst auch der andere ein Stück.

Zuletzt sah sich KA ganz klar als eine Schamanin Namens Khulu Umàma, was so viel wie »Big Mama« heißt, bei den Zulus. Und das war so:

KA sah sich in einem vergangenen oder parallelen Leben als sehr einflussreiche Schamanin bei den Zulus. Als sehr große und sehr kräftige Frau hatte er dem kompletten Stamm gedient mit seinen Weisheiten und Heilungen bei Krankheiten, aber auch Ritualen bezüglich Wetter und Ernte. Wegen seiner Hellsichtigkeit konnte er künftige bedrohliche Ereignissen, die zerstörerisch sein könnten, voraussagen, aber auch wie man sich hier vorbereitet und schützt oder gar verteidigen kann.

Er sah sich ganz klar mit nackten Füssen und natürlich dunkler Hautfarbe auf dem sandigen Boden stehen. Gehüllt in ein sehr farbenfrohes Tuch. Die dominantesten Farben waren Grün, Orange, Rosa, Gelb und Rot. Um den Kopf herum trug er ebenfalls ein solches Tuch, wie ein Band. Er trug eine Feder- und Krallenkette um den Hals. Er hatte eine eher dunkle und sehr durchdringende Stimme. In der linken Hand hielt er eine Art Stab mit einem weißen Fellbuschel dran.

KA konnte noch jemand anderen sehen. Eine zweite Schamanin wuselte immer irgendwie hinter ihm oder um ihn herum. Sie trug ein tiefrotes Tuch wie einen Umhang und war sehr groß und hager aber trotzdem muskulös. Sie hatte sehr markante Gesichtszüge. Auch sie hatte einen Stab in der Hand, und zwar rechts. Sie war seine Assistentin, denn es gab immer irgendetwas zu reichen oder vorzubereiten. Sie war sehr oft in der Position zu sehen, wo sie sich vor KA oder der Erde oder einer Gabe (Heilmittel) mit zusammengelegten Händen (wie bei der Namastè-Geste) verneigte. Den Stab hielt sie dabei aber immer in der rechten Hand fest. Als wäre der angewachsen. KA glaubt dieser ist eine Art Ableiter oder magischer Stab. Sie musste auch KA manchmal mit einem weißen Tuch, welches sie vorher in eine Flüssigkeit getaucht hat, die Stirn abwischen. Sie könnte quasi auch seine rechte Hand oder Auszubildende gewesen sein.

*

KA, mächtig inspiriert von dieser Vision, ahnt, dass er hier einen Hinweis bekommen hat, sich einen solchen Stab zu bauen, um sich wieder mit seiner alten Schamanin zu verbinden. Einen Versuch ist es wert. Er hat ein entsprechendes Buch über Schamanismus im Regal. Es ist grün mit braunen und beigefarbenen Schriftzeichen verziert. Er nimmt seine bruchempfindliche Holzleiter und schiebt sie nach links, damit er unten rechts ans Regal kommt, denn da ist der Buchstabe »S« angebracht. Mit einem schnellen Griff holt er das Buch »Das geheime Leben der Schamanen« heraus. KA kann äußerst schnell lesen, weil er die Seiten querliest. Es springen ihn dann manche Wörter wie in einer Vergrößerung an. Dann hält er inne und liest dort genauer nach. Diesmal springt ihn das Wort »Seelenanteil« an. Hier steht:

... dann kann der Schamane mit Hilfe seines Stabes und der entsprechenden Anrufung, welche er im Augenblick der Rückführung ausspricht, den verlorenen Seelenanteil des Kranken zurückholen. Der Seelenanteil integriert sich selbständig, sobald der Kranke seine Zustimmung dazu abgegeben hat. Kann der Kranke selbst nicht reagieren, übernimmt dies der Schamane für ihn. Nach der Integration ist der Kranke geheilt. Seine Kraft nimmt wieder zu und er hinterlässt dem Schamanen als Zahlungsmittel für die Behandlung, dass was der Schamane gefordert hatte. Meist handelt es sich um einen bestimmten Fetisch, oder Gaben die für Zubereitungen von Salben oder Elixieren benötigt werden. Aber auch Tiere, die für das eigene

Heilungsritual des Kranken geopfert werden müssen, meist sind dies Hühner oder Vögel, seltener Säugetiere. ...

Puh, hier musste KA aufhören, das war zu viel des Guten. Auf Opferungen hatte er nun überhaupt keine Lust. Jedoch nahm er sich vor, mit Fufu in den Bergwald zu gehen, um dort nach einem geeigneten Stab zu suchen.

*

Der schöne Wald, mit den vielen Buchen aber auch Tannen bot genügend Auswahl an geeigneten Stäben. KA wählte drei Stück, die ihm besonders gefielen, weil sie wie Abwurfstangen von Hirschen aussahen, nur nicht so verzweigt. Diese Hölzer lagen wohl schon sehr lange am Waldboden herum, denn sie waren sehr trocken und hatten das gewisse Etwas. Er schulterte seine drei Stangen und kehrte zurück ins Dorf. In seinem Garten stellte er die Stangen an der Hauswand ab und überlegte kinnreibend, welchen er zum Stab machen würde. Doch er merkte, dass hier Kopfarbeit fehl am Platz war. Also schloss er die Augen und wollte fühlen, zu welchem der drei Stangen es ihn hinzog. Er schwankte und wankte vor und zurück, dann blieb er einfach stehen und öffnete die Augen. Es war also der Stab ganz rechts, den er zu seinem »Schamanen-Stab« machen würde. Er musste schmunzeln, denn das war auch genau der, der ihm am besten gefiel! Er besorgte sich aus seiner Werkstattkammer ein Stück feines Schleifpapier mit einer 180er Körnung. Die restlichen Rindenteile entfernte er vorsichtig und dann begann er den Stab mit dem Schleifpapier zu bearbeiten. Er bekam eine sehr schöne glatte Oberfläche und es kam eine sehr interessante Maserung des Holzes zum Vorschein. Er fühlte sich richtig super an, lag gut in der Hand und ragte etwa noch eine Kopflänge über KA hinaus, so dass er an ihm hochsehen musste. KA hatte ganz klare Vorstellungen darüber wie der Stab im fertigen Zustand auszusehen hätte. Ganz oben bekam er rot weiße Streifen. Ein paar Zentimeter weiter unten befestigte er rot weiße Bänder und auf Handhöhe, also da wo er den Stab halten würde, bekam er noch violette Bänder hin gebunden. Fast ganz unten befestigte er ein Glöckchenarmband, welches er einmal auf einem Flohmarkt gekauft hatte. So, fertig!

Stolz ging er mit seinem magischen Stab an seine Lieblingsstelle unten am Flussufer um ihn dort zu weihen. Fufu musste natürlich mitkommen. Der wedelte ganz aufgeregt als er den Stab beschnüffelte. Vielleicht hatte er ja eine Ahnung von dem, was mit diesem Stab alles möglich sein wird.

KA stand mit seinem Stab in der rechten Hand am Ufer und begrüßte dort zuerst alle möglichen Wesen (das wollt Ihr jetzt nicht wirklich wissen, welche Wesen!) und er schritt langsam in das eiskalte Wasser hinein. Dann blieb er stehen und weihte seinen Stab! Der Stab verschmolz gefühlsmäßig mit seiner rechten Hand und ließ die Zulu-Schamanin am anderen Ufer erscheinen. »Wow, das ist ja toll!«, rief KA entzückt. Er glaubte ganz fest daran, dass sie ein verlorener Seelenanteil von ihm war und er sprach eine Anrufung aus, die ihm während seiner Absicht, sich mit ihr wieder zu verbinden, wie von selbst in seinem Mund formulierte (Diese Anrufung ist leider nicht zur Weitergabe bestimmt.). Sie hob an und flog in Sekundenschnelle in ihn hinein. Schwups! Erledigt. KA dehnte sich ein wenig und stieg aus dem Fluss. Am Ufer dann bedankte er sich für die wunderbare Unterstützung zu seiner erfolgreichen Integration mit seiner Schamanin, hob seine Arme samt Stab in alle Himmelsrichtungen, dann zum Himmel und zur Erde, verbeugte sich zum Abschluss und ging andächtig nach Hause.

An diesem Tag brauchte KA nichts mehr. Er war so glücklich und wollte nur für sich sein. Der Stab bekam einen besonderen Platz und zwar dort wo er immer seine Morgenzeremonie machte. So konnte er ihn immer gleich in die Hand nehmen und mit ihm trainieren. Was er trainieren will, fragst Du? Schamanismus natürlich, ist doch klar oder?

Ein Schamane kann sich immer selbst heilen

Nachdem diese *linkischen* Sachen KA wirklich keinen Spaß gemacht haben und die Schmerzen in der rechten Handwurzel immer unerträglicher wurden entschloss er sich dem Ganzen ein Ende zu setzen. Zunächst stellte er die ultimative Frage: »Was zum Geier habe ich da, was da so höllisch weh tut???« Er wusste, dass er nicht nur eine Zelle war, sondern viele. Er wusste auch, dass Schmerz immer alle Zellen betrifft, nicht nur die, indem der Schmerz tatsächlich lokalisiert wird. So nahm er seinen Stab und machte einen Aufruf an all seine Zellen, indem er zu ihnen wie folgt sprach: »Ich gebe die Erlaubnis zur Heilung! ... WIR haben Schmerzen ... und UNS allen geht es besser durch diese Heilung! Jede Zelle meines Körpers ist glücklich! ... E` lam kala mat. Kala mat e` lam (was so viel bedeutet wie: Geht ein in die Einheit, sie ist heil. Heil ist sie, die Einheit.)!«

Dann verstummte er, machte einen Tanz mit dem Stab. Er drehte sich mit ihm und um ihn herum. Er verbeugte sich vor der Hoheit Mutter Erde, vor der Hoheit der göttlichen Schöpfung, vor den Elementen, den Himmelsrichtungen. Oder war es der Stab der das mit ihm tat? Er stampfte mit den Füssen auf und stampfte mit dem Stab auf den Boden so dass die Glöckchen rhythmisch klingelten. Und dann wurde das Wort herein gespült: SEHNENSCHEIDENENTZÜNDUNG.

Er rannte zum Bücherregal, wie durch eine unsichtbare Kraft gedrängt, schob mit seiner schmerzenden Hand die fragile Holzleiter zur rechten Seite, stieg bis zur dritten Ebene hinauf, zum Buchstaben »H«, wie Homöopathie und schlug im Buch die Seite 172 auf und las unter Sehnenscheidenentzündung: Arnica C 200. Er kletterte vorsichtig die Leiter wieder hinab und ging in die Küche. Dort holte er aus dem Küchenschränkchen - in dem er so alles Mögliche aufbewahrte sein Globulimäppchen hervor. Er besaß 120 verschiedene Röhrchen, alphabetisch geordnet. Arnica war demnach gleich mit in der ersten Reihe zu finden. Eine Gabe ist drei Globuli. Bei akuten Schmerzen alle halbe Stunde die Einnahme wiederholen.

Drei klitzekleine Zuckerkügelchen rollten zwischen seinem Gaumen und der Zunge hin und her. Der Schmerz ist mittlerweile ins Handgelenk gewandert und brüllte bei der kleinsten

Bewegung laut los. Er brüllte sowieso schon die ganzen letzten zwei Tage auch ohne die kleinste Bewegung. KA ist wirklich kein Weichei oder so, im Gegenteil, er ist der Indianer der bekanntlich keinen Schmerz kennt. Aber bei einer Sehnenscheidenentzündung reicht es allein nicht aus alles nur noch mit links zu tun, weil das aus praktischen Gründen schon gar nicht geht. Irgendwie ist rechts immer mit beteiligt und wenn es nur auf gedanklicher Ebene ist. Jedenfalls weiß KA von anderen, die schon einmal diese gemeine Entzündung in der Hand hatten, dass es schwer zu behandeln war und wochenlang gedauert hat, nach strenger Ruhigstellung des Armes, bis eine Heilung eingetreten war. Am Ende half nur eine Portion Kortison in den Schmerzherd gespritzt, von einem Doktor. Aha, wie heilsam!

KA war anders. Er wollte es wissen, ob er es konnte. Er hat es schon so oft gelesen, dass es geht und zwar von jedermann. GOTT schenkt Dir die Schmerzen damit du das Wunder der Heilung erleben kannst.

Die Globuli in seinem Mund waren mittlerweile völlig geschmolzen und die Heilinformation über die Schleimhaut in das Blut und somit an ALLE Zellen weitergegeben worden. KA merkte ... NICHTS! Und zwar immer mehr NICHTS! Es war als würde eine Art Tintenkiller nach und nach alle Schmerzinformationen löschen. Dieses NICHTS breitete sich spürbar aus. In klaren Worten: der Schmerz verschwand immer mehr. Zuerst verschwand die Aura des Schmerzherdes, die ja von der Handwurzel in alle Finger ausstrahlte und den Arm entlang bis zum Ellbogen. Der Schmerz war nur noch an einem Punkt zu spüren, genau unterhalb des Daumens, im Handgelenk. Hier war auch alles dick und gerötet. Doch das war bereits abgeschwollen. KA saß da und war verblüfft über das Wunder der Heilung. Er verband nun seine Hand erneut für die Nachtruhe, nahm vor dem schlafen gehen noch eine Gabe Arnica und legte sich nieder.

Am nächsten Morgen stellte er begeistert fest, dass er gut geschlafen hatte. Er ist nicht wie die letzten Nächte davor x Mal aufgewacht vor Schmerzen. Ganz vorsichtig bewegte er seine rechte Hand. Da war nur noch ein winziges Stechen spürbar, längst nicht der Rede wert. Für KA handelt es sich hier nicht mehr um Schmerzen, sondern nur noch um Peanuts. Er wickelte den Verband ab. Alles ok! Er ging ins Bad und wusch sich vorsichtig. Dann nahm er erneut drei Globuli, hielt die Hand dennoch in Schonhaltung mit Hilfe einer frischen Bandage. Am Abend war der Schmerz komplett weg!

Der Schamanismus kann nicht verstanden werden, sondern nur praktiziert. Wer ist ein Schamane? Jeder der sich **nicht** als solcher zu erkennen gibt. Er wird **kein** Praxisschild draußen an der Türe hängen haben à la:

* Heribert Hinterdupfinger *

* Schamane *

* Rasche Hilfe bei allen Leiden *

* Alle Kassen*

Wie findet man einen Schamanen? Gar nicht. Unter Umständen wirst du zu ihm geführt, von jemandem der weiß wo einer ist. Kann er dir helfen? Nein, er fädelt nur alles Mögliche für dich ein, damit du, wenn du bereit bist, das Wunder der Heilung erfahren kannst. Woher weiß jemand, dass er bereit ist? Daran, dass er es eben nicht weiß, da es keine Sache des Verstandes ist. Es ist das Herz, welches ihn liebevoll zwingt, die Sehnsucht nach Liebe anzuerkennen, dann kommt die Heilung zu ihm, weil sie nichts als reine Liebe ist.

KA hat den Schamanismus nicht verstanden, kennt keinen Schamanen und weiß nicht wo ein Schamane ist.

Jetzt wird`s richtig hübsch hässlich!

KA hat sich in seinen Büchern mal schlau gemacht, welches die hässlichsten Tiere der Welt sein könnten. Er hatte wieder mal so einen Rappel. Irgendetwas trieb ihn an, etwas Verrücktes zu tun. Diesmal waren diese Tiere dran. Er wurde absolut fündig. Seht selbst:

Da haben wir den »Nacktmull«! Der hat`s KA angetan. Ist der nicht süß?

Aber nicht nur süß, denn der Nacktmull besitzt das Geheimnis ewiger Jugend! Nicht gewusst? Er wird älter als alle anderen Nagetiere - nämlich über 28 Jahre! Selbst der Krebs kann ihnen nichts anhaben. Ein Mechanismus bewahrt die Zellen vor übermäßigem Wachstum und dazu sind die Zellen doppelt geschützt. Ist das nicht genial? Nacktmull müsste man sein! Sie sind nämlich auch wahnsinnig sozial. Familienleben ist ihnen heilig. Keiner der Sippe würde es sich wagen sich vor einen Güterzug zu werfen und dadurch die anderen im Stich zu lassen.

Als nächstes fand er diesen sagenumwobenen »Blobfisch«! Ist das nicht ein seltsames Kerlchen? Er las im Buch: Dieser schuppenlose Fisch ist laut Umfrage der *Ugly Animal Preservation Society* das hässlichste Tier der Welt. Unter den Meeresbiologen wurde er schon zum *traurigsten Lebewesen der Meere* gekürt. Der Blobfisch lebt in einer Tiefe zwischen 600 und 1200 Metern auf dem Meeresboden und Menschen bekommen ihn nur sehr selten zu sehen. Er ist in Australien und Neuseeland heimisch. Am liebsten frisst er Seeigel, Krebstiere und andere Weichtiere.

KA fragt sich, wie es sein kann, ein Lebewesen aus so einer unglaublichen Tiefe zu fischen? Kann es sein, dass es die immer ausgeklügeltere Technik ist, die uns Menschen mittlerweile auch die Tiefsee leer fischen lässt? Vielleicht guckt er deswegen so traurig??

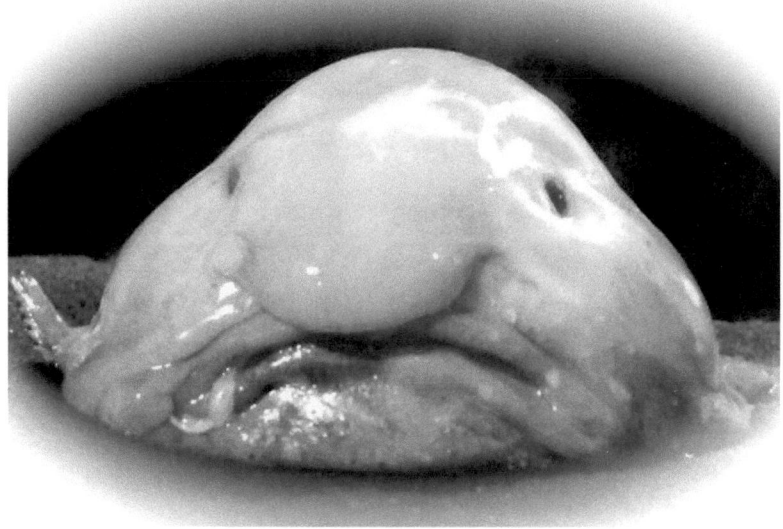

Dann fand er noch diesen *hübschen* chinesischen Schopfhund. Der hat es ihm wirklich angetan, da er doch selbst stolzer Hundebesitzer ist. Es handelt sich hier um den fast nackten Rüden Sam, der von 2003 bis 2005 seinen Titel als *hässlichsten Hund der Welt* verteidigte. Er fiel unter anderem durch seine faltige braune Haut, unzählige Warzen und Leberflecke auf. Auftritte in TV-Shows machten den Vierbeiner berühmt. Sam wurde 14 Jahre alt und er soll laut seiner Besitzerin das Süßeste gewesen sein, was es gibt. KA findet: absolut nachvollziehbar, grins!

KA muss so lachen, wenn er das sieht. Er hat lange gebraucht um das zu verstehen. Hast Du gewusst, dass das GOTT von seiner hübschesten Seite ist?

GOTT ist so verspielt. Er liebt die Scharade. Er wirft Dir den Zucker hin, damit Du weißt in welche Richtung es geht, aber Du willst es nicht glauben, weil es Dir nicht gefällt und gehst einen anderen Weg. GOTT geht mit Dir, wenn Du nicht mit GOTT gehst. So einfach ist das.

Total verliebt ♥

Total verliebt in sich selbst, ja, das ist KA! An manchen Tagen
spürt er es genau: die große Liebe ... zu sich selbst. Das sind so
Tage, da erwacht er morgens und freut sich schon darauf aufzustehen um seine kleine Morgenzeremonie zu starten. Die
kleine Morgenzeremonie hat Magisches an sich. KA, das zer-
knitterte kleine Menschenknäuel, dass die ganze Nacht irgendwo »zu Hause« unterwegs war, durch kilometerlange Traum-
korridore gewandert ist und unglaublich viel neue Eindrücke
gesammelt hat und auch viele, viele, alte vertraute Ecken wieder besucht hat, wie zum Beispiel den *Himmelsgarten*. Der
Himmelsgarten ist KA`s Lieblingsaufenthaltsort. Wenn er dort
ankommt, dann sieht er im Mittelpunkt des Gartens einen
Brunnen, der ziemlich genau so aussieht wie man ihn aus den
Märchen kennt. Einer der rund gemauert ist und oben drüber,
über der Öffnung, ist ein Gestell aus Holz mit einem kleinen
Dach gebaut, an dem ein Eimer an einem Seil angebracht ist.
Der Brunnen ist wunderschön mit Kletterrosen umrankt und
hat an manchen Stellen Moos und kleine Mauerblümchen, die
zwischen den Fugen hindurch wachsen. Der Brunnen ist ein
Dimensionstor in andere Schöpfungsebenen. Wenn man dort-
hin reisen will, muss man kurz dem LIEBEN GOTT Bescheid
geben, weil der dann für dich das Tor öffnet. Dazu musst du
dich über den Rand beugen und hinunterrufen: »Bitte lass
mich ein!« Dann löst sich der Kübel wie von selbst aus der Ver-
ankerung, hält wie ein Taxi genau auf deiner Höhe und du
steigst ein. Ganz langsam gleitest du dann abwärts und da wo
du »Stopp« sagst, hält der Eimer an und du kannst heraus-
springen. Das ist jedes Mal wieder eine tolle Überraschung und
macht sehr viel Spaß. KA bekommt dabei regelmäßig seine
Wissensspeicher neu aufgefüllt. Aber das ist jetzt an dieser
Stelle zu viel des Guten. Dazu später.

Überhaupt ist der Garten prachtvoll. Es gibt so viele Bereiche
mit geheimnisvollen Nischen und Bögen und Bäumen und es
wimmelt nur so von Elfen, Trollen, Devas und Engeln und ...
ach mit Worten kaum zu beschreiben. Es ist einfach zauberhaft
und vor allen Dingen unglaublich friedlich und schön. Der
Lieblingsplatz in diesem Garten aber, der ist ein ganz besonderer. KA muss am Brunnen vorbeigehen, den Weg mit den Blü-
tenblättern in Weiß und Rot folgen und durch einen wunder-

schönen Bogen, an dem üppiger Blauregen rankt, hindurch. Dann gelangt er auf eine Wiese, die wie eine *Wattewiese* aussieht. Alles ist grün aber watteweich. Mitten auf dieser Wiese steht ein großer Pflock und an diesem ist die eine Seite einer strahlend weißen Häkelhängematte befestigt. Sie schaukelt ganz leicht hin und her und hat ein kleines Gesicht! Wenn sie KA von weitem kommen sieht fängt sie zuckersüß zu lachen an und fängt immer heftiger an zu schaukeln. KA geht freudestrahlend mit grooooooßen Schritten ohne zu rennen auf sie zu. Er begrüßt die Hängematte und blickt zum anderen Ende, welches wie von Geisterhand festgehalten wird. D. h. es sieht so aus, als hinge das zweite Ende in der Luft. Aber das stimmt nicht! Das andere Ende hält der LIEBE GOTT fest!!! KA nickt dankbar und legt sich in die Hängematte Gottes und sie fängt sofort an unendlich liebevoll zu schwingen. Und wenn das passiert, dann ist es sowieso um KA geschehen. Da geht nichts mehr. Alles was im irdischen Leben vorhanden ist, wird ausgeblendet. KA ist in den besten Händen der Welt und geht darin vollkommen auf und lässt sich schaukeln.

Nach so einer »Nachtwanderung« also, freut sich KA besonders am Morgen aufzustehen und seine kleine Morgenzeremonie zu machen. Zuerst lächelt er, dann blickt er vom Bett aus durch sein Dachfenster auf die Berge, seufzt tief und überprüft seine Nase auf etwaige Popel (angetrocknetes und verklumptes Nasensekret). Wenn keine da sind, dann ist das sehr gut. Er möchte nämlich keine Zeit damit verschwenden. Als nächstes steht er auf und hüpft die Holztreppe hinunter in sein Wohnzimmer. Eigentlich ist es ein großes Zimmer. Es hat einen offenen Kamin, das riesige Bücherregal, seine alte Couch welche mit Schaffellen bedeckt ist und angrenzend geht es in die Küche über. Ein Wohn-Essbereich in einem, der aber sehr gemütlich ist. Er stellt sich dann vor seine Terrassentüre auf der Westseite und fängt an zu schwingen. Das kommt noch von der Hängematte, dass da noch Schwingenergie in ihm drin ist. Diese bringt er in seinen verschlafenen Körper hinein und mit auf die Erde. Er steht also aufrecht - bitte gut aufpassen jetzt, das gehört alles zur Morgenzeremonie - und zwar in seinem pink/grünen Pyjama. Meistens zieht er die Pyjamajacke vorher aus, damit er besser schwingen kann. Dann atmet er ein, die Arme gehen dabei kreisförmig nach oben und er geht auf die

Zehenspitzen und streckt sich wahnsinnig lang nach oben aus, dann atmet er aus und die Arme gehen kreisförmig nach unten und die Fußsohlen liegen wieder auf dem Boden auf. Das macht er ein paarmal, solange bis es passt. Er fühlt das dann, wenn alle Schwingung gut verteilt ist. Dann bleibt er in der Yoga-Baum-Position stehen. Also die, bei der man das eine Bein anhebt und anwinkelt und mit der Fußsohle am anderen anlegt, beide Arme gehen dabei nach oben und die Handflächen werden über dem Kopf wie zum Gebet zusammengeführt. In dieser Position so lange verharren bis es passt. Dabei gleichmäßig atmen und den Kopf gerade halten. Dann lösen und wechseln. Am Ende schüttelt sich KA wie eine Schlenkerpuppe und lockert seine Muskeln und Gelenke. Dann verharrt er in einer absolut geraden Körperhaltung und schließt die Augen. Er verbindet sich mit dem perlmuttweißem Licht der Quelle und den Wesen des Lichts und der Liebe, die er von seinen Nachtausflügen alle kennt und füllt sich damit auf, lässt diese Kraft durch seinen Körper fließen bis tief in den Bauch der Erde hinein, bis zu ihrem Nabel, sprich: zum Erdmittelpunkt. Er lässt symbolisch Wurzeln wachsen und tut sich dabei erden. Ist das geschehen, geht er so wie ein Gärtner in seinen Garten gehen würde, in seiner Vorstellung in seine Magengrube, da wo der Solarplexus sitzt und schaut dort nach seiner Blume. Denn er hat dort eine Blume gepflanzt, die ihn davor bewahrt unnötig Energie abzugeben. Das ist eine super Übung, die er von Barbara geschenkt bekam. Barbara ist eine ganz besonders liebe Frau, die KA schon sehr lange kennt. Ja, KA kennt viele tolle Frauen! Doch von Barbara, die übrigens ein Händchen für Rhabarber hat, ein anderes Mal mehr.

Ist all das geschehen, dann zelebriert er noch seine liebste Yogaübung: den Sonnengruß. Den macht er solange wie er Lust hat. Das kann dreimal, viermal oder fünfmal sein oder öfter. Da gibt es keine Regel. KA macht generell nichts zur Regel. Die einzige Regel für ihn ist, darauf zu achten, dass es keine Regel ist. Er achtet vielmehr auf seine Bedürfnisse und macht nur das, was ihm gut tut und nur so viel wie ihm gut tut.

Nach der Totenstellung, das ist der Abschluss der Zeremonie, geht er selbstverliebt ins Bad und freut sich darauf sich zu waschen. Er lacht sich im Spiegel an und putzt vergnügt seine Zähne.

Zigaretten drehen

Trotzdem muss KA an manchen Tagen sehr emsig und intensiv Zigaretten drehen. Das ist einfach so. Er dreht lieber Zigaretten, als Nägel zu beißen. Das hat so etwas Unästhetisches, dieses Geknabber an den Fingernägeln. Dafür ist KA zu vornehm, hat er doch die höfische Erziehung im Heim genossen, wie wir wissen. Und da war Nägel beißen absolut tabu. Popeln dagegen nicht! Seltsam aber wahr. Vielleicht weil die Nonnen wussten, dass Heimkinder irgendeine Unart brauchen um sich abreagieren zu können. Man kann ihnen nicht alles verbieten und Popeln hat ja sogar einen Gesundheitseffekt, wie wir mittlerweile auch wissen.

Im Heim gab es einen Jungen, den Walter, der hatte trotzdem Nägel geknabbert, heimlich. Er beugte seinen Kopf immer unter die Tischkante und biss sich die Nägel ab und die Nagelhaut gleich mit. Das machte so widerliche Geräusche! Dieses Knacken, wenn der Nagel mit den Zähnen abgebissen wurde und das Geschmatze dazu ... ieeeh, echt widerlich. KA hasste das und den Typen auch. Einfach weil das so nervte, wenn man sich im Unterricht konzentrieren wollte oder wenn er es beim Essen tat, verging einem gerne auch schon mal der Appetit.

Jedenfalls, an den Tagen, an denen KA an seinem Küchentisch sitzt und Zigaretten dreht, ist er gedanklich sehr beschäftigt und zwar mit seiner Mutter. Das sind so unerwartete Tage. Obwohl alles gut begann, der Morgen mit der Morgenzeremonie, die Yoga-Übungen, die Freude im Bad, sich selbst im Spiegel zu sehen ... oh, halt, Stopp, jetzt wäre ich beinahe zu weit gegangen, denn da ging es schon schleichend los. KA kuckt also wie immer in den Spiegel und ... und er freut sich eben nicht so sehr wie sonst sich zu sehen! Da fehlte was, aber was? Da fehlte ein: »Hallo mein Schatz, hast Du gut geschlafen? Was möchtest Du frühstücken? Komm mal her, ich muss Dich mal drücken!« ... Versteht Ihr? Also KA hat Phasen wo er sich sehr verlassen fühlt. Er war zwar noch ein Baby, als seine Mutter sich vor den Güterzug warf, aber es steckt in ihm drin, dass da eine Mutter ist bzw. war, die ihn in diese Welt gesetzt hat und großgezogen hätte. Geliebt und versorgt hätte. Sich mit ihm gefreut und mit ihm gelitten hätte, ihn liebkost und natürlich auch mal geschimpft hätte. Na, die eben einfach da gewesen wäre ... für ihn!

Und KA fragt sich: »Wer ist eigentlich da für mich? Wer ist eigentlich da für mich, wenn ich mal jemanden brauche, weil ich in den Arm genommen werden möchte, oder weil ich mit jemanden meine Gedanken teilen möchte oder spielen will oder kuscheln möchte, oder zusammen kochen und essen möchte, hier bei mir zu Hause? Wer teilt sein Leben mit mir? Nelli vielleicht? Nelli wäre es gewesen. Sie hatte dieses liebevolle Etwas. Obwohl ich Mama nie kennengelernt habe, aber so hätte ich sie mir vorstellen können. Ja, genau!«

Und während diese Gedanken in ihm hin und her schrubben, kann er nicht anders, als Zigaretten zu drehen. Und zwar deshalb, weil ihm eine der Schwestern im Heim erzählt hatte, dass seine Mutter eine starke Raucherin gewesen sein soll. Somit besorgte er sich eines Tages, da war er schon erwachsen, in einem Tabakladen eine Dose losen Zigarettentabak und die sog. *Papers* dazu. Zu Hause dann, stellte er die Dose vor sich auf den Küchentisch und fühlte, seine Mutter ist ganz nah. Langsam zog er den Plastikdeckel ab und öffnete dann den Blechdeckel von der Dose. Sofort entströmte aus ihr ein würziger Tabakduft und es schien so, als würde seine Mutter plötzlich sogar mit am Tisch sitzen. Sie saß ihm gegenüber in einem weißen Gewand. Sie hielt ihren Kopf leicht seitlich gesenkt und sah zu KA mit einem wirklich unbeschreiblich lieben Lächeln herüber. Ihr dunkles, langes Haar umrahmte ihr hübsches Gesicht und ihre dunklen Augen leuchteten. Sie schob ihre rechte Hand über die Tischplatte zu KA herüber und KA tat das selbe. In der Mitte des Tisches berührten sich zunächst ihre Fingerspitzen und dann nahm sie seine ganze Hand in die ihre. KA brach in Tränen aus. Das Gefühl war so stark und kaum zu ertragen. Eine irrsinnige Sehnsucht erfüllte ihn. Er schrie beinahe und wollte ihr in die Arme fallen, doch es ging nicht. Sie sah ihn nur an und lächelte. Plötzlich jedoch löste sich der Schmerz und KA empfand große Erleichterung. Er konnte und wollte nicht mehr weinen. Es kam zu einem Stillstand in ihm und eine Art Segen schien ihn zu heilen. Genau kann er das nicht mehr sagen ihm Nachhinein. Er spürte schließlich eine große Freude in sich aufflackern. Eine Ahnung davon, dass alles Ok sei. Es ist alles in Ordnung so wie es ist. Das war das große Gefühl was er hatte. Alles ist in Ordnung. Dann sprach seine Mutter zu ihm in einer Art Gesang: »*Mein geliebtes Kind, es ist nicht vorbei. Wir treffen uns wieder. Lebe Dein Leben achtsam. Ich bin immer bei Dir. Ich liebe Dich.*« Kaum hatte sie diese Worte ausgesprochen, war sie verschwunden. KA saß wie betäubt am Tisch und starrte immer noch zu ihr hinüber, so als könnte er sie wieder zurück holen mit seinem Blick. Aber da war niemand mehr. Das Ganze dauerte nur ein paar Sekunden, doch KA kam diese Begegnung wie eine Stunde vor!

Dann, ganz langsam nahm er ein Zigarettenpapier zwischen die Finger, legte einen kleinen Strang Tabak darauf und begann mit sehr viel Hingabe eine Zigarette zu drehen. Es dauerte eine Weile, bis er die Technik heraushatte. Die fertige Zigarette legte er dann nach rechts auf der Seite ab. Er nahm erneut ein Papier und drehte noch eine zweite Zigarette. Legte sie ebenfalls rechts unter der ersten Zigarette ab. Er musste tief ein- und ausatmen, tat also einen tiefen Seufzer und drehte noch eine dritte und letzte Zigarette. Auch diese legte er rechts zu den anderen beiden. Dann fegte er mit der Handkante die Tabakbrösel von der blauen, abwaschbaren Tischdecke die mit Sonnenblumen bedruckt war, in die andere aufgehaltene Hand und schüttelte die Brösel in die offene Dose zurück. Er legte die Blättchen mit in die Dose und verschloss diese mit dem Plastikdeckel. Er stellte sie ins Küchenregal. Die fertigen Zigaretten schob er nun auf den Platz, wo seine Mutter gerade noch saß, damit sie etwas zu rauchen hätte, sollte sie zurück kommen ...

Du hast es geschafft ...

Du hast es geschafft, wenn die große AKZEPTANZ kommt!

Wenn Du so oft gequetscht, gefaltet, zerstückelt und wieder zusammengesetzt worden bist vom Leben, dass es Dir nichts mehr ausmacht und Du schließlich alles nur noch umarmen kannst, was daherkommt.

Wenn Du endlich kapiert hast, dass GOTT in keiner Skulptur steckt die wie ein Buddha aussieht, sondern in Dir, dann hast Du`s geschafft.

Wenn Du morgens schon mit Tränen in den Augen aufwachst, vor Freude, weil Du so verliebt bist in GOTT den Du direkt bei Dir hast, der mit Dir unter einer Decke liegt, so liebevoll eingekuschelt, in jeder einzelnen Deiner wunderbaren Körperzellen. Wenn Du also das erkannt hast, dass der Typ oder die Tussi, die Dich morgens im Spiegel anschaut, der liebe GOTT ist, den Du pausenlos suchst, dann feiere! Nimm Deinen Stab und dreh ein paar Runden mit ihm in Deinem Wohnzimmer, Badezimmer oder in der Küche, ja auch draußen im Garten, wenn Du magst, ist doch klar.

Du hast es geschafft, wenn Du dankbar bist für alles. Für Deinen Atem, Dein Leben, Dein zu Hause (auch wenn es nicht perfekt ist), Dein Spiegelbild, Dein Gesicht, Deine Schmerzen, Deine Heilungen, Deine Freundin, Deinen Freund, Deine Eltern, ...

KA ist beim Feiern angekommen.

KA meint, die Leben der Menschen sind nur deshalb so kompliziert, weil GOTT sich darin versteckt hat und er will, dass sie ihn wiederfinden. Da die meisten Außen suchen, wenn sie suchen, werden sie oft in die Irre geführt. Mit *Das ist aber schrecklich!* oder *Der ist schuld!* oder *Ach kuck mal, Hungersnot, Überschwemmung, Tornado, Erdbeben ...!* ist es nicht getan. Du sollst nicht wegschauen, aber Du sollst Deinen Focus verändern und nach innen schauen. GOTT spielt so lange Verstecken mit Dir, bis Du es kapiert hast. GOTT liebt Dich und würde Dich nie quälen oder leiden lassen. Du bist es, der sich all das selbst antut.

Du bist GOTT! GOTT macht alles mit Dir mit was Du mit Dir machst. Das ist ein Versprechen, dass er immer bei Dir ist, aber Du machen darfst was DU willst. Voilà.

Hab` doch nicht immer so viel Angst.

KA lehnt sich bequem zurück, hält eine Tasse Tee in der Hand, hat Fufu neben sich auf der Couch auf einem der kuscheligen Schaffelle liegen und schaut durch das Fenster bis zum Horizont.

Und jetzt?

Keine Ahnung?

Du bist dran!

Epilog

Der kleine Herr KA führt ein ungenaues Leben. Du kannst ihn in keine Schublade stecken. Aber Du kannst ihn in Dir selbst finden - er wohnt in Deinem Herzen. Da hat er sein kleines Haus mit seinem kleinen Garten und dem Brokkoli-Hochbeet und seinem Klo. Und vielleicht fühlst Du es manchmal sehr warm werden in Deinem Herzen, denn dann kann es sein, dass der kleine KA gerade mit seiner Eis-Weg-Frei-Brennmaschine unterwegs ist! Dann lass ihn seine Arbeit tun. Erlaube ihm einfach, das entstandene Eis in Deinem Herzen weg zu brennen. Was Besseres kann Dir im Moment doch gar nicht passieren, oder?

Das Zugabe-Kapitel

Die Liste der blöden Worte

KA hat ein Faible für Wörter! Er liebt Wörter. Auch wenn das komisch klingt. Aber Wörter haben Geschmack. Nicht jedes Wort schmeckt jedem gleich gut. Der eine braucht ein bestimmtes Wort unbedingt, der andere würde genau dieses Wort am liebsten nie gehört oder ausgesprochen haben.

Wörter haben Macht. Sie können zur rechten Zeit, im rechten Moment oder am falschen Platz in der falschen Situation entweder ganze Katastrophen auslösen oder Wunder bewirken.

KA hat eine Liste mit den wirklich blöden Wörtern zusammengestellt:

- ✓ eigentlich

- ✓ aber

- ✓ schnell

- ✓ Schulden

- ✓ Schuld

- ✓ Krieg

- ✓ Krankheit

- ✓ Steuer

- ✓ Kirchensteuer

- ✓ Sünde

- ✓ Sünder

✓   muss

✓   Versprechen

✓   wenn Du selbst noch blöde Wörter weißt, dann schreibe sie einfach hier hin:

_____

_____

_____

Blöde Wörter sind deshalb blöd, weil sie, laut KA, auf einen wirken, wenn man sie benutzt oder wenn man sie hört oder liest und zwar im unangenehmen Sinne. KA erklärt das so:

Eigentlich wird als eine Einschränkung verwendet. In dem Moment, in dem dir etwas Bestimmtes große Freude gemacht hätte, du mit einer Entscheidung oder einer Idee völlig im Einklang gewesen wärest, weil dein Bauchgefühl bzw. deine Intuition dir einen wundervollen Hinweis gab, kommt dein analytischer Verstand daher und sagt *eigentlich*. Meistens ist es dann schon zu spät und du kommst aus dem Schlamassel nicht mehr heraus. Die Spontanreise platzt, eine super Idee wird im Keim erstickt, ein Erfolg kommt gar nicht erst zustande, weil *eigentlich* gibt es zehntausend Gründe, die dagegensprechen. Stimmt`s? Eigentlich ist *eigentlich* ein Sch...wort, denk daran.

Aber ist genauso schlimm wie *eigentlich*! Denn in dem Augenblick in dem du dir etwas Bestimmtes vorgenommen hast, oder dir jemand einen schönen Vorschlag gemacht hat, bist du zwar zuerst begeistert, doch dann schaltet sich sofort der Zensus in deinem Gehirn ein und sagt *aber*. »Oh, zusammen ins Kino gehen wäre schön, *aber* ich muss unbedingt noch die Wäsche bügeln.« KA hat sich das abgewöhnt! Er war früher sehr oft in der *aber*-Sichtweise gefangen. Heutzutage sagt er höchstens noch *aber*, wenn er sich für etwas Besseres entscheiden kann: Ich liebe Leberwurstbrotsuppe, *aber* noch viel lieber esse ich Brokkolicremesuppe! Oder wenn er etwas ganz toll findet: *Aber* Hallo! als Ausdruck des Entzückens, dabei hüpft ganz keck die rechte Augenbraue kurz in die Höhe.

Viele Menschen sagen: »Ich geh` mal *schnell* aufs Klo.« Ganz ehrlich, das ist ungesund! KA ist ein leidenschaftlicher Klo-Geher, weil seines im Außenbereich liegt und er dabei mitten in seinem Garten sein kann, während er größere und kleinere Geschäfte erledigt. Wie dumm wäre es daher, dies *schnell* machen zu müssen? KA hat auch darüber gelesen, dass man diese Art von Geschäften auf keinen Fall *schnell* machen soll, weil man sonst später massive Verstopfung bekommen kann und dann geht da sowieso nichts mehr *schnell*, im Gegenteil. *Schnell* ist ein Wort (das spürt man doch!) welches einen total unter Druck setzt und Stress auslöst. Doch dieses Wort wird jeden Tag von uns allen viel zu oft und unüberlegt benutzt. »Ich mach noch *schnell* die Wohnung sauber!« »Ich geh` mal *schnell* einkaufen!« »Wickel mal *schnell* das Baby!« Oh Mann, also wenn das nicht nötigt, hier wirklich *schnell* sein zu müssen, obwohl es unmöglich ist, ohne Gefahr zu laufen, dass etwas dabei schiefgehen kann, nicht wahr? Puh!

Schulden haben ist genauso schlimm wie sich *schuldig* fühlen, wenn jemand sagt: »DU bist *schuld*!« Beides kennt KA zur Genüge. Im Heim war er gerne der Sündenbock für alle anderen und somit immer an allem *schuld*, selbst dann, wenn das Wetter schlecht war. Klar, dass KA daran *schuld* ist. Und *Schulden* hatte er auch schon gehabt und wenn es nur Ehrenschulden waren, aber es belastete entsetzlich. Das geht so auf die Schultern und führt zu sehr hartnäckigen Nackenverspannungen.

Krieg, um Gottes Willen! Darüber muss man wohl nicht viel sagen, oder? »Das ist das Dümmste was sich die Menschen überhaupt ausgedacht haben!«, schreit KA.

Krankheit und am besten noch die Mehrzahl davon *Krankheiten*, ist ein völlig überholtes »Stempelwerkzeug« der reinen Symptome behandelnden Ärzte. KA ist ein alter Selbstheiler und kann mit der Aussage, man sei *krank*, einfach nichts anfangen. Das einzige was *krank* ist, ist das Krankenkassensystem in Deutschland. Schon Franz Anton Mesmer, der berühmte Arzt und Magnetopath im 18. und 19. Jahrhundert, erklärte sehr einfach und klar, dass es in Wahrheit keine *Krankheiten* gibt, sondern nur eine einzige Ursache für das »Aus-dem-Gleichgewicht-geraten, eines Körper-Geist-Seele-Systems«, nämlich die Disharmonie. Laut seiner Lehre ist grundsätzlich alles Harmonie. Nur das »Herausfallen« aus dieser, bringt Unwohlsein hervor. Das Wort *Krankheit* ist eine Erfindung der Mediziner, die sich für jedes Zipperlein einen anderen Namen ausgedacht haben und nie nach der Ursache geforscht haben. Wer zu viel Aufmerksamkeit den *Krankheiten* schenkt, beraubt sich seiner wertvollen Harmonie, das steht fest.

Das Wort *Steuer* hat eine lange Geschichte und bezeichnet den gestohlene »Schatz« von den fleißigen Bürgern durch das moderne Raubrittertum. Dies ist zumindest KA`s Version und findet seine Erklärung dafür richtig gut.

Kirchensteuer ist demnach das Sahnehäubchen dieser langen Geschichte und setzt noch einen Oben drauf, wie man so schön sagt. Hier möchte KA noch mal an Herrn Lohbichlers »Geschichte« erinnern. Damit ist alles gesagt. *Kirchensteuer* schmeckt absolut abscheulich!

Die *Sünde* ist eine Erfindung von ganz perfiden Machthabern. KA ist überzeugt davon, dass jeder weiß wer damit gemeint ist. Nur wer einen anderen als *Sünder* bezeichnet kann ihn auch bestrafen oder ausbeuten! (Nachdenkschraube im Gehirn bitte nachziehen!) Wir springen mal eben ins (Spät-)Mittelalter, da konnten unter bestimmten Voraussetzungen die Gläubigen die Vergebung begangener *Sünden* erlangen indem sie einen Ablass bei der katholischen Kirche kauften. Heutzutage ist es zum Beispiel der Verkehrs-*Sünder* der Strafe zahlen muss. Es gibt Naturvölker die haben in ihrem Wortschatz dieses Wort überhaupt nicht, weil es so etwas wie *Sünde* oder *Sünder* für sie einfach nicht gibt. Wer oder was soll ein *Sünder* sein??? Da jeder schon mal Mist gebaut hat, ist demnach, wenn schon denn schon, jeder Mensch auch ein *Sünder* und somit hebt sich nach KA`s Weisheit der Begriff wieder auf und erlischt. Es gibt keine *Sünder*. Als »KINDER GOTTES« und somit »GOTTES SCHÖPFUNG« kann es das nicht geben. KA erinnert sich noch sehr gut an Schwester Agathe, eine Schweizerin, im Heim. Sie unterrichtete katholischen Religionsunterricht und im Speziellen das Katechumenat (den christlichen Glaubensunterricht in der Vorbereitung von Taufbewerbern). Der Nachmittag im Heim war von drei Stunden Studierzeit geprägt, in der die Hausaufgaben gemacht wurden, und immer wenn Schwester Agathe Aufsicht hatte, kam es zu heftigen Auseinandersetzungen. Es ging einfach nicht, in ihrem Unterricht zu sitzen, ohne lachen zu müssen, weil sie mit ihrem Switzerdütsch einfach nicht ernst genug wirkte. Da KA und Fidor immer einen Lachkrampf bekamen, wurden sie von Schwester Agathe mit folgenden Worten schwer beschimpft: »Ihr Sünder, ihr furchtbaren! Geht hinaus vor die Tür und kommt erst wieder herein, wenn ihr friedlich seid!« Laut grölend, japsend und Tränen lachend schubsten sich KA und Fidor gegenseitig aus dem Klassenzimmer hinaus. Schwester Agathe hielt den Zeigefinger erhoben und schimpfte laut, während sie die Türe aufhielt. Draußen vor der Tür, im Gang stehend, sich biegend, prusteten die beiden noch lange herum und imitierten in schweizerisch Schwester Agathe mit ihren Worten: »Ihr SÜNDER! Ihr SÜNDER!«, wobei sie das »R« natürlich extrem lange betonten, so wie das eben typisch ist im Schwitzerdütsch.

Muss ist ein Wort, welches richtig fies schmeckt. Irgendwie bitter! Jeder der etwas meint zu *müssen* hat sich selbst ein Stück Freiheit genommen. Wie dumm es oft eingesetzt wird und somit einen negativen Touch hat! »Ich *muss* noch Zähne putzen!« »Ich *muss* meine Freundin besuchen!« »Ich *muss* noch aufräumen!« Naja, es gibt noch wesentlich mehr Beispiele, das ist klar. KA will dir zeigen, dass das alles nichts Schlechtes ist, was man *muss*. Zähne putzen <u>darf</u> man, weil es toll ist, wenn sie dadurch gesund bleiben! Eine Freundin besuchen sollte etwas Freudvolles sein und deshalb ist es ein Geschenk und man <u>darf</u> sie besuchen. Sollte es tatsächlich ein fieses *Muss* sein, dann würde KA vorschlagen diese sog. Freundschaft einmal ehrlich zu hinterfragen! Aufräumen <u>darf</u> man. Keiner zwingt einen dazu. Es ist eine Wohltat, wenn alles an seinem Platz ist, sauber ist und man Übersicht hat. Wenn nicht, dann herrscht eben Chaos, na und? Also auch hier ist kein Zwang dahinter. Es ist eine reine Auslegungssache! Man kann dem MUSS die Schärfe nehmen, indem man ein DARF dafür einsetzt und schon sieht die Welt wieder ganz anders aus, nicht wahr?

Gib niemals ein *Versprechen* ab, das rät dir KA! Kennst du das, dass dir jemand etwas versprach, aber nicht hielt? ... Ja, genau, darum, es ist ein gemeines Gefühl! Hast du schon mal jemandem etwas *versprochen*, ohne über die Konsequenzen nach zu denken? Plötzlich wird dir klar, dass du etwas zu erfüllen hast, aber die Zeiten ändern sich, das Leben in seiner Geschwindigkeit geht gnadenlos weiter. Das *Versprechen* geistert in deinem Kopf herum. Du musst es einlösen und vor allen Dingen einhalten. Es setzt dich unter Druck, es verursacht Stress. Manche *Versprechen* sind so dumm, dass man hinterher einfach nur bereut es abgegeben zu haben. Es macht keinen Sinn, jemandem etwas zu *versprechen,* weil man die Einhaltung nicht garantieren kann, aber ein *Versprechen* wird ja als Garant für etwas abgegeben! Allein das Wort sagt schon aus, dass es unklug ist, sich damit zu belasten: ver- ist die Vorsilbe vieler schlecht schmeckender Worte. Meistens geht es um Destruktives. Denk dir ein paar Wörter mit ver- am Anfang aus, dann wirst du es merken (verlieren, verlassen, verraten). Wenn man sich *verspricht*, hat man etwas gesagt, was man nicht wollte. Ein Versprecher ist nichts Gescheites. Überleg doch mal, und davon leitet sich das Wort *Versprechen* ab! KA hat vor vielen, vielen Jahren Nelli *versprochen,* dass er mit ihr nach Neuseeland reisen wird, das war damals am Ufer eines Baches, als er ihr ein kleines Boot gebaut hatte, doch sie verloren sich aus den Augen, wie das so ist im Leben. Das *Versprechen* aber ist immer noch da und quält KA sehr.

*

Ach so, zum endlich, wirklichem Abschluss noch eine Frage an DICH: »Welches Wort, glaubst DU, schmeckt KA besonders gut?«

Danksagung

Mein besonderer Dank am Mitwirken dieses Werkes geht an all jene, die unbewusst Protagonisten in meinem Leben sind und waren. Sie haben mich sehr vielseitig inspiriert und unterhalten, aber auch sehr oft sehr nachdenklich gemacht. Ohne sie wären viele Kapitel erst gar nicht entstanden.

Dann möchte ich Tom danken, der mich viele Jahre in meinem Leben begleitet hat und auch für so manches Kapitel eine große Bereicherung war.

Besten Dank auch Dir lieber Fred, ohne Deinen damaligen Deutschunterricht, gäbe es die legendäre Parodie auf den Erl-König nicht.

Meiner Tochter Madeleine, meinem Sternchen, möchte ich insofern danken, dafür, daß sie Initiatorin für dieses Buch war. Ebenso ist sie die Seele meines Lebens, mit der zu lachen es am allerschönsten ist und was ich niemals missen möchte. Ich liebe Dich mein Schatz.

Und nun zu Dir, Gerhard. Ohne Dich wäre gleich überhaupt nichts weiter gegangen mit meinem Manuskript. Es lag drei Jahre im Regal, weil ich vor lauter Ausbildungen mit nicht enden wollenden Prüfungen zum Demenzbetreuer und zur Erzieherin, keine Kraft geschweige denn Muse besaß, die letzten Schritte bis zur Veröffentlichung zu meistern. Durch Dein Wissen, Dein künstlerisches Talent und Deine endlose Geduld beim stundenlangen Korrekturlesen konnte KA flügge werden. Du bist in meinem Herzen und nicht umsonst für mich der „Bär", der die Flüsse macht ☺

Ich knuddel dich, Fufu, du süßer Kerl! Natürlich danke ich auch dir, du kleiner Engel.

Die Autorin

Michelle Sager wurde 1966 in Wiesbaden geboren. Im Alter von 6 Jahren trennten sich ihre Eltern. Ein sehr bewegtes Leben, durch häufige Wohnortwechsel, begann. Sie pendelte lange Zeit zwischen Hessen und Bayern hin und her. Sehr intensiv und behütet erlebte sie die Zeit vom 14. bis 17. Lebensjahr in einem Klosterinternat (Realschule), in der Nähe des Kochelsees. Ihr Leben ist geprägt davon, Altes loszulassen und Neues zu beginnen. Michelle Sager hat bis zur Geburt ihrer Tochter 1995 in vielen verschiedenen Berufen gearbeitet, bis sie ihre wahre Berufung fand als Heilpraktikerin (Psychotherapie) und Erzieherin.

Schon in jungen Jahren schrieb sie Gedichte und Kurzgeschichten. Erzählungen begann sie später zu schreiben, auch als Sammlungen in Hörbuchfassung.

Mit »Keine Ahnung« begann sie ihr erstes Buch im Jahr 2012. Zurzeit lebt sie im Chiemgau, direkt zwischen dem Chiemsee und den Alpen.

Autorin Michelle Sager

Bücher von Gerhard Schmidt

Der Autor weckt mit seinen Bildern und seinen Bildinterpretationen, schlafende Gefühle auf und regt zu neuen Gedanken an. Diese neuen Gedanken helfen die ein oder andere Situation neu zu bewerten und zu lösen.

Gerhard Schmidt hat mit seinen Texten reelle Situationen und viele Gespräche mit Betroffenen zu Grunde gelegt.

ISBN 9 783 734 744 518

Der Autor und Fotograf ist seit 2001 nach einem Verkehrsunfall chronisch krank und hat mit dem Fotografieren und Texte schreiben seine Krankheit in den Griff bekommen.

ISBN 9 783 839 164 150